www.tredition.de

Marco Julius

Der einsamste Tölpel der Welt

Das Beste aus der Kolumne Quergedacht

www.tredition.de

© 2020 Marco Julius

Verlag und Druck:
tredition GmbH, Halenreie 40-44, 22359 Hamburg

ISBN
Paperback: 978-3-347-17799-4
Hardcover: 978-3-347-17800-7
e-Book: 978-3-347-17801-4

Ein Wort vorweg

Als Junge, da wollte ich – welcher Junge wollte das nicht? - Fußball-Profi werden. Wegen Kalle Rummenigge. Oder Frontman einer Band. Wegen der Beatles. Oder Schriftsteller. Weil ich die Bücher liebte, die mir der Bücherbus gebracht hat. Und weil ich mir das ganz entspannt vorgestellt habe, dieses Leben als Schriftsteller. Allerdings spielte ich damals wie heute Handball im Verein. Ich kann bis heute nicht singen und beherrsche auch kein Instrument. Und Schriftsteller? Da hat es dann auch nur zum Journalisten gereicht. Und jetzt gibt es also ein Buch von mir! Etwas spät, um als Newcomer durchzustarten. Das ist wahr. Und eigentlich auch nur deswegen, weil ich mir so zumindest diesen einen Traum noch spät erfüllen kann. Ein Buch mit meinem Namen drauf!

Ein Buch von mir, das Quergedacht-Kolumnen aus sechs Jahren versammelt, die ich im Delmenhorster Kreisblatt regelmäßig veröffentlichen darf, gibt es aber auch deshalb, weil es ein paar freundliche Menschen gibt, die mich immer mal wieder danach gefragt haben. Und weil es auf die Kolumne immer wieder liebe Reaktionen gibt. Manchmal sogar besonders wundervolle Antworten mit Münchhausen-Briefmarke per Postkarte. Dank dafür an ein Ehepaar, das jetzt hoffentlich weiß, dass es gemeint ist.

Die Kolumnen sind, das fällt beim Wiederlesen auf, immer auch ein Kommentar zum Zeitgeschehen. Ach ja, das war ja damals, denke ich dann. Ganz so, als blätterte ich in meinem Tagebuch, das es – besser ist das – nicht gibt. Vielleicht gibt es ein paar Leserinnen und Leser, die Freude daran haben, die Texte jetzt gesammelt zwischen Buchdeckeln zu finden. Wenn nicht: egal. Meinen Traum habe ich mir erfüllt.

Der Dank geht an alle, die mich motiviert haben, dranzubleiben. Besonders natürlich an die Frau, die mir hilft, das Leben zu meistern. An meine Mutter, meine Schwester, die noch heute jede Kolumne lesen. An meinen Vater, der nicht mehr alle lesen konnte. An alle, die sich die Mühe machen, mir zu schreiben, wenn es wieder einen neuen Text gibt. Und an Hans Zippert, den Ex-Chefredakteur der Titanic, der mir in einem Seminar das Gefühl gegeben hat, mich mit dem, was ich da so schreibe, nicht verstecken zu müssen.

14. April 2015

Der Lack ist ab

Das Smartphone, jener Gegenstand, der deutlich häufiger gestreichelt wird als der Mensch, der neben einem nächtens im Bette zu liegen kommt, ist ein seltsames Gerät. Es gibt Menschen, die brauchen stets das neueste Modell, schick soll es sein, der Glanz möge abfärben auf den Besitzer. Ein Statussymbol der modernen Welt. Doch es gibt Menschen – und deren Zahl wächst so schnell wie die Zahl der unterschiedlichen Handy-Tarife, die gehen bewusst einen anderen Weg.

Das Display zersprungen zu einem Spinnennetz, die Rückseite gehörig verkratzt – und doch geht der Besitzer nicht zum Handy-Doc. Denn das kaputte Smartphone ist auch ein Signal nach draußen, das für den Besitzer spricht. Ich lebe, sagt er durch sein Handy. Ich bin noch in der realen Welt unterwegs, vielleicht sogar – wie verrückt – nach Feierabend oder gar nachts. Da kann das Handy runterfallen, das beweist doch nur, wie aufregend abenteuerlich mein Leben ist. Ha!, ruft das Handy für den Besitzer: Die Daueroptimierung der Jetzt-Zeit mache ich nicht mit! Vielleicht aber ruft es am Ende doch nur seinem Besitzer zu: Wir passen zusammen, der Lack bei uns ist ab.

27. April 2015

Mein Rauchmelder

Der Zitronenfalter soll keine Zitronen falten, der Heckenschütze keine Hecken schützen. Selbst der Beckenbauer soll keine Becken bauen. Gleiches gilt für den Rauchmelder, der Einzug in mein bescheidenes Heim gehalten hat, dem Land Niedersachsen sei Dank. Wobei: natürlich soll der Rauchmelder Rauch melden, dafür hängt er schließlich da. Das ist seine Pflicht. Doch geht es nach mir, bleibt er stumm und blinkt nur gelegentlich sein beruhigend rotes Leuchten in die Welt hinaus. Denn wo Rauch ist, da ist auch Feuer – und das fürchte ich noch mehr als den sicher schrillen Fiepton meines Rauchmelders.

Zur Sicherheit hat das Land mir sogar zwei Melder vorgeschrieben, einen im Schlafzimmer, wo er wohl prüfen soll, ob es noch heiß hergeht – und einen im Flur, gleich bei der Küche, wo ich eigentlich auch nichts anbrennen lasse. Morgens um 6 beginnt der Melder an der Decke sein verlässliches Leuchten. Ich warte zu der Zeit schon – im Bett liegend – auf das Blinken, darüber sinnierend, was einem alles so bevorsteht, bevor man es dann hinter sich hat. Oder darüber, dass man oft im Leben nicht viel zu melden hat, so wie mein Rauchmelder eben.

Und so erfüllt der Rauchmelder, mein noch stummer neuer Freund, einen fast meditativen Zweck. Ich mache mir danach meist schnell Feuer unterm Hintern, starte in den neuen Tag und gehe wieder Zitronen falten.

22. Mai 2015

Glühende Grill-Fans

Jetzt, so kurz nach Vatertag und Pfingsten, stellt sich wieder die brennende Frage: Warum sind Männer so glühende Grill-Fans? Man kann es drehen und wenden wie das Steak auf dem Grill: Grillen ist Männersache. Und der Wonnemonat ist der Beginn der Hochsaison für den Mann, auch wenn er gewöhnlich bereits im Januar zum Angrillen lädt. Sagt die liebe Frau an einem romantischen Abend: „Hör mal Schatz, die Grillen", antwortet der Mann: „Ich riech' gar nichts". Männer sind eben Feuer und Flamme, wenn sie vor glühenden Kohlen stehen. Am Grill, dem einzigen Ort, wo Männer Schürze tragen, da gilt der Mann noch als Mann. Da sind – trotz Grillkäse – alle Berichte über vegetarisches Essen vergessen. Fleisch bleibt des Mannes Gemüse. Und wer an einem sommerlichen Sonntag vom Wasserturm auf die Stadt schaut, der sieht: nur Rauch. Denn die ganze Stadt brutzelt, dass es eine Freude ist. Vereint am Grill sind alle Nationalitäten. Der Papa wird es schon richten, ob mit High-Tech-Grill oder dem Fünf-Euro-Teil von der Tanke. Wichtig ist: das Fleisch kriegt Farbe („Jaha, das Dunkle kann man abkratzen!"). Und die alte Bauernregeln gilt noch immer: Wer anderen eine Bratwurst brät, der hat ein Bratwurst-Bratgerät.

29. Juni 2015

Erinnerungen an Bundesjugendspiele

Mal verliert man, mal gewinnen die anderen. Das ist im Leben wie im Sport. Besonders traumatische Erlebnisse verbinden viele mit den Bundesjugendspielen. Allein dieses Wort, das Erinnerungen weckt an Turnbeutel, Riegenführer und viel zu warme Capri-Sonne. Bundesjugendspiele, die Zeit, in denen Mädchen ihre Tage hatten. Eine besorgte Helikopter-Mutter – nein, fliegen kann sie nicht, so nennt man nur überfürsorgliche Mamas – will die Bundesjugendspiele jetzt verbieten lassen, weil ihr Sohn nach den Spielen heulend nach Hause kam. Gemobbt, gedisst, da es nicht für die Ehrenurkunde reichte. Sport ist eben Mord. Besonders für Turnbeutel-Vergesser. „Du wirfst wie ein Mädchen", war schon zu meiner Zeit, als noch Richard von Weizsäcker Ehrenurkunden unterzeichnete, ein beliebter Vorwurf an Jungs, die damals noch nicht Nerds hießen. Bundesjugendspiele waren für mich zu ertragen, wenn es um Leichtathletik ging. Mit der Sprungkraft eines Kachelofens gestraft, habe ich aber den Schlagball derart weit geworfen, dass „Häuptling Silberlocke" in Bonn seinen Kaiser Wilhelm unter die Ehrenurkunde setzen musste.

Und überhaupt galt: Lieber Schule als gar keinen Schlaf, aber lieber Sport als Schule, wobei Sport eigentlich nur Fuß- und Handball meinte. Die Bundesjugendspiele im Turnen aber hätten auch in mir den Ruf nach einer Helikopter-Mutter hervorgerufen, hätte es sie denn schon gegeben. „Hat einer die Null gewählt, dass Du Dich meldest?", rief der

Sportlehrer, wenn ich vor dem Barren schwitzend die Hand hob. Sport mit Wattebäuschen geht anders. Aber es hieß ja auch: nicht für die Schule, für das Leben lernen wir. Und da verliert man mal. Oder es gewinnen die anderen.

3. Juli 2015

Männer in Badehosen

Dieser Sommer bringt es wieder ans Sonnenlicht. Die Rettung Griechenlands, der Weg zum Weltfrieden, der Versuch, aus dem HSV eine europäische Top-Mannschaft zu machen: all das ist im Handstreich zu schaffen im Vergleich damit, Männer in Badehosen würdig aussehen zu lassen. Anmut, Grandezza und Männer in Shorts? Das geht nicht zusammen. Doch die Natur hat sich etwas Wunderbares einfallen lassen. Den meisten Männern ist ihr Äußeres am See schlichtweg egal. Und viele halten sich trotz Bauch und Stachelbeerbeinen für den führenden Freibad-Adonis, selbst dann, wenn die hängende Hose schon den Blick auf die Kimme freigibt. Der Lohn des Testosterons. Und deshalb sieht man auch Daddys in den heute modernen Boardshorts, die zwar weit übers Knie reichen, den Bauch aber nicht kaschieren können. Man sieht aber auch die, die in knappen Badeslips, wie sie einst der US-Schwimmer Mark Spitz trug, mehr zeigen, als man je zu sehen wünschte. Andere wiederum tragen schlabbrige Badeshorts in Farben, von denen Ray Charles einst sagte, dass es sich für sie lohne, blind zu werden. Einen schönen Mann kann halt nichts entstellen, denkt der Träger, streicht sich genüsslich über den Musculus rectus abdominis, seinen Sixpack, der unter dem Rettungsring gut verborgen liegt, und fühlt sich dabei wie David „Baywatch" Hasselhoff, als er seinen Durst noch gut im Griff hatte. Schaulaufen am Strand, im Kopf der Gedanke: „Wie geil bin ich denn?". Auch wenn der Sommer stets das ein oder andere Kilogramm zu früh kommt: Sitzt, passt, wackelt und hat Luft reicht dem Mann als modische Maßgabe. Nichts aber bringt die Lächerlichkeit des Seins so zum Vorschein wie der Durchschnittsmann in Badehosen. Ein Anblick, der nur zu toppen ist, wenn die ungepflegten Füße zusätzlich in Gummi-Clogs stecken. Und da glauben die Griechen, sie hätten Probleme.

11. Juli 2015

Immer wieder Balla Balla

Noch zehn Mal schlafen, dann ist Weihnachten! Oder zumindest etwas ganz Ähnliches. Die Fastenzeit ist vorbei. Die Fußball-Bundesliga kehrt zurück. Der Ball rollt wieder. Der Ball, das Zentrum der Welt. Die globalen Krisen treten in den Hintergrund, jetzt geht es endlich wieder um Patellasehnen und Adduktorenzerrungen, jetzt geht es darum, ob mia noch mia san, wie der Bayer sagt, oder ob bei Werder Bremen noch die Wand wackelt, jetzt geht es um den richtigen Riecher in den Tipp-Gemeinschaften, jetzt geht es um Dinge, die jeder versteht. Selbst dumm kickt ja bekanntlich gut. Es geht wieder um lichterloh brennende Strafräume, um Ecken, die nichts einbringen und um den Ball, der so oft noch heiß ist. Der Ball ist nicht von ungefähr so geformt wie die Erde. Der Ball ist rund, sagt Sepp Herberger. Der Ball ist der springende Punkt, sagt Dettmar Cramer. Der Ball ist ein Sauhund, sagt Rudi Gutendorf. Der Ball ist alles. Und spricht nicht Huub Stevens über das zähe Leben von uns Büromenschen, wenn er sagt: „Aus dem Mittelfeld kam zu wenig, von hinten kam zu wenig, vorne kam auch zu wenig"? Und ist es nicht ein Trost für jeden mediokren Arbeitnehmer, wenn Johan Cruyff bilanziert: „Wenn Du einen Spieler sprinten siehst, dann ist er zu spät losgelaufen"? Wer will schon schnell laufen, wenn er richtig stehen kann? Fußball, das sagt Jürgen Klinsmann, „das sind Gefühle, wo man nicht beschreiben kann". Ja, Fußball, das sagt der große italienische Philosoph Giovanni Trapattoni, „ist ding, dang, dong. Es gibt nicht nur ding". So wie das Leben nicht nur ding ist. Wir Fans sind wieder bereit dafür, wir sind, wie Icke Häßler formuliert, nach langem Entzug in der Sommerpause wieder „körperlich und physisch topfit".

20. Juli 2015

Schon gebucht?

Den Urlaub schon gebucht? Mit allem Komfort und komm zurück? Früher, da hat man kurz im Katalog geblättert, auf das Ziel, das zumeist in Bella Italia lag, getippt und ist dann einfach mit viel zu vielen Familienangehörigen in das viel zu kleine Auto gestiegen. Ab über den Brenner. Urlaub ohne Risiko, der Chef sagt wann, die Frau sagt wo. Heute ist der Urlaub eine Wissenschaft für sich, endlos klickt sich der Erholungssuchende durch Internetportale, liest Bewertungen anderer Urlauber, lernt, dass Hotels, die einen „unaufdringlichen Service" versichern, Personalmangel haben, und dass „beheizbarer Pool" für „Strand verdreckt" steht. Manchmal ist Urlaub so anstrengend wie der Lohnerwerb, von dem man sich erholen will. Wohin nur soll es gehen? Die Welt steht einem offen. Zum Flughafen und Last Minute weg, am Schalter einfach sagen: Bringen Sie mich irgendwo hin, ich werde überall gebraucht? Keine durchdachte Lösung. Die westlichste der ostfriesischen Inseln verkündet da rechtzeitig und vollmundig: „Vögelurlaub macht man auf Borkum". Aha, denkt man, besser Fremdenverkehr als gar keinen Sex – und liegt mal wieder daneben. Werbung verspricht eben mehr als sie hält, auf der Insel werden lediglich Vögel gezählt. Man träumt aber nun einmal davon, am Strand zu liegen; ein Schicksal, das früher eher Schiffbrüchigen vorbehalten war. Warum den Urlaub in der Sonne nicht politisch aufladen? Ist ja schließlich so: Der Grieche liegt am Mittelmeer, und er hat keine Mittel mehr. Aus Holidays Soli-Days machen. Was kost' das, Kostas? Ich trinke Ouzo, was trinkst Du so? Jamas – und die Wirtschaft floriert!

25. August 2015

Nur ein bisschen Liebe

Neulich an der Kasse im Supermarkt: Ein Paar vor mir, beide Anfang 40. Die Kassiererin fragt den Mann flötend: „Sammeln Sie Treuepunkte?" Seine Frau antwortet direkt für ihn: „Er? Treuepunkte? Die hat er nicht verdient!" Zack! Das hat gesessen. Ja, die Ehe ist eben, frei nach Oscar Wilde, der Versuch, zu zweit wenigstens halb so glücklich zu werden, wie man allein einmal gewesen ist. Drum prüfe, wer sich ewig schindet. Der deutsche Volksmund weiß schließlich: Treue ist ein seltener Gast, halt ihn fest, wenn du ihn hast.

Als ich an der Reihe bin, fragt mich die gute Frau von Kasse 4: „Haben Sie denn alles gefunden?" Gute Frage. Sind wir nicht alle immerzu auf der Suche? Nach den frischen Nudeln im Regal, nach dem Schlüssel fürs Auto, dem Haar in der Suppe, dem Sinn in diesem Leben? Lauter Fragen im Kopf: Wer bin ich? Woher komme ich? Wohin gehe ich – und wer zur Hölle will das eigentlich wissen? Nun, die Kassiererin vermutlich. Sie hat mich ja schließlich gefragt. Ja, wonach suche ich eigentlich? Oder finde ich schon? Die Kassiererin zieht die Waren übers Band und ich rufe: „Ich will keine Treueherzen! Ich will nur ein bisschen Liebe!" Kurzer Gefühlsausbruch zwischen Tomaten und Tetra Pak. „Und ich sammle auch keine Punkte, ich bin ja kein Dalmatiner", setze ich noch nach. Die Kassiererin bleibt ungerührt: „Das macht dann 19,68. Möchten Sie den Bon mitnehmen?"

22. September 2015

Tierische Arbeitswelt

In der Arbeitswelt geht es zuweilen tierisch zu. Der eine hat einen Chef, der ihn täglich zur Sau macht, in anderen Büros herrschen Zustände, dass die Hühner lachen. Andreas Ackermann, Mentaltrainer aus der schönen Schweiz, hat den wunderbaren Satz geprägt, der durchaus das Zeug zum Leitmotiv unserer modernen Arbeitswelt hat: „Wer täglich schuftet wie ein Pferd, eifrig ist wie eine Biene, abends müde ist wie ein Hund, sollte mal zum Tierarzt gehen – es könnte sein, dass er ein Kamel ist." Wer Ackermann heißt, der kann sicher ordentlich schuften. Das Ackern steckt ja schon im Namen. Forscher haben übrigens jüngst in Mainz – ganz abseits der Fasnacht – darüber diskutiert, welche Assoziationen Namen wecken. Kann jemand, der Kevin heißt oder Chantal eigentlich gut in der Schule sein, so lautete die Einstiegsfrage. Dass Kevin kein Name, sondern eine Diagnose ist, hat sich in populärwissenschaftlichen Theken-Gesprächen inzwischen durchgesetzt. Und siehe da, die Studie belegt: Jakob und Charlotte haben es bei Lehrern leichter als Mandy und Justin, macht Jakob einen Fehler, wird er übersehen, macht Justin denselben – genau: Setzen, Sechs! Vorurteile, wohin man blickt. Augen auf also bei der Namenswahl, liebe Eltern. Und wenn Ihr dann groß seid, liebe Kinder, egal ob Ihr nun Kevin oder Charlotte heißt, dann haltet die Augen auf bei der Berufswahl, sonst müsst Ihr am Ende tatsächlich noch zum Tierarzt gehen.

29. September 2015

Gefahr im Anzug

Es ist ja nun einmal so: Es gibt Männer, die tragen nur zur Hochzeit und Beerdigung einen Anzug (für manchen mag sich auch die eigene Hochzeit schon anfühlen wie der jüngste Tag). Andere hingegen werden offenkundig schon in einem Anzug geboren, sie tragen ihn so selbstverständlich wie eine zweite Haut. Wer zur ersten Gruppe gehört, der merkt schnell: Mode kann man kaufen, Stil muss man haben. „Suchen sie etwas Bestimmtes?" und „Wenn Sie hier mal reinschlüpfen wollen?" heißt es dann beim Herrenausstatter, aber: „Bitte nicht mehr als drei Teile mit in die Kabine nehmen!" und los geht es: Der Schuh muss zum Gürtel passen. Und wichtig: No brown after six, der englische Gentleman trägt am Abend keine braunen Schuhe. Und er sagt auch: No brown in town, weil sich braune Schuhe selbst zum Spaziergang nicht gehören. Kurzarmhemd unter Jackett: No-Go! Krawatte zum Kurzarmhemd: erst recht No-Go! Man(n) ist schließlich kein Busfahrer. Könnte man ja gleich in kurzen Hosen kommen. Ärmel hochkrempeln im Sommer wiederum geht, sobald das Sakko aus ist, so will es die Etikette. Verstehe einer die Welt. Übrigens Männer: Motivkrawatte sind verboten! Und: Je feierlicher der Anlass, desto dunkler der Anzug! Es gilt Giorgio Armanis Spruch: Wenn ein Anzug auffällt, ist man schlecht angezogen. – Aber so lange die Hose nicht unter den Achseln kneift, ist ja alles gut.

6. Oktober 2015

Gelebte Einheit

Wie feiert man den Tag der Deutschen Einheit eigentlich in Delmenhorst, fernab der ehemaligen Zonengrenze? Wer am Samstagmorgen Brötchen holen wollte, der weiß es. Und was macht – ein alter Witz, pardon! – ein Ostdeutscher, wenn er im Wald eine Schlange sieht? Er stellt sich hinten an. Und so standen am Samstagmorgen, an dem, weil Feiertag, nicht mal die Hälfte aller Bäcker der Stadt geöffnet hatte, Delmenhorster in der langen Schlange an, um ihre Schrippen zu kaufen, ganz so wie die Ossis früher im vor 25 Jahren abhandengekommenen Arbeiter- und Bauern-Staat, als es kaum Konsumgüter gab. Und war man am Samstag an der Reihe, dann hieß es: Mohnbrötchen sind aus. So wie damals im Konsum oder HO. Das ist gelebte Einheit in Delmenhorst!

So richtig ostalgisch war es bereits am Freitagabend vor dem Feiertag, als – ob des selbigen – in den großen Supermärkten der Stadt Ausnahmezustand herrschte. 19.30 Uhr: Keine Bananen mehr an der Stedinger Straße! Der Porree: Geplündert! Mehr Ostalgie geht nun wirklich nicht in diesen Tagen. Die Delmenhorster beim Hamsterkauf, als käme die Plan- und Mangelwirtschaft, als käme der Genosse Honecker zurück. Vorwärts immer, rückwärts nimmer, hieß es beim Kauf von Aufbackbrötchen! Niemand wollte der Letzte sein. Leergeräumt die Regale, ausverkauft die Sättigungsbeilage. So feiert man angemessen das Fest der Einheit!

19. Oktober 2015

Bleibt alles anders

Nichts ist so beständig wie der Wandel. Bleibt alles anders, weiß ja auch Grönemeyer. In diesen Tagen ist das besonders spürbar, also nicht bei Grönemeyer, der bleibt irgendwie immer der Alte. Aber sonst: alles neu, alles anders. Der amerikanische Playboy, das „Bunny-Magazin" für den

Herrn schlechthin, das selbstredend ausschließlich für seine ausdruck-
starken Interviews gelesen wird, will künftig keine blanken Busen mehr
zeigen. Wer pro Asyl ist, muss plötzlich sogar Mutti Merkel gut finden.
Und unser schönes Sommermärchen, als Fußballfreunde vom gesamten Erdball tatsächlich mit dem Spruch „Die Welt zu Gast bei Freunden"
mit einer ganz speziellen Willkommenskultur aufgenommen wurden:
ergaunert und erkauft. Der ADAC, dein Freund und Pannenhelfer, hat
selbst längst Achsenbruch erlitten und bräuchte einen Gelben Engel.
Fehlt nur noch, dass unser zuverlässiger deutscher Volkswagen-Konzern
in einen weltumspannenden Skandal verstrickt wird! Ach, das ist er ja
schon! Nichts bleibt eben, wie es ist, nichts ist heilig. Wenn sich jetzt
noch endgültig bestätigt, was das Satiremagazin Titanic schon Anfang
der neunziger Jahre titelte – „Wiedervereinigung ungültig: Kohl war ge-
dopt!" – steht die Welt tatsächlich Kopf.

17. November 2015

Außer Kontrolle

Wer öffentlich eine Jogginghose trägt, der hat die Kontrolle über sein
Leben verloren. Hat Karl Lagerfeld mal gesagt. Eine Schule im Schwäbi-
schen scheint diese Worte „Laberfelds" nun aufgreifen zu wollen. Sie
will Schülern das Tragen der bequemen Freizeithose mit dem elasti-
schen Beinabschluss im Unterricht verbieten. Argument: es käme ja
auch kein Schüler auf die Idee, in diesem Schlabberlook zum Praktikum
zu gehen. Sicher? Egal! Die Meldung klingt eh wie erdacht, damit durchschnittliche Glossenschreiber Stoff für Zeilen haben, so wie ja auch der
Laubsauger nur erfunden wurde, damit Redakteure lustig-genervte
Kommentare veröffentlichen können. Doch die Schwaben meinen es
ernst. Kleidung habe mit Haltung zu tun. Aber ist es wirklich an der, Stil-
losen Einhalt zu gebieten? Auch im Büro ist ja längst vielerorts jeder Tag
zum „Casual Friday" ausgerufen worden. Und spätestens nach Feierabend ist das sackförmige Beinkleid aus Baumwolle doch wie ein guter
Freund, der auf einen wartet. In der Jogginghose, da wo alles noch freies
Spiel hat, fühlt man sich pudelwohl. Ist die Jogginghose also nicht eher

ein Zeichen dafür, dass man die westliche Kunst zu leben verinnerlicht hat? Und gaukelt nicht gerade der dunkle Businessanzug lediglich Kompetenz vor, wie die Krawattenmenschen von VW und Co. belegen? Oder ist es am Ende alles Jacke wie Hose? Der Autor dieser Zeilen mag die Kontrolle über sein Leben längst verloren haben, aber wenigstens hat er es schön bequem dabei.

24. November 2015

Mit Pfiff durchs Leben

Ein Lied auf den Lippen so läuft es sich leichter durchs Leben. Doch was zwitschern jetzt die Spatzen von den Dächern? Die Demoskopen von You-Gov haben herausgefunden, dass 59 Prozent der Deutschen meinen, es werde in diesem Lande immer weniger gepfiffen. Immerhin 78 Prozent gaben an, dass sie selbst so manches Mal vor sich hin pfeifen. Nicht aus dem letzten Loch, das versteht sich in diesem Zusammenhang von selbst. Und schon gar nicht Frauen hinterher, das ist verboten. In deutschen Landen gibt es ja eine lange Tradition des Verpfeifens, womit jetzt nicht falsche Töne gemeint sind. Aber das ist ein anderes Thema. Zurück zur Melodie. Hat sich nicht Ilse Werner, die Älteren werden sich erinnern, ganz wunderbar durch ganz unterschiedliche und mitunter dunkle Zeiten getrillert? Ist nicht das Pfeifen im Walde eine Kunstform, die die ängstlichen Deutschen ebenso wie den Wald an sich – quasi erfunden haben? Und bringt man nicht Nassforsche noch immer gern mit dem Spruch „Keine Zähne im Mund, aber La Paloma pfeifen" zur Räson? Es gibt so viele Gründe, sich eines zu pfeifen. Spitzt die Lippen, liebe Leute, formt sie zu einem O, rollt die Zunge, lasst Luft ab. Tanzt nicht nach jedermanns Pfeife, aber geht mit viel Pfiff durchs Leben und pfeift auf die Umfragen.

9. Dezember 2015

Weihnachtsmarkt und Terror

Dieses mulmige Gefühl auf den Weihnachtsmärkten derzeit, die Angst, die mitschwingt beim Besuch, die Gefahr, die da allgegenwärtig unentwegt droht auf den belebten Plätzen, der Schatten, der sich bedrohlich auf die Stimmung legt. Terror!!! Doch warum die Panik? Rolf Zuckowski und Whams Lied über diesen „Lars Krismes" in Dauerschleife, Glühwein, bei dem die Antwort nach seinen Bestandteilen weite Teile der Bevölkerung verunsichern würde, fetttriefende Puffer und Schnitzwerk aus Fernost – all das gibt es alle Jahre wieder. An den Terror hat man sich doch längst gewöhnt. Kein Grund zur Sorge also. Der Konsumterror ist fester Bestandteil unserer Einstimmung aufs Fest und diesen Teil wollen wir uns nicht nehmen lassen. Von niemandem. Auch wenn wir uns jedes Jahr die Frage stellen, warum wir immer ausgerechnet dann Weihnachten feiern, wenn die Geschäfte bummsvoll sind. Die meisten Menschen feiern halt Weihnachten, weil die meisten Menschen Weihnachten feiern. Einige glauben noch an den Weihnachtsmann, viele haben das Vertrauen längst verloren. Andere wiederum halten sich für den Weihnachtsmann, wieder andere sehen lediglich so aus. Der eine wünscht sich vom Mann mit dem großen Sack ein dickes Plus auf dem Konto und ein dickes Minus auf der Waage, wohl wissend, dass der alte Mann das schon im vergangenen Jahr verwechselt haben muss. Der andere wünscht sich innig, dass ihm nach dem Lumumba und Glühwein die Engelein singen. Und bis zum Fest demonstrieren alle gemeinsam weiter dort Fröhlichkeit, wo durch die Lüfte tönet froher Schall von Rolf und seinen Freunden: auf den Weihnachtsmärkten.

16. Dezember 2015

Noch alle Nadeln an der Tanne

Das Weihnachtsfest, das darf man sagen, gehört zu den schönsten Dingen, die man angezogen erleben kann. Vorausgesetzt, der Baum steht. Mit Ballen oder ohne? Mit echten Kerzen oder falschem LED-Licht?

Blaufichte oder Edeltanne? Etwa 24,5 Millionen Weihnachtsbäume schmücken jedes Jahr die deutschen Wohnzimmer, weiß die Schutzgemeinschaft Deutscher Wald. Bäume haben den Menschen bekanntlich eines voraus: Sie sind auch in der Masse schön. Die Wahl der Deutschen fällt vor allem auf die Nordmanntanne, auch bekannt als Abies nordmanniana – und das steht hier nicht um mit einem Fremdwort zu imprägnieren. Jeder weiß längst, dass früher mehr Lametta war, aber ein Fest ohne Baum ist für viele auch kurz vor dem viel beschworenen Untergang des christlichen Abendlandes kaum vorstellbar. Und so muss Vati an einem trüben Dezembertag hinaus in die Welt, um den Baum mit den treuen Blättern, die nicht nur in der Sommerzeit grünen, zu erstehen. Findet er einen, der noch kein Fall für den Kieferorthopäden ist, ab damit nach Haus. Muttern wartet schon – und hätte natürlich lieber einen anderen genommen. Aber das war wohl schon bei der Hochzeit so. Am Heiligabend spätestens gilt es dann, den Baum im heimischen Wohnzimmer aufzurichten. Zumeist ist er dann ein Stück zu lang, sodass die Spitze gekürzt werden muss. Vorsicht: Die meisten Unfälle passieren im Haushalt. Mag des Christbaumes Kleid Trost und Kraft zu jeder Zeit geben, wer mit dem Brotmesser hantiert und sich auf der Leiter stehend ins eigene Fleisch schneitet, für den gibt es eine verfrühte Bescherung.

30. Dezember 2015

Die Pferde satteln

Eines ist mal sicher: Ist Silvester hell und klar, ist am nächsten Tag Neujahr. Und dann tauschen wir ein altes, das vielen doch irgendwie gebraucht vorkam, gegen ein frisches Jahr ein. Vergangenes Jahr standen wir noch am Abgrund, jetzt sind wir einen Schritt weiter. Das Leben als Ansammlung von Varianten, von denen die beste selten die wahrscheinlichste Möglichkeit ist. Doch wer will vor der großen Sause Trübsal blasen? Lieber in die Zukunft schauen. Aber irgendwie ist Bleigießen am Ende nur Kaffeesatzleserei. Dann lieber nachdenken über gute Vorsätze für 2016. Der Facebook-Gemeinde möchte man zurufen, sie sollte sich statt über gute Vorsätze lieber Gedanken über brauchbare Haupt-

und Nebensätze machen, aber das führt hier nicht zum Ziel. Bleibt der Klassiker: Im neuen Jahr muss erst einmal die Familie weg und dann wollen wir mehr Zeit mit unserem Bauch verbringen. Oder geht da etwas durcheinander? Und ich wäre natürlich gerne lieber vermögend als sexy, aber was man machen? Man muss das Leben eben nehmen, wie das Leben eben ist. Am Ende ist der gute Vorsatz doch nur ein Pferd, das oft gesattelt, aber nur selten geritten wird.

6. Januar 2016

Die vier Heiligen Drei Könige

Zum heutigen Dreikönigstag fällt mir ein, dass die Heiligen Drei Könige beim Krippenspiel am Heiligenabend in meiner Heimat zu viert waren. Ja, es kamen vier Heilige Drei Könige. Waren so viele Kinder und so wenige Rollen zu vergeben. Schafe und Hirten gab es schon genug, da musste es flugs eine Krone mehr sein. Das liegt nicht daran, dass man den Menschen in meiner Heimatstadt oft nachsagt, sie könnten nicht einmal bis drei zählen. Das können sie nämlich sehr wohl. Wenn sie drei Leute auf sich zukommen sehen, sagen sie: Kuck mal, da kommen zwei, die bringen einen mit. Man muss sich nur zu helfen wissen.

Früher taten mir die Heiligen Drei Könige immer sehr leid, dachte ich doch stets, sie seien besonders arm dran, so ganz ohne Mutter und Vater. Die drei Waisen aus dem Morgenland, wie sie so dem Stern hinterherlaufen mit Gold und Weihrauch und Myrrhe. Noch so Mysterien. Gut, Gold kannte ich als Kind, aber Weihrauch und Myrrhe? Immerhin stellte sich dann heraus, dass die Heiligen Drei Könige „nur" Weise aus dem Morgenland waren. Ob das Trio heute bei Pegida im Abendland willkommen wäre? Sicherheitshalber sollten sie wohl lieber zu viert kommen.

Das Beispiel aus dem Krippenspiel könnte so oder so Schule machen. Es gibt schließlich auch fünf Jahreszeiten, Fasching mal mitgerechnet. Warum sollten die Glorreichen Sieben also nicht zu acht sein? Warum nicht acht Sieben Zwerge? Warum nicht die Fantastischen Fünf? Und warum sollten sie Fünf Freunde nicht zu sechst Fälle lösen, die drei Musketiere nicht zu viert fechten? Die Der ??? hätten als Quartett auch wesentlich mehr Durchschlagskraft.

Der Mensch ist ein soziales Wesen, er ist gern in Gesellschaft. Der vierte König neben Caspar, Melchior und Balthasar beim Krippenspiel hieß übrigens Justin.

2. Februar 2016

Im Büro-Dschungel

Nachdem der TV-Dschungel nun wieder Geschichte ist, können wir zurückkehren zum wahren Dschungel des modernen Lebens. Greifen wir die Liane und schwingen uns in den Urwald des Großraumbüros. Zwar muss ein Büro auch in Zeiten des Home Office noch immer keine echte Überzeugungsarbeit leisten, damit es von Montag bis Freitag gefüllt ist: Die Camp-Bewohner kommen so oder so, geht es doch um den Broterwerb. Im Büro geht auch weiter Funktionalität über Wohnlichkeit, auch wenn der moderne Büromensch bemüht ist und selbst die Initiative ergreift, um die Stimmung unter den Leuchtstoffröhren aufzuhellen. Doch das Büro ist und bleibt kein verlängertes Wohnzimmer. Der beste Freund des Büromenschen ist der Ficus Benjamini, der in seinem natürlichen Umfeld vor sich hin trocknet und zusehends verstaubt, im privaten Wohnbereich aber oft ein ähnlich tristes Dasein fristet. Zu ihm gesellen sich im Büro verblasste Fotografien der Liebsten, damit man sie bei acht bis zehn Stunden Erwerbstätigkeit am Tag nicht zur Gänze vergisst. Die Wände des Büro-Dschungels zieren zweitklassige Kunstdrucke, von den so talentierten lieben Kleinen angefertigte Zeichnungen oder lieblos gestaltete Kalender, die immerhin den Weg zum nächsten Wochenende oder Urlaub verdeutlichen. In der Küche stehen Becher mit Sprüchen wie „Arbeit ist toll. Darum immer was für morgen aufheben!" Ebenfalls zum Habitat Büro gehören Büromenschen, die im unmittelbaren Umfeld ihres Schreibtisches derart viele leere Flaschen ansammeln, als wollten sie vom Pfandgeld demnächst ein Sabbatical in Sidney bestreiten. Ob sie die wahren Dschungel-Könige sind?

16. Februar 2016

Dem Namen nach

Im Journalismus gilt seit jeher ein ungeschriebenes Gesetz, das es zu beachten gilt: „No jokes with names", also: Keine Witze mit und über Namen. Dass ausgerechnet ein Dr. David Schnarch Vorträge über „Sexuelle Leidenschaft in dauerhaften Beziehungen" hält, soll also hier und heute ebenso kein Anlass sein für schlechte Scherze wie der Fakt, dass die neue Stadtbaurätin Delmenhorsts Bianca Urban heißt, ihr das Urbane also schon vorauseilt. Dass ein führender AfD-Politiker ausgerechnet Gauland benamst ist, soll als Treppenwitz der Geschichte auch unerwähnt bleiben. Und die Frage, ob eine Journalistin, die Fleischmann heißt, ein Buch über vegane Kochkünste rezensieren darf, wird nicht so heiß gegessen, wie sie gekocht wird. Loriot sagte: „Ein Leben ohne Möpse ist möglich, aber sinnlos." Wie komme ich ausgerechnet darauf? Tasso, eine Tierschutzorganisation, stellt stets die Liste der beliebtesten Hund-und Katzennamen vor. Und die Hitliste legt offen: Tierfreunde geben ihren Haustieren zunehmend menschliche Namen. Mieze und Maunzi sind passé. Katzen heißen falls weiblich, Lilly. Oder Felix, wenn es Kater sind. Beliebt sind zudem Mia uns Leo. Hunde hören oft auf den Namen Luna, wie die Tochter von Schweigers Til – wenn sie denn hören. Dem Schweiger wiederum möchte man empfehlen, seinem Namen einmal alle Ehre zu machen. Aber Vorsicht: „ No jokes with names".

15. März 2016

Eier im Wind

Ein untrügliches Zeichen dafür, dass der Frühling naht, ist derzeit wieder allüberall zu sehen. Vor den Hütten und Palästen der Stadt erblühen bunte Ostereier an den Bäumen und Sträuchern, wiegen sich im Winde und kündigen lieblich vom Kitsch. Des Frühlings blaues Band ist nicht mehr weit. Der Mensch in der norddeutschen Tiefebene drängt endlich wieder ins Freie. „Und kommt im März die Sommerzeit, ist's länger hell für Schwarzarbeit", heißt es ja auch. Der Frühling ist die Jahreszeit der

Hoffnung. Wenn die Krokusse blühen, stehen die weltweiten Krisen und Katastrophen hinten an. Wenn die Sonne scheint und kitzelt, dann kann man fast vergessen, dass die Menschen immer kälter werden, das Wetter aber immer wärmer. Dabei wäre ein gesellschaftlicher Klimawandel spätestens nach dem vermaledeiten Wahlsonntag doch so wichtig. Der Frühling aber spendet jetzt Trost, er ist ein Neuanfang. Wer hofft nicht auf einen zweiten Lenz? Wer wartet nicht auf Frühlingsgefühle? Wer tauscht nicht gern des Winters Grau gegen lustig in der Nase juckende Pollen? Da kann man schon einmal darüber hinwegsehen, dass sich im deutschen Bier immer mehr Glyphosat findet. Da kann man Donald Trump vergessen – und all die Populisten, die sich auch hierzulande immer weiter aus dem Fenster lehnen. Aber bei aller Euphorie sollte nicht vergessen werden: „Fensterputz bei Sonnenschein bringt Dir nur Enttäuschung ein."

5. April 2016

Zahlen, Daten, Fakten

Männer in Delmenhorst werden im Schnitt 77,2 Jahre alt. In Osnabrück hingegen erreichen sie ein Alter von 77,8 Jahren. Nun soll man bekanntlich keiner Statistik glauben, die man nicht selbst gefälscht hat. Und überhaupt: freut Euch nicht zu früh, Ihr Osnabrücker! Uns Delmenhorstern kommt das Leben dafür sehr viel länger vor. Wenn der Doktor hier sagt: „Ich kann sie beruhigen, Sie haben noch mindestens 20 Jahre zu leben", dann lautet die Antwort: „Oh – und dabei wollte ich noch so wenig machen". Mit Zahlen ist das eben so eine Sache. Fünf von vier Leuten können nicht rechnen. Und bereits 75 Prozent der Schüler haben keine Ahnung von Prozentrechnung, wobei: Das kann nicht stimmen. 75 Prozent, so viele Schüler gibt es ja gar nicht in Delmenhorst. Stichwort: Demografischer Wandel. Unter Mathematikern gibt es übrigens drei Sorten: die einen können gut zählen, die anderen nicht. Eine Statistik: Jährlich sterben in Deutschland etwa 74 000 Menschen durch Alkohol. Also verschwindet jährlich eine Stadt wie Delmenhorst durch den Suff. Delmenhorst verschwindet leider nicht. Darauf hat Ralf Husmann, Erfinder der TV-Serie Stromberg, einmal hingewiesen. Eine weitere Statistik beweist: Geburtstage sind gesund. Die Zahlen belegen, dass Menschen mit den meisten Geburtstagen am Ende auch am Längsten leben.

Und wer dann irgendwann doch das Zeitliche segnet und den Statistiken glaubt, der sollte sich in der Heiligen Stadt Jerusalem beerdigen lassen. Denn dort ist die Wahrscheinlichkeit einer Auferstehung statistisch noch immer am höchsten.

12. April 2016

In Schwitzen kommen

Aus Anlass der Eröffnung der Standseilbahn zum Vesuv ist im Jahr 1880 ein neapolitanisches Lied gedichtet worden, das den klingenden Namen „Funiculi, Funiculà" trägt. Davon gibt es eine – sagen wir: derbe – deutsche Version, sehr frei übersetzt, die noch heute gern am Ballermann gegrölt wird. Sinngemäß geht es darin um folgende freudig angestimmte Aufforderung: „Olé, setzen wir uns in ein Verkehrsmittel und steuern geradewegs ein Haus der Freude in Kataloniens Hauptstadt an." Im Verlauf des Textes wird noch reichlich gefummelt. Und auf den Männern vorbehaltenen Örtchen tummeln sich genau 1000 barbusige Damen. Wie komme ich nun darauf? Nun, in Delmenhorst wird seit ein paar Tagen mit einem riesigen Plakat für Europas größten „Saunaclub" bei Düsseldorf geworben. Ein Plakat, das viele ins Schwitzen bringt. Die Anführungszeichen beim Wort „Saunaclub" müssen dabei stets mitgesprochen werden, denn in einem Club namens Magma geht es auf vielerlei Ebenen heiß her. 100 Girls verspricht das Plakat. Und die sind ganz sicher eher für den Er-als für den Aufguss zuständig. Was aber geht da vor sich, in besagtem Club? Und warum wirbt er im fernen Delmenhorst für sein nicht jugendfreies Angebot? Zufällig hat just in diesen Tagen der Papst sein Schreiben „Amoris Laetitia – Die Freude der Liebe" veröffentlicht. Er singt darin das Hohelied der Zärtlichkeit und der gesunden Erotik in der Ehe. Wer aber auf Aufklärung über den „Saunaclub" hoffte, wurde enttäuscht. Zwar schreibt der Papst: „Es ist gut, den Morgen immer mit einem Kuss zu beginnen." Doch über „Saunaclubs" im Allgemeinen und Magma im Besonderen: kein Wort. Der „Club" ist ja auch kein Eheanbahnungsinstitut.

19. April 2016

Na dann prost!

Bierchen, kühles Blondes, flüssig' Brot, Gerstensaft, Hopfenkaltschale – es gibt zahlreiche Synonyme für das Getränk, von dem nur wenige sagen: Das ist nicht mein Bier. Der immergrüne Revoluzzer Daniel Cohn-Bendit ist einer dieser wenigen: „Die deutschen 68er waren ja so furchtbar genussfeindlich, das waren Biertrinker und Wurstesser, ich konnte das nie verstehen. Ich habe immer gesagt: Sozialismus, das heißt Austern für alle." Kann man so sehen. Und dennoch muss eine Lanze für das Bier gebrochen werden, in einem Jahr, in dem das Reinheitsgebot seit genau 500 Jahren besteht. Gottfried Benn hat einmal gesagt: „Nietzsches Abneigung gegen Bier war mir immer etwas verdächtig. Wen Bier hindert, der trinkt es falsch." Wolfram Wuttke hingegen, auch er irgendwie Dichter, hat auf ein Paradoxon beim Biergenuss hingewiesen. Es sein doch komisch, dass er, also Wuttke, immer spitz werde, wenn er breit sei. Er muss es wissen, hat er doch stets nach dem Motto gelebt: Ein Kasten Bier ist ein Getränk für zwei Männer, wenn einer nicht mittrinkt. Am kommenden Samstag steht nun wieder der Tag des Bieres an. Und auch wenn Alkoholismus derart deprimierend ist, dass man sich auf der Stelle besaufen möchte, wie es Wiglaf Droste lyrisch formulierte, ist dieser Tag ein Grund zur trunkenen Freude. Aber Vorsicht: Wolf Wondratschek, der nächste Dichter hat recht, wenn er sagt: „Nicht jeder, der säuft, wird mit Trunkenheit belohnt. Manch einer ist einfach nur besoffen."

17. Mai 2016

Aufs richtige Pferd gesetzt

Claudio Pizarro, ewig junger Kicker und Pferdeliebhaber, hatte am Wochenende bekanntlich allen Grund zur Freude. Deshalb, so hat er verraten, will er sein nächstes Rennpferd auf den schönen Namen „Klassenerhalt" taufen. Er hat übrigens bereits eines, das auf den ebenfalls hübschen Namen „Mia san Triple" hört – und das hat naturgemäß, so viel legt der Name nahe, eher kein grün-weißes Blut in den Adern. Ein Pferd namens „Barber's Shop" hat nun in England Aufsehen erregt. Das gehört nicht dem Kicker-König der Herzen, sondern der rüstigen Queen, Königin Elisabet II., persönlich. Das Pferd, im Gegensatz zum lahmenden VfB Stuttgart ganz agil, hat bei der „Royal Windsor Horse Show" einen Preis gewonnen: Und zwar einen – der Teufel äppelt bekanntlich stets auf den größten Haufen – einen Supermarkt-Einkaufsgutschein über 50 Pfund. „Wir hoffen, dass dieser Gewinn eine kleine Hilfe beim königlichen Wocheneinkauf sein kann", wird ein Sprecher der spendablen Supermarkt-Kette zitiert. Nun hat die Queen den Gutschein sicher weniger nötig als Werder den Klassenerhalt. Aufs richtige Pferd gesetzt haben aber irgendwie alle, die Queen mit ihrem königlichen Klepper und Werder mit Top-Oldie Pizarro, dem besten Pferd im Stall, das nun sogar noch ein weiteres Jahr Gnadenbrot-Aufschub bekommt.

28. Juni 2016

Ein Feuer, das ewig brennt

Béla Réthy, öffentlich-rechtlicher Fußballkommentator, der im Netz bei jedem Länderspiel mehr Hasskommentare auf sich zieht, als Werder-Werber Wiesenhof und alle ausgewachsenen Diktatoren dieser Erde gemeinsam – hat sich zuletzt während eines EM-Spiels unbewusst um den Tommy-Steiner-Gedächtnispreis beworben. „Wen Statistiken interessieren, dem empfehle ich unsere App im ZDF. Die ZDF-App.", dichtete Réthy auf den Punkt – und begab sich damit als Captain Obvious, der das allzu Offensichtliche immer noch einmal aussprechen muss, auf die

Spuren des unvergessenen Schlagerbarden Steiners, der früher trällerte: „ Da ist ein Feuer, das ewig brennt, das man das ewige Feuer nennt." Muss man auch erst einmal draufkommen. Wiederholung als Kern des Lebens, als Einbimsen von Lehrstoff, um durch Repetition das Gelernte zu manifestieren, das soll ja schon manchen Schüler zur Verzweiflung getrieben haben. Wie lang brennt noch einmal das ewige Feuer? Genau. Und wie die App im ZDF heißt, vergisst dank Wortakrobat Béla Réthy sicher auch niemand mehr. Aber der Mann am Mikrofon sollte vorsichtig sein. Sein Kollege Marcel Reif, der einst mit Sprüchen wie „Je länger das Spiel dauert, desto weniger Zeit bleibt" die Welt der 90 Minuten neu vermessen hat, musste in diesem Jahr zur Strafe allzu Offensichtliches gleich mehrfach als Experte am „ran EM-Talk" in Sat.1 teilnehmen. Und dass das eine Hölle war, in der das Feuer heiß und vor allem ewig brennt, konnte man an seinem Gesicht deutlich ablesen.

13. Juli 2016

Stabil wechselhaft

Wo immer man sich auf das Leben einlasse, so hat Oscar Wilde mal gesagt, werde man enttäuscht. Alles dauere entweder zu lang oder nicht lang genug. Der Wettermann aus dem ARD-Morgenmagazin, der auf den tapferen Namen Donald Bäcker hört, hat soeben angesichts des „Sommers" festgestellt, die Wetterlage bleibe vorerst weiterhin „stabil wechselhaft". Damit will er wohl sagen, dass es – frei nach Wilde – entweder zu warm oder zu kalt, zu trocken oder zu nass bleibt. Sommer geht jedenfalls anders. Das wissen die Daheimgebliebenen. Aber der Mensch ist eh nie zufrieden. Ob Sonne, ob Regen: Wir sind stets dagegen. Anderswo mag es nackt noch zu heiß sein, hier heißt es jetzt: Nichts ist so beständig wie der Wechsel im Achterbahn-Sommer zwischen Rekordhitze und Sturmtief, zwischen Hagelschauer und Sonnenbrand. Es strömt in Gießen. Es gießt in Strömen in Delmenhorst. Dafür hatten wir im Mai ja schon drei schöne Tage, sagt man dann, wenn der Juli wieder zum April mutiert. Ist das noch Wetter? Oder haben wir schon Klima?

Zuviel Sonne macht eh nur kirre. Manch einer vergleicht das Sommerwetter in diesem Jahr schon mit seinem Chef: Es macht meist, was es will, entfacht enormen Wind, dreht das Fähnchen im selben, verbreitet ein eisiges Klima und verdunkelt einem auch noch den einen oder anderen Tag.

Aber ist das Wetter am Ende nicht immer nur ein Abbild unseres Lebens? Da geht es ja auch Auf und Ab, nach Sonne kommt Regen, nach Regen mitunter sogar Sonnenschein – und in der Tendenz war früher immer alles besser, sogar der Sommer.

26. Juli 2016

Und wieder von vorne

Das Leben, wer wüsste das nicht, besteht aus permanenten Wiederholungen. Der ewig gleiche Trott. Frühling, Sommer, Herbst und Winter – und alles wieder von vorn. Nach einem kurzen Wochenende kommt eine lange Arbeitswoche, nach dem Aufstehen das Zähneputzen, nach der Feier der Kater. Immer und immer wieder, von der Wiege bis zur Bahre. Alles wie gehabt. Doch man kann die Sache mit der Wiederholung auch übertreiben. Dazu genügt im Sommer ein Blick ins TV-Programm. Jürgen von der Lippe hat mal gesagt: „Das deutsche Fernsehprogramm ist das beste der Welt. Gäbe es sonst so viele Wiederholungen?" Aber der Mann nimmt es berufsbedingt mit Humor. Nicht nur, dass derzeit rund um die Uhr „Tatort"-Folgen totgesendet werden, die der geneigte Krimi-Fan bereits mitsprechen kann: Die TV-Macher machen es sich im Sommer leicht und senden wie immer Konserve um Konserve. „Derrick" hingegen senden sie nicht. Verbannt aufgrund seiner SS-Vergangenheit. Also nicht Derricks, sondern der von Horst Tappert. Über „Derricks" Vergangenheit weiß man nicht viel, könnte also sein, dass ihm irgendein Harry im WK II bereits den Kübelwagen vorgefahren hat.

Rudi Carrell übrigens wusste vor seinem Tode, dass er als Wiederholung noch lange weiterleben werde. Der lebendige Woody Allen hingegen hat – als man ihm sagte, er werde nach seinem Tod in den Herzen seiner Fans weiterleben – gekontert: „Ich will aber in meinem Appartement weiterleben." Verständlich. Er muss ja auch nicht montags ins Büro – oder das deutsche TV-Programm schauen.

10. August 2016

„Den Prozess gewinnst Du locker"

Aufgewachsen in einer längst vergangenen Zeit, in der Friseurbetriebe noch „Le Figaro" oder „Salon Birgit" hießen und nicht – sagen wir „Hairgott" oder gar „Haireinspaziert", habe ich mir früh zwei Dinge gemerkt. „Was Friseure können, können nur Friseure", lautet der Spruch des haarigen Handwerks, der zweite, den ich aufsagen kann, wenn man mich nachts um 2 Uhr aus dem Schlaf schreckt, heißt: „Haare schneiden, ist doch klar, bei uns nur mit gewasch'nem Haar!" Leuchtete mir ein, liebe Coiffeure, Barbiere und Haar-Stylisten! Die Kunst des Friseurhandwerks ist derzeit wieder stark gefragt, nicht nur, weil viele Sportler bei der Fußball-EM zuletzt oder jetzt bei den Olympischen Spielen kreative Kunstwerke auf dem Kopf tragen.

Seit Langem schon ist auch der Vollbart wieder in Mode. „Je mehr Druck und Konkurrenz männliche Affen bei der Partnersuche erfahren, desto ausgewachsener werden Bärte und andere individuelle Erkennungsmerkmale der Männchen", sagen die Wissenschaftler. Dass sich der Mensch – und besonders der Mann – zum Affen macht, ist hinlänglich bekannt.

Ebenso bekannt ist auch die Top-3-Liste der Kommentare aller Scherzkekse, wenn ich mal wieder Kontakt mit Kamm und Schere beim Friseur hatte. Auf Platz 3 heißt es: „Den Prozess gewinnst Du locker." Platz 2, bitte nicht wiederwählen: „Du warst beim Friseur? Bist Du gar nicht drangekommen?" Und Platz 1, um Haaresbreite vorn, schon seit Figaros Zeiten: „Sag mal, was macht Dein Friseur eigentlich beruflich?" Hairgott, die Sprüche haben einen noch längeren Bart als ich. Die könnt Ihr

Euch ins Haupthaar schmieren. Denn eines bleibt Fakt: Ich hab' die Haare schön.

26. August 2016

„Wo das Saufen noch eine Ehre ist"

Das Bundesland im Süden der Republik beherbergt zwischen Laptop und Lederhose seit jeher ein ganz eigenes Völkchen. Diese Bayern haben es weit gebracht. Und dabei über die Jahre wahre Exportschlager entwickelt. Eines ist das Oktoberfest, dass sie Bayern stets wann feiern? Genau. Im September. Dann heißt es auf den Bierzeltgarnituren wieder. „Wo das Saufen noch eine Ehe ist, kann das Erbrechen keine Schande sein." Doch längst feiert man das Oktoberfest nicht nur unterhalb des Weißwurstäquators, sondern auch in Australien und den USA – und in der norddeutschen Tiefebene. Selbst in Delmenhorst kann man feiern wie die Bayern. Seit Wochenschon bieten die Discounter Dirndl an, dass es für den längst vergessenen liberal-lüsternen Rainer Brüderle ein wahres Fest sein dürfte. Jeder Fischkopp weiß längst, was ein Hendl ist. Jeder Flachlandtiroler trinkt sein Bier aus diesen viel zu großen Krügen – bis er bsuffa ist und die Musi liebt, die ihm um die Ohren trompetet. Jeder Saupreiß liebt seine Brezn. Kruzifix! Das Oktoberfest regiert die Welt und ist dabei doch erst der Vorbote. Der Ur-Bayer Seehofer Horst wünscht sich schon lange, dass seine CSU, die Politik gewordene Bierzeltstimmung, im ganzen Land zu Wahlen antritt. Dann, ja dann ist endlich das ganze Jahr Oktoberfest.

20. September 2016

Und ewig bläst und saugt der Heimwerker

Kennen Sie das? Man sitzt so da und denkt: Mir geht es richtig gut. Und kurze Zeit später sitzt man immer noch da und denkt: Kaum, dass man denkt, dass es einem richtig gut geht, fallen einem 1000 Gründe ein, die dagegensprechen. Und weg ist das gute Gefühl. Oft sind daran Heimwerker schuld. Denn wann immer man einen Moment zur Ruhe kommt, sagen wir auf dem Balkon im schönen Spätsommer, kann man sich sicher sein: Sie sind schon da. Und sie schrauben, bohren, kärchern, sägen, fällen, hämmern, nageln, kratzen, stampfen, mähen, klopfen, poltern, harken, fegen, rütteln, flexen, schleifen, schrubben, ja, sie blasen oder saugen Laub, dass einem in der ganzen Nachbarschaft Hören und Sehen vergeht. In mir wächst dann stets und unablässig das Bedürfnis, diesen Outdoor-Heimwerkern etwas Böses zuzurufen. Zum Glück habe ich nicht das geringste Verlangen, ihnen solches dann auch anzutun. Obwohl ich, wenn ich so auf meinem Balkon sitze, ja stets der einzige Mensch weit und breit bin, der auf mich Rücksicht nimmt. Ich bleibe still und denke dann an Arthur Schopenhauer. Der hat gesagt, dass die Welt die Hölle sei. Und die Menschenseien einerseits die gequälten Seelen, andererseits aber auch die Teufel. Ich für meinen Teil bin angesichts der heimwerkenden Raudaubrüder- und schwestern eine gequälte Seele und ein armer Teufel. Zähne hoch und Kopf zusammenbeißen, riet einst Heinz Erhardt in solchen Situationen. Der kannte aber auch die lärmenden Laubbläser noch nicht. Dafür war er ein feiner Dichter. Wäre es nicht schön, wenn alle Heimwerker dieser Welt Hammer und Säge einmal beiseite und dafür einfach mehr Gedichte schrieben? Am besten stets dann, wenn ich mal für einen stillen Moment auf dem Balkon sitze?

19. Oktober 2016

Wahre Schönheit

Geld regiert die Welt. Das wissen nicht nur die, die in der Welt der Schönen und Reichen so heimisch sind wie der sprichwörtliche Fisch im Wasser. Und wer schön ist, der verdient sogar noch mehr Geld. Hat kürzlich erst eine Studie belegt. Demnach hat, wer gut aussieht, bessere Chancen auf einen Job und verdient bis zu 20 Prozent mehr als all die Krummen, Windschiefen und Buckligen, also als unsereiner. Was Tatjana Greiner so verdient, ist nicht belegt. Sie hat unlängst die Wahl zur schönsten Bestatterin Deutschlands gewonnen und darf sich tatsächlich – kein Scherz – „Miss Abschied" nennen. Da fällt dem Kunden der Übergang in eine andere Welt sicherlich leichter, wenn schon die Bestatterin engelsgleich daherkommt. Andererseits wird einem beim Blick aufs eigene Sparbuch auch klar, dass man selbst eher ein Radiogesicht sein Eigen nennt, was sich eben im Gehalt deutlich niederschlägt. Es ist wie verhext. „Ein Mann mit einem dicken Bankkonto kann gar nicht hässlich sein", hat einst Zsa Zsa Gabor gesagt. Wenn aber auch der Blick aufs Ersparte keine schönen Gedanken aufkommen lässt, dann muss man sich eben auf die inneren Werte berufen. Denn wahre Schönheit, so heißt es doch immer, kommt von innen. Und eines ist auch klar: Was wir verdienen und was uns am Monatsende überwiesen wird, das sind eh zwei Paar Schuhe.

1.November 2016

Neulich auf der Party

Wie heißt noch mal der dicke Kommissar aus dem Rostocker Tatort? Komme nicht drauf. – Du meinst Polizeiruf! – Ach ja. – Der Dicke aus dem Tatort ist Schenk. Aber der ist in Köln. Gespielt von Dietmar Bär. – Den Kölner Tatort schau ich nicht. Ist immer so betulich. – Ich schau nicht den vom Bodensee, da versteh ich kein Wort. – Ist das der mit Krassnitzer? – Nee, das ist doch Wien. Da versteht man auch nicht viel, aber den schau ich trotzdem gern. – Heute muss ja jeder Kommissar einen an der Klatsche haben. – Und private Probleme! – Ja, so wie aus Essen! – Essen? – Ist das Polizeiruf oder Tatort? – Tatort! – Dann meinst Du Dortmund. Mit Faber. – Ja, Ruhrpott halt. Der Faber ist doch schwer gestört. – Früher gab es auch Kommissare, die hatten einen kleinen Spleen. Zum Beispiel Stoever – Gott hab ihn selig – und Brockmöller. Die haben immer gesungen zum Schluss. – Da war privat alles in Ordnung oder eben unwichtig. – Aber lustig war es immer. – Lustig ist es doch immer in Münster, mit dem arroganten Professor. – Aber richtig toll sind immer die mit Ulrich Tukur. Das ist wie Kino! – Ich mochte ja Schimanski, der hatte auch so seine Probleme. Und der kam auch im Kino.

– Wen ich richtig nett fand, das war der Zaluskowski, der war immer so menschlich. – Das war kein Kommissar, das war ein Zollfahnder! – Ja, und der war in der Sesamstraße. – Und wie heißt jetzt der Dicke aus Rostock? – Dieter Pfaff?

15. November 2016

Schniefen, stöhnen, husten

Gern ist niemand in ihnen und doch verbringen die Menschen in dieser Jahreszeit einen Großteil ihrer Zeit genau dort: in Wartezimmern. Zwischen Goldener Gloria und ambitionierten Fotografien der Arztgattin schnieft, stöhnt und hustet es in verbrauchter Luft, dass es eine wahre Freude ist. Wer noch nicht krank ist, der wird es eben hier. Das Wartezimmer trägt seinen Namen zurecht, ist es doch ein Zimmer, in dem man wartet und wartet und wartet, während nach einem undurchschaubaren System alle anderen nach und nach aufgerufen werden. Ist man selbst dann doch an der Reihe, rückt man nur eine Stufe weiter – und darf auf einem Stuhl im Flur noch einmal warten: „Doktor kommt gleich!" Der Begriff „gleich" hat in Arztpraxen natürlich eine gänzlich andere Bedeutung als in der wahren Welt. Beim Zahnarzt ist mancher Patient im Übrigen froh, wenn er im Wartezimmer warten darf, bis er schwarz wird. Schlimmer als im Wartezimmer ist es schließlich nur auf dem Behandlungsstuhl. „Beim Zahnarzt in den Wartezimmern, da hört man nicht nur Zarte wimmern", schüttelreimt es sich. Für alle Wartezimmer aber gilt: Gesprochen wird nicht – und wenn dann bitte nur flüstern, dass das ganze Wartezimmer die komplette Krankengeschichte nahtlos mitverfolgen kann. Wer darauf verzichten möchte, der denke beim Verdacht auf Grippe zunächst an das alte Hausrezept: Rum muss, Zucker darf, Wasser kann. Und der merke sich: Lieber eine gesunde Verdorbenheit als eine verdorbene Gesundheit.

29. November 2016

Alle Lampen an

Es droht Ungemach. Und die Rede ist ausnahmsweise nicht von Donald Trump, dem Klimawandel oder den Abstiegsnöten der Nordklubs. Es bricht – wie alle Jahre wieder – die Zeit der betrieblichen Weihnachtsfeiern an – mit all ihren Fallstricken. Und es kommt das Aufwachen danach, wenn man das Gestern noch bereut und das Morgen schon fürchtet. Die Weihnachtsfeiern, die das firmeninterne Miteinander stärken sollen, sind ein Schaulaufen. Wer hat was an? Wer geht mal wieder gar nicht? Denn wer nach dem fünften Glühwein mehr Lampen anhat als der größte Christbaum und allen Mut zusammennimmt, um dem Chef endlich einmal die Meinung zu geigen und ihm das Lametta vom Baum zu holen, der hat nicht mehr alle Nadeln an der Tanne. Vom Tages-Du zum Tages-Depp führt oft ein kurzer Weg. Auch wer der seit Jahren heimlich angehimmelten Kollegin endlich sein Verlangen gesteht, geht voll ins Risiko, wenn er nicht Kaiser Franz Beckenbauer („Der liebe Gott freut sich über jedes Kind") persönlich ist. Und wer im Suff vernehmbar über die physische Beschaffenheit der Auszubildenden doziert, der muss schon Donald Trump sein, wenn er damit durchkommen will, sonst droht zügig und zurecht der Zwangsabstieg. Das Betriebsklima jedenfalls wandelt sich so auf jeden Fall.

14. Dezember 2016

Abschied von Mr. Big Mac

Mr. Big Mac ist tot. Keine Sorge, liebe Tennis-Fans älteren Semesters: John McEnroe, Rüpel des einstmals weißen Sports, ist noch immer quietschfidel. Von uns gegangen ist kürzlich vielmehr der Mann, der vor gut 50 Jahren eine bahnbrechende Entdeckung gemacht und den wohl berühmtesten Burger aller Zeiten zusammengepappt hat. Michael Delligatti hieß der findige Hack-Papst, dank Fast Food ist er satte 98 Jahre alt geworden. Doch nun stellt sich die weltweite Burger-Versammlung die Frage, wie er unter die Erde kommen soll. Ein Begräbnis, so geschmacklos wie Fast Food, fordern dabei nur eingefleischte Gourmets. In einer eckigen Pappschachtel möge er ruhen, sagen die Buletten-Puristen. In einem doppelstöckigen Sarg, die Cheeseburger-Verächter. Als Menü, dann wird es billiger, wünschen sich Coupon-Connaisseure. Als Drive-in-Begräbnis, hat ja doch niemand mehr Zeit für einen anständigen Leichenschmaus, die Slow-Food-Gegner. Als Dank sogar mit Extra-Käse, singen die Cheddar-Chöre. Und die Grabrede so flach wie ein Rindfleisch-Patty möge Horror-Clown Ronald McDonald halten, Tränen weinend, so salzig wie die Gurke des Mac.

28. Dezember 2016

Die Silvester-Frage

Viele Menschen wünschen sich in diesen Tagen ein neues Jahr, denn das alte ist doch reichlich verbraucht und war überhaupt schon früh ziemlich kaputt. Doch eine Klippe, die gilt es noch zu umschiffen, ehe ein neuer Kalender her kann: die Silvesterparty. „Und was machst Du Silvester?", heißt es deshalb allenthalben. Und vielen fällt die Antwort schwer. Sicher, mit zunehmendem Alter sinkt der Druck, ausgerechnet in der letzten Nacht des Jahres die beste Party überhaupt feiern zu müssen. Mit wem auch? Einladungen bleiben Mangelware. Die besten Freunde feiern den Jahreswechsel am 31. Dezember kleinkindgerecht schon um 19.30 Uhr mit einem Tischfeuerwerk und alkoholfreiem Bier – und gehen noch vor Mitternacht familienfreundlich ins Bett. Dann ist man Neujahr wenigstens fit, sagen sie. Andere wiederum verzichten auf laute Partys, weil der liebe Hund sich gestört fühlen könnte. Ganz andere täuschen eine Bleiallergie vor, um nicht in die düstere Zukunft schauen zu müssen und verreisen gleich von Weihnachten bis Neujahr. Wer aber Ende Dezember auf die Frage nach dem Verbleib in der Silvesternacht noch mit „Keine Ahnung!" antwortet, der macht sich als Sonderling verdächtig.

Also vielleicht selbst noch spontan das Wohnzimmer ausräumen und zur Party laden? Doch wer sollte – siehe oben – kommen? Der gute Vorsatz fürs neue Jahr: Silvester frühzeitig planen! Der Vorsatz aus dem vergangenen Jahr („Nicht fluchen, nicht rauchen, nicht saufen") hat leider nicht hingehauen. Da war mir schon – Himmel, Arsch und Zwirn! – kurz nach Mitternacht die Zigarette in mein Bier gefallen.

4. Januar 2017

Auch Vegetarier haben einen Schweinehund

Das neue Jahr startet oft mit guten Vorsätzen. Mit dem Rauchen aufzuhören, hat Mark Twain einst gesagt, sei kinderleicht. Er selbst habe es bereits 100 Mal geschafft. Das macht doch Mut am Anfang eines Jahres, an dem sich viele Menschen einen Rucksack mit guten Vorsätzen beladen, den sie anschließend kaum noch tragen können. Wie viele Menschen werden allein deswegen unglücklich, weil sie glauben, glücklich werden zu müssen? Stets geschlagen vom beständigen Missverhältnis von Erwartung und Erfüllung.

Die Ernährung jedenfalls ist ein Gebiet, dem sich grundsätzlich viele Menschen in ihren Vorsätzen widmen. Gesünder soll das Essen werden – und weniger sowieso. Oft sagen das genau die Männer, für die es bereits formvollendetes Kochen ist, Bier kaltzustellen. Häufig hört man in diesen Tagen vom guten Vorsatz, künftig kein oder zumindest weniger Fleisch zu essen. Ein guter Ansatz, wenn das Vorhaben nicht missionarisch wird. Wie sagte schon Harry Rowohlt: „Ich bin kein Vegetarier. Ich mag nur kein Fleisch. Das Einzige, was ich noch weniger mag als Fleisch, sind Vegetarier." Übrigens: Auch angehende Vegetarier haben einen inneren Schweinehund. Den müssen sie allerdings nicht essen, sondern nur domestizieren, was Herausforderung genug ist.

Gute Vorsätze sollen das Leben schöner machen, damit die Zukunft nicht nur eine kaum noch zu ertragende Fortsetzung der Gegenwart ist. Laut Statistik haben sich über 60 Prozent der Deutschen vorgenommen, in diesem Jahr weniger Stress zu haben. Nahezu ebenso viele wollen mehr Zeit mit der Familie verbringen. Wie das nun wieder zusammengehen soll, möge jeder angesichts seiner Familie für sich selbst entscheiden.

Und wer sich jetzt fragt, ob ich gute Vorsätze habe, dem sei entgegnet: Es gibt Dinge, über die rede ich nicht mal mit mir selber.

11. Januar 2017

„Im Kino gewesen. Geweint."

Es gibt im Leben viele Dinge, auf die man leichten Herzens verzichten könnte. Blitzeis im Berufsverkehr, Quizsendungen mit Kai Pflaume, spielentscheidende Gegentreffer in der Schlussminute und renitente Rentner vom rechten Rand gehören definitiv dazu.

Auch Freunde des Films, die regelmäßig ins Kino gehen, brauchen für gewöhnlich nicht lang, um eine lange Liste mit lästigen Dingen zu erstellen. „Im Kino gewesen. Geweint", hat schon der Literat Franz Kafka einst in seinem Tagebuch notiert.

Gut, er brach nicht in Tränen aus, weil neben ihm jemand während des ganzen Films aus einem überdimensionalen Eimer Popcorn laut schmatzend in sich hineinschaufelte. Er weinte auch nicht, weil sein Sitznachbar die besten Dialoge mit Sauggeräuschen übertönte, am Strohhalm im Zwei-Liter-Eimer Cola nuckelnd. Er weinte auch nicht, weil hinter ihm jemand den betäubenden Geruch von aufgewärmten Cheese-Nachos verströmte. Und er weinte auch nicht, weil das Paar vor ihm noch zehn Minuten nach dem Vorspann wortreich und nichtssagend zugleich Belangloses besprach. Er bekam schlichtweg feuchte Augen, weil ihn der Film auf der Leinwand so sehr berührte.

Wie gern möchte man sich auch heute noch im Kino berühren lassen. Doch wie dem Film folgen, wenn um einen herum die Hölle losbricht? Ins Kino geht man offenbar nur noch, weil man – völlig ausgehungert und dem Verdursten nahe – im Dunklen möglichst laut seine Lust auf Ungesundes ausleben möchte. Ganz großes Kino.

18. Januar 2017

Macht es wie die Pinguine!

Wer derzeit vor die Tür tritt, der spürt sie, die Kälte, die sich mit frostiger Hand über dieses Land gelegt hat. Aber Stopp! Man muss ja nicht permanent über Politik und ihre angeblichen Alternativen reden. Frostig ist es aber trotzdem. Und das liegt aktuell am Winter. Schnee ist gefallen, viele Straßen sind spiegelblank. Das ruft die Deutsche Gesellschaft für Orthopädie und Unfallchirurgie in Berlin auf den Plan, die verhindern möchte, dass Fußgänger stürzen und sich die Haxen brechen. Deshalb empfiehlt sie uns: Macht es einfach wie die Pinguine!

Äußerst langsam und mit kleinen Schritten möge man sich über den Boden schieben, den Pinguinen aus der Antarktis gleich. Die watscheln bekanntlich mit leicht nach vorn gebeugter Haltung übers Eis und machen dabei, obwohl oft als tollpatschig beschrieben, meist eine gute Figur. Der belastete Fuß steht stets mit ganzer Sohle auf dem Boden, der Schwanz hilft beim Stabilisieren auf spiegelglattem Untergrund.

Das mit dem Schwanz dürfte für den Menschen schwierig werden. Aber ansonsten ist dem Aufruf der Berliner Gesundheitsexperten, es wie die rundlichen Pinguine zu tun, beizupflichten, denn der Pinguin lebt meist monogam und ist dabei im Großen und Ganzen sogar recht treu. Wenn es zu eisig wird, stellen sich zahllose Pinguine ganz dicht zueinander und ändern dann in koordinierten Wellen immer wieder ihre Position, damit jeder Frackträger mal in die wärmere Mitte gelangt.

Den Schulterschluss suchen, das ist doch auch für Menschen in so frostigen Zeiten ein guter Plan. Sich anlehnen können, wenn es notwendig ist, Nähe und Wärme finden, gemeinsam watscheln. Zu loben ist der Pinguin übrigens auch, weil er als Seevogel seinen Traum vom Fliegen längst aufgegeben hat, er muss also als Realist gelten, was auch in der Politik mitunter helfen könnte.

25. Januar 2017

Über die Schwierigkeit, Komplimente zu machen

Es vergeht auf Gottes weiter Erde kaum ein Tag, der nicht als „Welttag" im Kalender verzeichnet ist. Den Welttag des Knuddelns haben wir in diesem Jahr schon gefeiert, den der Jogginghose auch. Der Tag der Kreiszahl Pi (März), der Tag der Kissenschlacht (April) und der Tag des deutschen Butterbrotes (September) stehen noch bevor. Der Mensch, so möchte man mit Blick aufs Weltgeschehen meinen, er denkt nicht mit, aber er denkt sehr oft an Kurioses. In dieser Woche nun stand der Tag der Komplimente an, erfunden von zwei Amerikanerinnen als „Compliment Day". Jeder möge doch an diesem Tag etwas Nettes über seine fünf liebsten Mitmenschen nicht nur denken, sondern auch aussprechen.

Komplimente und USA, das scheint in diesen Tagen weit hergeholt. Trump, der – Achtung: alternativer Fakt – größte Präsident aller Zeiten, etwa hat bekanntlich seine ganz eigene Art, Frauen Schmeicheleien zu übermitteln. Und Ralf Husmann, Autor der TV-Serie „Stromberg", hat mal gesagt, es sei überhaupt wahnsinnig schwierig, Frauen heutzutage Komplimente zu machen. Sage man etwa: „Du hast wunderschöne Augen!", denke sie: „Aber einen fetten Hintern, oder was?". Lobt man hingegen den Allerwertesten, ist zurecht klar, dass es wohl doch eher um innere Werte gehen sollte. Dabei kann ein fein dosiertes Kompliment wundersame Wirksamkeit entfalten. Übrigens auch dann, wenn Männer es bekommen – und das nicht nur am „Compliment Day".

1. Februar 2017

Echte Frühstücksgefühle

Morgens essen wie ein Kaiser, mittags wie ein König, abends wie ein Bettler, das war jahrelang die Maxime. Ausnahmen gab es nur am Abend, da durfte aus dem Bettelmann in meinem Fall auch mal ein Blaublüter werden. Klar war aber stets: Die wichtigste Mahlzeit des Tages bleibt das Frühstück. Doch das soll nun vorbei sein. Jetzt nämlich behauptet ein britischer Forscher, dass das Frühstück nicht nur nicht gesund sei, sondern ebenso schädlich wie das Rauchen. Jetzt mag man einwenden, dass der Mann Brite ist. Wer das englische Frühstück mit Bohnen, Porridge, Speck, Würstchen „and so on" kennt, der möchte dem besorgten Biochemiker aus dem Brexit-Land zustimmen.

Doch der Mann geht mit seinen Thesen über das heimische Frühstück hinaus. „Frühstück ist eine gefährliche Mahlzeit", heißt sein mahnendes Buch. Ist das die Ehrenrettung für all die Erziehungsberechtigten, die ihre Kinder schon seit langem ohne Frühstück aus dem Haus und in die Schule schicken? Und wenn sich jetzt all die Lohnabhängigen für Gesundheitsapostel halten, nur weil sie ihren Tag mit Kaffee und Nikotin beginnen, sind die Briten dann begeistert? Und was wird aus dem wunderschönen Wort Frühstückscerealien? Wir Frühstücker halten es da mit Joachim Ringelnatz, dem Dichter-Kaiser: „Aus meiner tiefsten Seele zieht/mit Nasenflügelbeben/ ein ungeheurer Appetit/ nach Frühstück und nach Leben".

8. Februar 2017

Das Kühlschrankphänomen

Wer Menschen vor dem Kühlschrank beobachtet, der mag sich fragen, warum der Homo sapiens als intelligentes Wesen bezeichnet wird.

Angeblich haben 90 Prozent aller Menschen, die einen Kühlschrank besitzen, schon einmal versucht, ganz langsam die Tür zu schließen, um beobachten zu können, an welchem Punkt das Licht im Inneren an- oder ausgeht. Und ja, auch der Autor dieser Zeilen gehört dazu.

Aber das ist beileibe nicht das einzige seltsame Verhalten, das der Mensch vor der weißen Ware an den Tag legt. Man denke da zum Beispiel an die zahllosen Leute, die die Kühlschranktür öffnen, ins Leere blicken, die Tür wieder schließen, um dann wenige Sekunden später die Tür erneut aufzumachen, um nachzuschauen, ob jetzt vielleicht etwas anderes Leckeres darin zu finden ist. Das erinnert an die Mini-Playback-

Show, in der Kinder in Marijke Amados Zauberkugel verschwanden, um ein paar Sekunden später auf der anderen Seite als Michael Jackson oder Madonna wieder herauszukommen. Aber so oft man auch sein Knäckebrot in den Kühlschrank legen mag, es wird einfach kein Tiramisu draus.

Der Kühlschrank ist ein Ort der Träumereien und der vollkommenen Desillusionierung. Und er wird wohl auf ewig ein Mysterium bleiben, das essenzielle Fragen des Lebens aufwirft – womit wir wieder am Ausgangspunkt wären: Tausende Wissenschaftler haben gewarnt, dass Essen in der Nacht ungesund ist und dick macht. Warum gibt es dann ausgerechnet da, wo das Essen liegt, eine Lampe?

15. Februar 2017

Männer, kauft Karotten!

Früher, sagen wir in der Steinzeit, da hat der Mann seine Liebste gefunden, indem er der Erstbesten mit der Keule eins übergezogen hat. Schwupps, – und es war Liebe. Später dann, sagen wir in Deutschlands dunkelster Zeit, lernte man sich vielleicht im Luftschutzbunker kennen und lieben, weil man sich dort so nahe kam. Noch etwas später, in den siebziger Jahren, fand man den Partner schwofend im verrauchten Partykeller. All das ist Geschichte, während man der Keule und dem Luftschutzbunker eher nicht nachtrauert, mag mancher den Partykeller vermissen. Wer heute seine große Liebe sucht, der begibt sich aber längst im Internet auf Freiersfüße.

Jeder zweite Internetnutzer glaubt ganz fest daran, im weltweiten Web fündig zu werden, besagt eine neue Studie. Jeder vierte Befragte hat es schon einmal probiert. Tindergarten statt Partyraum, Elitepartner statt Engtanz im Eigenheimkeller. Doch der Erfolg, das besagt dieselbe Studie, ist mitunter mau. 43 Prozent der Nutzer von Online-Dating-Portalen haben weder einen kurzfristigen Kontakt noch eine feste Beziehung gefunden. Woran das liegen kann, haben jetzt Forscher der University of Western Australia ans Tageslicht gebracht. Die Ausgangsfrage war, salopp formuliert, was macht Männer eigentlich für Frauen attraktiv? Witz? Charme? Geld? Volles Haar? Die Forscher wissen es: Beta-Carotin macht sexy! In einem Test verabreichten sie hellhäutigen Männer Beta-Carotin, einen Wirkstoff, der sich unter anderem in Möhrchen befindet – und der, wenn in ausreichender Menge verabreicht – eine leichte Gelb- oder Rotfärbung der Haut bewirkt. Attraktiver und gesünder, ja sexy wirkten die Probanden mit dem neuen Teint, behauptete die aus fachkundigen Frauen bestehende Jury. Der Mann braucht also keine Keule, er braucht Karotten. „Tu mal lieber die Möhrchen", sang ja auch schon Helge Schneider.

22. Februar 2017

Kalte Krieger und der Gefrierbrand

Es ist jetzt einmal an der Zeit, eine Lanze für den US-amerikanischen Präsidenten zu brechen. Nicht für den aktuellen Amtsinhaber, so weit soll es nicht kommen. Aber für Ronald Reagan, den Cowboy- und Präsidentendarsteller aus Hollywood. Der hat nämlich 1984 Weitsicht bewiesen und den „Tag der Tiefkühlkost" eingeführt. Liegt nahe, da Reagan ja als besonders „Kalter Krieger" gilt. Seit Reagans Entscheidung wird eben jener „Tag der Tiefkühlkost" stets am 6. März eines jeden Jahres gefeiert. Der Tag ist mit Bedacht gewählt, gilt der 6. März 1930 doch als der Tag, an dem in der USA erstmals tiefgekühltes Gemüse verkauft wurde. Und was wäre uns alles verloren gegangen, gäbe es nicht die Tiefkühlkost? Schöne Wörter wie Gefrierbrand, Gefrierbeutel, Vakuumiergerät oder Abtauautomatik wären nicht in den Sprachschatz übernommen worden.

Und noch wichtiger für alle Zweifler: Es gäbe einen Gottesbeweis weniger. Denn ist nicht der rasante Qualitätssprung von Fertigpizza aus dem Eisfach, der seit Reagans Amtszeit bis heute feststellbar ist, Beleg dafür, dass es eine höhere Macht zwingend geben muss? Vergessen sind die Zeiten, als der Pizzabelag nach Plastik aussah und auch so schmeckte, heute ist Italiens Geschenk an die Menschheit nahe an der Perfektion.

Isso. Und ohne Tiefkühlkost keine Gefrierschränke. Und ohne Gefrierschränke hätte Billy Joel niemals seinen Welthit von dem Mädchen schreiben können, das mit Wonne und großer Lust den Gefrierschrank regelmäßig abtaut. Aufgenommen wurde der Song übrigens ein Jahr vor Reagans Votum für den „Tag der Tiefkühlkost". Das „Uptown Girl" hatte also durchschlagenden Erfolg.

1. März 2017

Vom Ende der Capri-Sonne

Ein Schatten fällt auf ein Getränk, das sich stets ein leuchtendes Image gegeben hat. Das zuckersüße saftähnliche Zeugs, das seit Jahrzehnten als Capri-Sonne im silberglitzernden Standbodenbeutel samt Strohhalm verkauft wurde, heißt ab dem Frühjahr nicht mehr Capri-Sonne – sondern Capri-Sun. Der globalisierte Markt will das so, sagt das Unternehmen. Von Globalisierung war noch keine Rede, als die klebrige Capri-Sonne die Sehnsucht nach Bella Italia ab den sechziger Jahren in Deutschland befriedigte. Wer wollte, konnte im Kassettendeck seines Ford Capri „Wenn bei Capri die rote Sonne im Meer versinkt" hören, wenn er lässig am Strohhalm der Capri-Sonne zuzelte. Besonders Modebewusste trugen dazu die Capri-Hose. Heute zieht es den Deutschen eher nach Malle, wo die Capri-Sonne – Entschuldigung: die Capri-Sun – nicht das Getränk erster Wahl ist. Obwohl dort ja der Strohhalm auch vermehrt zum Einsatz kommt.

Die Capri-Sun jedenfalls hat im Netz schon viel Spott abbekommen. Ritter Sport hat sich augenzwinkernd als Knight Sport angeboten, die Bierbrauer von Astra machten aus ihrem Urtyp den Urguy. Und wer weiß, vielleicht schlürfen wir künftig auch Miller Milk statt Müller Milch und knabbern dazu Kekse der Marke Princes Role. Und abends dann den Hunter Master. My lovely Mr. Singing Club! Mein lieber Herr Gesangverein! Verrückte Welt – am Ende heißen Frühstücksflocken aus geröstetem Mais noch Cornflakes. Was der Verein zur Förderung des Ansehens der Blut- und Leberwürste (VBL) aus dem Süden der Republik zum Wandel der Capri-Sonne sagt, ist nicht überliefert. Mag aber durchaus sein, dass der ein oder andere bodenständige Metzger meint, die Marketingstrategen der Capri-Sun hätten einen saftigen Sonnenstich.

8. März 2017

Kein Alkohol ist auch keine Lösung

Es war eine Zeit lang still um Claus Weselsky, einst von einer Autovermietung als „Mitarbeiter des Monats" gefeiert, weil er als Streik-König der Eisenbahnergewerkschaft GDL den Schienenverkehr gefühlt eine Ewigkeit lahmgelegt hat. Jetzt führt Weselsky ein anderes stammtischgerechtes Thema in die Diskussion ein. Er fordert ein Ende des Alkoholverkaufs in allen Bordrestaurants und -bistros der Bahn. Dabei lässt sich der Name Weselsky doch viel leichter aussprechen, ist die Zunge erst einmal gelockert.

Früher, es muss in den achtziger Jahren gewesen sein, da lautete ein beliebter Rat „Lieber schwarz mit der Bahn als blau gegen den Baum." Viele fahren aber schon immer lieber blau mit der Bahn, auch deshalb, weil sich dann die Speisen im Bordbistro viel besser ertragen lassen. Und auch die üblichen Verspätungen der Bahn fallen weniger ins Gewicht, wenn man sich die gewisse Leichtigkeit mit Bier oder Wein verschafft. Ein gutes Pils braucht sieben Minuten, in der Zeit lässt sich keine Türstörung beheben. Und hilft ein leichter Glimmer nicht auch, wenn man aus dem Zugfenster auf die immer gleichen, immer deprimierenden deutschen Gewerbegebiete schaut? Sicher ist: Wer einen guten Zug am Leibe hat, mit dem ist auch gut Bahnfahren. Und wer sein Leben in vollen Zügen genießen möchte, der fährt nicht nur am Wochenende in vollen Waggons, sondern gönnt sich ein Schlückchen.

15. März 2017

Neue Fast-Food-Gräueltaten auf dem Markt

Manchmal, da wünschte man sich, man wäre Mozart. Nicht weil man dann einen klangvolleren Vornamen hätte oder gar ein musikalisches

Genie wäre. Einfach nur, weil Mozart am 13. Juli 1770 in sein Tagebuch notieren konnte: „Gar nichts erlebt. Auch schön." Da kommt doch glatt Neid auf, wenn man in einer Welt lebt, die sich immer schneller zu drehen scheint, in der man mit großen Augen die Nachrichten verfolgt, staunend, kopfschüttelnd, verständnislos. Früher war ja selbst die Zukunft besser. Und dann sieht man diese Werbung – und die Verwirrung ist komplett. Der große Familienkonzern mit Doktortitel preist seinen „Pizzaburger Hot Dog" an, ein – sagen wir – Lebensmittel, das den Geschmack einer Pizza mit dem einfachen Handling eines Burgers und den typischen Zutaten eines Hot Dogs verbindet. Wie bitte? Und vor allem: Warum? Das fragt sich auch der, der eher als Gourmand denn als Gourmet bekannt ist. Weil mehr einfach mehr ist? Weil man es kann? Hier wächst doch etwas zusammen, was nicht zusammengehört.

Was die verrückte Weltlage und die Erfindung von neuen Fast-Food-Gräueltaten angeht, so sei an den französischen Philosophen Blaise Pascal erinnert. Der hat es schon im 17. Jahrhundert auf den wunden Punkt gebracht, obwohl er weder Pizza noch Burger noch Hot Dog kennen konnte: „Das gesamte Unglück der Menschen rührt allein daher, dass sie es nicht aushalten, ruhig in einem Zimmer zu bleiben."

22. März 2017

Doppelpass alleine?

Fußballer und Interviews direkt nach Schlusspfiff, das ist eine Geschichte für sich. Weltmeister Lukas Podolski, der nun das letzte Mal für die DFB-Auswahl aufläuft, kann mit seinen Sprüchen Bücher füllen. Doch einen so peinlichen Moment, wie ihn jetzt ein Spieler des südafrikanischen Klubs Free State Stars erleben musste, kennt selbst Prinz Poldi nicht.

Der Afrikaner hatte nach einem siegreichen Spiel vor laufender Kamera freudetrunken seiner Frau gedankt – und im Überschwang auch gleich noch seiner Geliebten, um dann – als der Groschen fiel – dem Reporter ins Wort zu fallen, er habe selbstredend nur seine Frau gemeint.

„Doppelpass alleine? Vergiss es!", hätte Podolski wohl gesagt. Der Profi aus Südafrika hat nun zwar drei Punkte im Sack, dürfte aber auf die typische Frage eines Reporters, wie er sich denn so fühle, in Erklärungsnot geraten. Podolski hat einst, auf die Frage, was er vor dem Torschuss gedacht habe, lapidar geantwortet: „Ich denke nicht vorm Tor – das mache ich nie." Podolski wusste oft erst, was er dachte, wenn er hörte, was er sagte. Was für einen Stürmer auf dem Platz richtig ist, muss neben dem Spielfeld allerdings nicht immer die beste Lösung sein. Kurz nachzudenken hilft, gerade dann, wenn man etwas zu verheimlichen hat.

Für den afrikanischen Profi dürfte es kein Trost sein, dass der Kabarettist und Sportreporter Werner Schneyder einst festgestellt hat: „Alle fragen, wie viele Ehen durch Betrug scheitern, aber niemand, wie viele Liebschaften durch die Ehe zerstört werden."

5. April 2017

Wer pendelt, sündigt nicht

Der Durchschnittsdeutsche hat ein neues Lieblingshobby. Die Rede ist jetzt mal nicht von der Leidenschaft, in dieser Jahreszeit dürre Ästchen im Vorgarten mit bunten Plastikeiern zu behängen. Und auch nicht davon, den lieben, langen Tag über „die Ausländer" zu schimpfen. Diese Steckenpferde belegen zwar seit jeher Spitzenplätze in der Hitparade der deutschen Hobbys – geschlagen aber werden sie noch vom neuen Spitzenreiter. Der Durchschnittdeutsche pendelt. Und das tun jetzt so viele Durchschnittsdeutsche wie nie zuvor. 16,8 Kilometer beträgt dabei die durchschnittliche Entfernung vom Wohnort bis zum Job. Das ist eine gute Nachricht. Wer zur Arbeit pendelt, der hat zumindest schon mal eine. Das war ja auch nicht immer so.

Und wer viel Zeit im Auto oder in der Bahn verbringt, der kann auch deutlich weniger Unsinn machen. Bleibt ja kaum noch Zeit für Osterdeko und Stammtischreden, wenn man Hin- und Rückfahrt zusammenrechnet. Natürlich gibt es die Nörgler, die sagen: Hohe Mieten, knapper Wohnraum – da müssen die Arbeitnehmer, die ihre Arbeit geben, doch pendeln, um ihren Arbeitgeber, der die Arbeit nimmt, zu erreichen. Doch wer denkt an die, die mit Leidenschaft pendeln? Weil sie so weniger Zeit bei der lästigen Familie, beim schweißtreibenden Sport oder gar im Ehrenamt, wo sie Arbeit geben ohne Geld zu nehmen, verbringen müssen? Doch schon warnen Gesundheitsexperten: Je länger die Fahrtzeit der Erwerbstätigen, desto weniger Zeit bleibt zum Regenerieren. Doch das ist zu kurz gedacht. Schließlich kann man die Fahrten von der Steuer absetzen – und von dem Geld dann einen wunderschönen Wellnessurlaub finanzieren.

12. April 2017

Die neuen Fackelmänner

Die ersten warmen Tage des Jahres haben wieder einmal gezeigt, dass man es drehen und wenden kann, wie man will: Der Mann hat seinen festen Platz am Grill. Dort steht er, dort grillt er, dort ist er ganz Mann, dort schweigt er. Vielleicht, weil er sich schämt, das kapitale Tier („Alles unter 500 Gramm ist nur Aufschnitt!") nicht gleich selbst erlegt zu haben. Und doch stirbt auch der schweigsame Griller langsam aus. Denn der neue Mann muss beim Bruzzeln seinen Grill permanent preisen. Alle Fackelmänner dieser Welt weben sich dabei ihre eigene Lobhudelei zusammen. Denn Grillen ist eine Wissenschaft geworden. Ein Gasgrill muss es sein, aufgemotzt mit allerlei Hightech. Wo der Mann früher archaisch Feuer machte und todesmutig in glühenden Kohlen stocherte, da steht nun ein futuristisch anmutender Apparat. Grillen in der Königsklasse, wie man es eher in Großküchen und Restaurants vermutet. Mit Temperaturregler, Drehspieß, direktem und indirektem Grillen: „Er kann auch Fisch und ganze Hähnchen!" Die grillenden Männer loben ihre Alleskönner wie früher nur ihre dicken Autos. Sie kosten ja auch fast so viel. Sicher, es gilt: Lieber gemeinsam grillen als einsam schmoren. Aber will man hören, dass Deckel und Gehäuse aus stabilem Aluguss bestehen? Dass das integrierte Thermometer permanente Temperaturkontrolle garantiert? Dass die Zündung sicheres Zünden auch bei ungünstigen Wetterverhältnissen ermöglicht? Vor allem dann, wenn man ganz unmännlich noch auf einen kleinen Elektrogrill setzt?

19. April 2017

Kurze und lange Wochen für Arbeitnehmer

Die Osterfeiertage haben für den arbeitenden Teil der Bevölkerung meist den Vorteil, dass er sich reinfühlen kann in die angenehmen Seiten einer geschmeidigen Vier-Tage-Woche. Lange Gesichter macht angesichts der zwei kurzen Wochen niemand. Was auch daran liegen mag, dass nach Ostern im Frühstücksradioprogramm einen Tag weniger Zeit ist für die gut gelaunten Moderatoren, die uns über den müden ersten Arbeitstag der Woche hinweg helfen wollen – und die schon früh den Countdown für das ach so ferne Wochenende einläuten. Die Hölle hat viele Namen, einer davon lautet Frühstücksradio.

Besser in die Woche starten mit zwanghaft gut gelaunten Moderatoren? Bitte nicht! „Hoffnung auf den Feierabend, Hoffnung auf das Wochenende, all diese lebenslange Hoffnung auf Ersatz, inbegriffen die jämmerliche Hoffnung auf das Jenseits, vielleicht genügte es schon, wenn man den Millionen angestellten Seelen, die Tag für Tag an ihren Pulten hocken, diese Hoffnung nehmen würde. Groß wäre das Entsetzen, groß die Verwandlung", hat der Schweizer Schriftsteller Max Frisch einmal gesagt. Dabei gab es zu seiner Zeit das Frühstücksradio noch gar. Sicher, zumindest Musik mag helfen. Auch und gerade morgens. „Doch da ist etwas, das uns Hoffnung gibt: Geschlechtsverkehr und Popmusik", sang ja schon das norddeutsche Philosophen-Trio Fettes Brot. Aber: Ein jegliches hat seine Zeit. „Arbeit ist wie das Altern. Meist sehr unangenehm, aber nicht zu verhindern", wusste bereits Mark Twain. Und das gilt in kurzen und langen Arbeitswochen gleichermaßen.

26. April 2017

Besser spät als nie: Hollywood ruft

Aus den Vereinigten Staaten von Amerika kommen in diesen Tagen gute Nachrichten. Zumindest für all die, deren Beziehungen in regelmäßiger Abfolge und stets sehr schnell in die Brüche gehen. Eine just veröffentlichte Harvard-Studie bietet nämlich all denen Trost, die bereits an sich zweifeln und über mögliche Bindungshemmnisse grübeln. Wissenschaftler haben herausgefunden, dass es einen belegbaren Zusammenhang zwischen der eigenen Attraktivität und der Dauer der Partnerschaft gibt. Wer einfach gut aussieht und eine Beziehung führt, fühlt sich demnach eher zu anderen Menschen hingezogen – und ist schlichtweg zu schön für eine lange Beziehung. Schwupps muss der Möbelwagen kommen, das Hab und Gut wird aufgeteilt, kopfüber geht es in die nächste Beziehung. Doch was bedeutet das im Umkehrschluss für einen Mann wie mich, der seit gefühlten Ewigkeiten in einer Beziehung lebt? Den Blick in den Spiegel jedenfalls, den gilt es nach der Studie tunlichst zu vermeiden.

Männer wie ich müssen Trost suchen in einer anderen Erhebung. Denn nahezu zeitgleich hat das amerikanische Fachblatt Jama Dermatology eine Analyse veröffentlicht, die uns Krummen und Windschiefen ganz neue Chancen bietet. Kurz gesagt: Die Mediziner haben herausgefunden, dass das Böse in Kinofilmen Warzen hat und Narben und oft sogar eine Glatze. Sechs von zehn Film-Finsterlingen haben demnach eine dermatologische Auffälligkeit. Augenringe wie ein Waschbär, Haarverlust, entstellte Gesichtszüge. Superhelden hingegen haben natürlich eine Haut wie der sprichwörtliche Baby-Popo.

Da bleibt einem wie mir also nur die ewige Treue und die Hoffnung auf eine späte Film-Karriere – sagen wir als Bond-Bösewicht. Der Spruch „Du hier und nicht in Hollywood?", mit dem ich schon in den achtziger Jahren allerorten scherzhaft begrüßt wurde, bekommt so im Nachhinein immerhin noch eine ganz sinnhafte Bedeutung

10. Mai 2017

Martin Schulz, der HSV und die Kunst des Blasens

Glücklich ist, wer seinem Gegenüber sagen kann: „Wenn ich Du wäre, wäre ich lieber ich." Die Allermeisten von uns aber, die wünschen sich doch immer wieder einmal, einfach ein gänzlich anderer zu sein. Raus aus der eigenen Haut, aus dem schlechten Spiel, das sich Leben nennt, rein in eine bessere Biografie.

Martin Schulz zum Beispiel, der hat vor ein paar Wochen noch gedacht, Martin Schulz zu sein, das sei eine richtig dolle Sache. Bundeskanzler und so. Jubel, Applaus, Bad in der Menge. Jetzt im Moment wäre er vielleicht doch lieber Angela Merkel. Oder der HSV. Der wäre gern ein Verein, der durch Europa tourt und Pokale hamstert. Doch er bleibt der Club mit der Raute im Herzen und der Angst im Nacken. Kann man nix machen.

Oder Volksmusiker Stefan Mross. Der hat gerade in die Welt hinausposaunt, wie unangenehm sein Leben sei. Ständig müsse er in Hotels frühstücken. Und in den heutigen Hotels gebe es ja kein vernünftiges Rührei mehr. Ein schlimmes Schicksal, das immerhin den Effekt hat, dass man sich wieder an den Vollblutmusiker erinnert. Kleine Rückblende: „Stefan Mross lässt blasen" lauteten Anfang des Jahrtausends die Schlagzeilen. Bevor sich jetzt irgendein Mann wünscht, nicht mehr er selbst, sondern besser Stefan Mross zu sein: „Trompeterkrieg" lautete das martialische Stichwort damals. Es ging um die richtigen Töne. Der böse Verdacht: Mross könne gar nicht blasen. Ein Gericht musste schlichten.

Am Ende muss sich ein jeder Mensch mit seinem eigenen Ich arrangieren – und sollte sich bei allen Gedankenspielen an einen Satz des famosen Schriftstellers Jörg Fauser erinnern: „Wer mit 40 noch mal bei Null anfängt, fängt nicht bei Null an, sondern bei 40."

17. Mai 2017

Halb leer oder halb voll

Es war der badisch-bayerische Philosoph Oliver Kahn, der das Credo „Weiter, immer weiter" geprägt hat. Und so wird Deutschland auch im kommenden Jahr beim Eurovision Song Contest antreten. Und auch die SPD, das lassen erste Stimmen nach der Landtagswahl in Nordrhein-Westfalen vermuten, will sich im September im Bund noch einmal zur Wahl stellen. Bangemachen gilt nicht. Scheitern als Chance. Mag der Pessimist noch sagen: Das Glas ist doch halb leer. Der Optimist weiß längst: Aber nicht mehr lange. Darauf einen Düschardeng!

Und so machen alle weiter, alles geht seinen Gang, nimmt seinen Lauf. Jeder hofft, dass das Kahnsche Diktum dazu führt, am Ende doch mal auf der Sonnenseite zu stehen. Glücklich ist, wer verfrisst, was nicht zu versaufen ist. Nun kann man froh sein, dass Martin Schulz nicht singt wie weiland Walter Scheel. Schulz fiele im Moment vermutlich sogar vom gelben Wagen. Wenn es nicht läuft, dann läuft es nicht. Schulz beim ESC, der weitere Abstieg wäre gewiss. Und Sankt Martin könnte man dann nicht mal ins Europäische Parlament abschieben.

Vielleicht sollte er sich schnell einen gelben Wagen zulegen. Möglichst einen SUV, falls er noch keinen hat. Ein Wirtschaftspsychologe hat unlängst erklärt, warum die spritsaufenden Vorstadt-Panzer so beliebt sind. Die hohe Sitzposition, das bullige Äußere, das Gefühl der Stärke. Das mögen die Deutschen, die sich gern über andere erheben. Dass das Aussehen von Autos mehr und mehr auf Aggressivität getrimmt werde, zeige, dass die Vehikel als Ego-Krücke dienen. Kann man brauchen, wenn es zum ESC oder zur BTW geht.

24. Mai 2017

Das Deutsche schlappt durch die Straßen

Über uns Deutsche kursieren ungezählte Klischees. Und ganz sicher geben wir all denen, die nicht deutsch sind, mannigfaltig Rätsel auf. Die

Deutschen hassen Kleidung – außer Uniformen, heißt es zum Beispiel über uns. Dass Uniformen nicht immer nur der Obrigkeit auf den Leib geschneidert sind, hat der Schriftsteller Matthias Altenburg einmal festgestellt, als er den neuen Einheitslook treffend wie folgt beschrieb. „Das Deutsche: Unten die Jogginghose, oben das T-Shirt, dazwischen ein Stück Bauch. In der Rechten die Aldi-Tüte, links das Handy. So schlappt es durch die Straßen."

Aber die Deutschen geben noch ganz andere Rätsel auf. Sie lieben heiß den kühlen sibirisch-deutschen Neo-Schlager-Automaten Helene Fischer, sie halten Dr. Eckhard von Hirschhausen („Wunder wirken Wunder") für einen lustigen Mediziner, sie hieven das Sachbuch „Darm mit Charme" von Giulia Enders gleich über Jahre auf die obersten Plätze der Bestsellerlisten, sie kaufen vegane Kochbücher und grillen am Wochenende massenweise Fleisch – und wenn sie mal ganz unter sich sein wollen, dann fliegen die Deutschen einfach nach Mallorca.

31. Mai 2017

Seeluft im eigenen Heim

Nach oben offen ist die Zahl der Dinge, die gegen unseren festen Willen geschehen. Mückenstiche in der Kniekehle, Helene Fischer in der Halbzeitpause, Sendungen mit dem netten Herrn Pflaume, Auslandsreisen von Präsident Trump, Fruchtfliegen auf dem Obst – to name but a few. Und doch geschehen diese Dinge immer wieder, meist dann, wenn man sie so gar nicht gebrauchen kann. Es ist wie mit dem Arbeiten oder dem Altern: alles eher unangenehm, letztlich aber wohl doch nicht zu verhindern. Und deshalb hat eine höhere Macht den Urlaub erfunden, damit der Mensch sich erholen kann von Dingen, die gegen seinen Willen geschehen. Vielleicht waren es auch die Sozialdemokraten, die den Urlaub als zeitlich begrenzte Lebensunglücksverdrängung ausbaldowert haben. Kommt jetzt auch nicht drauf an.

Die Ferien jedenfalls gelten landläufig als die schönste Zeit des Jahres, das wusste schon Roy Black. Doch was belegen jetzt die neuesten Umfragen? Die Mehrheit der Deutschen braucht die ersten zwei, drei Tage des Urlaubs zum Abschalten und ist vier Tage nach dem Urlaub bereits wieder auf dem Stresslevel wie vorher. Verlorene Liebesmüh also! Die Gedanken an die Arbeit, die permanente Angst, etwas zu verpassen, der ständige Blicks aufs Handy: Der Deutsche ruft im Urlaub seine Arbeits-E-Mails ab, loggt sich mehrmals täglich in soziale Netzwerke ein und sorgt sich zudem um die Sicherheit seines Zuhauses. Da kann man besser gleich zuhause bleiben, sich einen Rollmops vor den Ventilator hängen und die frische Seeluft im eigenen Heim genießen.

7. Juni 2017

Panoptikum des Grauens

In den bundesdeutschen Büroküchen begegnet einem tagtäglich so manch trübe Tasse. Schwamm drüber. Kommen wir lieber zum Thema Trinkgefäß. Denn dort liegt in den Büros auch einiges im Argen. Sammelsurium zu nennen, was in den Schränken seit Jahren ein Eigenleben führt, trifft es nur unzulänglich. Die kunterbunte Mischung der Kaffeebecher ist ein Panoptikum des Grauens. Alle Becher dieser Welt, die zu hässlich sind für den heimischen Gebrauch, leben in Büroküchen weiter. Henkel an Henkel stehen sie unkaputtbar da und schreien ihre Botschaften in die Welt.

Sie werben für Melli's Reitershop, nur echt mit dem falschen Apostroph, künden von längst vergangenen Bundesligameisterschaften, hauen einem eine im Netz bereits vergessene Firmen-URL um die Ohren, erinnern an „Die beste Mutti der Welt", zeigen den gemeingefährlichsten Nager des Tierreichs – die Diddl-Maus – oder künden in allen Sprachen schlicht davon, was in den Becher – Überraschung – hineingehört: Kaffee, Coffee, Café, Java. Sie haben manchmal die Form einer Erdbeere oder sogar zwei Henkel, bei vielen ist die Farbe verblasst. Manche haben ein Design, als hätte ihr Schöpfer zu lang in den Becher geschaut. Und so wie manche trübe Tasse einen Sprung in der Schüssel hat, ist auch bei den Bechern oft der Lack ab. Das tägliche Umrühren und der Gang in die Spülmaschine hinterlassen Spuren. Aber wegwerfen? Kommt gar nicht in Frage. Zumindest in der Büroküche hat noch jeder alle seine Tassen im Schrank.

21. Juni 2017

Nachtgedanken zum „Tag des Schlafes"

Der müde Mensch will nichts als pennen, doch der Lorenz scheint am Himmel, taghell noch die tiefste Nacht. Aber man muss den „Tag des Schlafes" am 21. Juni eben feiern, wie er fällt – auch wenn die Nacht nur kurz Dunkelheit gewährt, um sicher in Morpheus' Armen zu ruhen. Aber irgendwie ist der Tag dann doch gut gewählt. Denn wenn das Thema Schlaf ins Zentrum der Gespräche rutscht, geht es doch eher um das Nichtschlafenkönnen. Es sind wahlweise die lieben Kleinen, die den Schlaf rauben, der malade Rücken oder das kreiselnde Gedankenkarussell rund um Job, Jugendliebe oder Jacketkrone. Das Wort Schlaf fällt nur noch in Kombination mit dem Wort Mangel. Schlecht schlafen können viele gut. Und so möchte man Morpheus nachts am Schlafittchen packen und ihn schütteln. Aber vielleicht schläft man besser noch eine Nacht drüber, um keine schlafenden Hunde zu wecken.

In Baden-Württemberg war es kürzlich eine Eule, die vielen Menschen mit einer besonderen Kunst den Schlaf geraubt hat. Das naturgemäß nachtaktive Wesen verfügt über eine Fähigkeit, mit der es in jeder Casting-Show reüssieren könnte: Die Eule kann täuschend echt eine Alarmanlage imitieren. Und damit schreckt der längst polizeibekannte Vogel regelmäßig die Nachbarschaft auf. Ein ausgeschlafenes Exemplar also. Na dann: Gut' Nacht!

28. Juni 2017

Weil jeder Stau eine Schau ist

Jetzt sind wir wieder mittendrin, in der Deutschen liebsten Jahreszeit. Juni, Juli, August – das heißt Stau auf den heimischen Autobahnen, Hochsaison für Fans des Stop-and-go. „Die Türen offen, der Motor kocht, auf so etwas Tolles haben wir gar nicht gehofft", dichtete einst der Protestsänger Mike Krüger. Die Liebe zum Stau begleitet die Deutschen schon seit den Wirtschaftswunderjahren. Da ist ein Stau? Da fahren wir hin! Der Weg ist schließlich das Ziel. Und die Stoßstange ist aller Laster Anfang, heißt es doch zurecht. Und schon der Fahrlehrer hatte einst die Erkenntnis gebracht: „Was im Rückspiegel erscheint, befindet sich hinter uns." Die Liebe zum Stau ist nie erloschen, sondern immer nur um weitere Facetten ergänzt worden. Im Stau stehen, mit Decken vom Roten Kreuz die Nacht durchwachen, das reicht heute in der Event-Gesellschaft eben längst nicht mehr aus. Im Stau, da vertreibt sich der Autofahrer des 21. Jahrhunderts die Zeit, indem er zentimetergenau die Rettungsgasse zustellt.

Und, wie herrlich, passiert er endlich die Unfallstelle, drückt er nicht etwa aufs Gaspedal, sondern auf den Auslöser des Smartphones. Knipsen, filmen, gaffen – und die Königsdisziplin: Rettungskräfte und Polizisten erst behindern und dann aus dem offenen Seitenfenster fachgerecht bepöbeln. Na, wenn das kein Spaß ist! Da ist der Autofahrer ganz bei sich und kann endlich mal abschalten. Wozu ist sonst der Urlaub da? Am Strand von Mallorca warten eh nur die Haie – der Blauhai im Wasser, der Immobilienhai an Land.

5. Juli 2017

Freud und Leid beim Klassentreffen

Zum Klassentreffen? Wozu? In Zeiten sozialer Medien weiß ich doch auch so längst, wer alt und dick geworden ist. Fast jeder lässt sich googeln. Aber dann bin ich doch gespannt, ob der Vollpfosten, der mich 1992 nachtragend genannt hat, wohl auch kommt. Nichts wie hin also, obwohl ich fürchte, dass ich aus Mangel an Gesprächsstoff die gemeinsten Taktlosigkeiten und Indiskretionen begehen könnte. Kommt dann alles anders. Der Typ da am Eingang, gehört der zu meinem Abi-Jahrgang? Muss ja, aber wie hieß er noch? Erst mal die Hand schütteln, freundlich lächeln. „Mensch Alter, wie lang ist das her?" – reicht aus als allgemeingültige Begrüßung.

Schnell sitzen die zusammen, die schon damals zusammensaßen. Familienstand und Werdegang sind fix abgefragt. Mit jedem Bier werden die alten Anekdoten lustiger. Wie wir damals aussahen! Die Frisuren! Und heute: Die Akne weg, das Haar bei vielen Männern aber auch. Gleicht sich alles aus im Leben. Die Mein-Haus-mein-Auto-mein-Boot-Typen sind zum Glück zuhause geblieben. Und aus dem ewig nörgelnden Teenie-Mädchen von 1992 ist eine Iris-Berben-hafte Schönheit und Richterin geworden, die von innen derart strahlt, dass die Nacht taghell bleibt. Der Mitschüler, der damals mit seinem 2CV den größten Mist verzapft hat, fährt zwar nicht mehr Ente, hat aber heute paradoxerweise ein Versicherungsbüro. Das Leben entwickelt und ändert sich die ganze Zeit, deshalb müssen wir stets unsere Vorurteile gegen andere austauschen, hat Tomi Ungerer mal gesagt. Der Abi-Jahrgang 92 sieht sich 2022 wieder. Ich bin natürlich dabei.

12. Juli 2017

Bargeld lacht

Trödel-Shows im Fernsehen sind derzeit der Renner. Sie haben Koch-Sendungen den Rang abgelaufen. Die formidable Flitzpiepe Horst Lichter macht es daher richtig. Der buttrige Fernseh-Pfannenrührer liefert dem Publikum mit „Bares für Rares" in Dauerschleife das, was es will. Krempel aus dem Keller, Trödel vom Dachboden, alles von anno Muff. Kaputte Kannen, löchrige Teddybären, Ölgemälde von drittklassigen Hobbymalern. Jeder glaubt, in seinem Sperrmüll einen Schatz zu bewahren. Wegschmeißen ist nicht. Man hortet, man sammelt, wer weiß, wann man es mal brauchen kann?

Nach diesem Motto gehen die Deutschen auch mit ihrer geliebten D-Mark um. Die Währung, die so hart war wie die Rente sicher. Scheine und Münzen im Gesamtwert von 12,67 Milliarden Mark sind laut Bundesbank aktuell noch im Umlauf. Liegen womöglich unter Kopfkissen, sind in Sofaritzen gerutscht, im Garten vergraben oder stecken in Sparschweinen. 6,48 Milliarden Euro versteckt oder vergessen. Was macht das in Schilling? Die Deutschen müssten ein Volk von Glückspilzen sein, sind doch allein 9,7 Milliarden Glückspfennige noch irgendwo in diesem Land zu finden. Der Heiermann, das alte Fünf-Mark-Stück, liegt so gut in der Hand. Den gegen Euro eintauschen? Oder gar den Groschen? Von wegen! Schon der alte Nestroy wusste, dass die Phönizier zwar das Geld erfunden haben, aber eben viel zu wenig davon. Und so halten die Deutschen fest an der guten alten Zeit, an Bimbes, Kies, Zaster, Tacken, Moneten, Flocken, Schleifen, Chips und Pieselotten. Ohne Moos nix los. Bargeld lacht. Lieber Kleingeld statt kein Geld. Und wenn man dann doch mal Geld unter die Leute bringt, dann für die GEZ – oder für Trödel.

19. Juli 2017

Ob Du Huhn bist oder Hahn

Was war eigentlich zuerst da? Das Bio-Huhn oder das Bio-Ei? Es gibt Fragen, die können einen um den Schlaf bringen. Andere Rätsel sind mittlerweile geklärt. Wann ein Mann ein Mann ist, zum Beispiel. Da hat sich Knödel-Barde Grönemeyer um den gesunden Schlaf vieler Bürger verdient gemacht. Frei nach dem Ex-Bochumer könnte man aber auch singen: Wann ist Hahn ein Hahn? Ja, wann ist ein Huhn ein Hahn? Als kürzlich bei einem Feuer in einem Mastbetrieb 34000 Hähnchen knapp einem noch früheren Tode entkommen waren, kam die Frage auf, ob es sich jetzt um Hähnchen oder Hühnchen gehandelt habe. Und wenn es Hühnchen waren, wären es im schlimmsten Fall durch das Feuer am Ende trotzdem 68000 halbe Brathähnchen gewesen? Sicher, in der jugendfreien Version eines Volksliedes heißt es: „Scheißegal, scheißegal, ob Du Huhn bist oder Hahn. Wenn Du Huhn bist, musst Du Eier legen können, wenn Du Hahn bist, musst Du Hühner treten können".

Aber nun Butter bei die Vögel: Das Brathähnchen kann per Definition tatsächlich beiderlei Geschlechts sein, hat aber immer nur eines. Ein Hähnchen ist also nicht nur ein kleiner Hahn. Ein Hähnchen kann auch eine kleine Henne sein. Dass eine Poularde sowohl ein recht dickes Huhn als auch ein recht dicker Hahn sein kann, bringt zusätzlich Chaos in den Hühnerstall. Klar ist aber, mit Blick auf Massentierhaltung, dass die Weisheit „Ich wollt', ich wär' ein Huhn, ich hätt' nicht viel zu tun", schon längst nicht mehr gilt.

26. Juli 2017

Wer flucht, lügt nicht

Die richtige Antwort auf die Frage, wie der Papagei von Pippi Langstrumpf heißt, ist in einem Quiz schon ein paar Punkte wert. Wer aber zudem noch beantworten kann, wo der echte Papagei, der 1970 im Film „Pippi in Taka-Tuka-Land" vor der Kamera flog, heute seinen Lebensabend verbringt, der hat das Zeug zum echten Quizchampion.

Der alte Ara heißt Douglas. Wobei das die falsche Antwort auf die Eingangsfrage gewesen wäre, heißt er im Film doch Rosalinda. Und wo pickt der schwedische Vogel nun also seine Kerne? Nicht im Taka-Tuka- und auch nicht im Knäcke-Wasa-Land, sondern im schönen Karlsruhe. Dort hat der bunte Papagei im Zoo kürzlich seinen 50. Geburtstag gefeiert. So alt wird kein Schwein. Und auch für Mama- und Papageien ist das kein Pappenstiel. Mehrere Hundert Besucher waren dabei, viele von ihnen als Pippilotta verkleidet. Dem gefiederten Filmstar im Badischen hat es offensichtlich gefallen. Zumindest hat er nicht geschimpft, was Papageien ja sonst gern mal tun.

Wobei schimpfen wiederum auch nicht so schlimm ist, glaubt man einer aktuellen Studie von Forschern der University of Cambridge. Fluchen werde demnach in erster Linie dazu genutzt, mit eigenen negativen Emotionen klarzukommen. Es gehe nicht darum, jemanden zu beleidigen. Einfach mal Luft ablassen, das reiche schon. Und die Studie belegt: Wer schimpft, ist aufrichtiger. Je länger die Liste der Schimpfwörter, die ein Proband erstellen konnte, desto besser hat er in einem Lügentest abgeschnitten. Verschleiern und vertuschen, das fällt Menschen, die viel fluchen, schwerer. Ja, gottverdammich, stimmt denn das? Von Pippi jedenfalls, ein Mädchen, das kein Blatt vor den Mund nimmt, stammt das Zitat: „Ich lüge so, dass meine Zunge schwarz wird."

2. August 2017

Autos, Abgase, Anwälte und die Arche

Für einen großen Autokonzern zu arbeiten, das war früher mal ein Traumberuf. Als Schrauber seinen Beitrag zu leisten, dass deutsche Autos, Ausbund an Qualität und Sicherheit, sicher über die Straßen rollen, das hatte doch was. Heute ziehen die Konzerne vor allem Tüftler an, die mit krimineller Energie beweisen wollen, dass sie kreativ jede Vorschrift umkurven können. Eine Herausforderung ist die Mitarbeit in einem Autokonzern auch für aufstrebende Anwälte, deren Winkelzüge bei der Aufarbeitung diverser Skandale nun gefragt sind. Rechtsverdreher statt Schraubendreher.

Stephan Weil, der Mann, der als Chef der Landesregierung zum Wohle der Industrie schraubt, hat kürzlich gesagt, die Autokonzerne befänden sich gerade in einem großen Lernprozess, was die Einhaltung von Regeln angehe. Ein wunderbarer, ja ein allgemeingültiger Satz, den man sich merken sollte. Innerorts zu schnell gefahren und von der Polizei geblitzt worden? „Herr Wachtmeister, ich befinde mich aktuell in einem großen Lernprozess, was die Einhaltung von Regeln angeht. Bitte nicht böse sein!" Beim Fußball als letzter Mann den gegnerischen Stürmer elfmeterreif weggrätschen? Der Schiedsrichter wird die Sache mit dem Lernprozess sicher anerkennen und von einem Pfiff absehen. Beim Seitensprung erwischt? „Schatz, das mit der Treue ist ein Lernprozess, das verstehst Du sicherlich. Ich bin auf einem guten Weg."

In einem Lernprozess befindet sich derzeit wohl auch der Wettergott, der alle Regeln des Sommers missachtet. Dass die Nachfahren Noahs angesichts der Starkregenfälle bereits an einer neuen Arche basteln, stimmt allerdings nicht. Sie haben ihr Unterfangen längst aufgegeben, das Wetter ist für Arbeit im Freien einfach zu schlecht.

9. August 2017

Putzmunteres Völkchen

Das ist mal eine saubere Umfrage: Drei Stunden und exakt 17 Minuten wendet der Deutsche pro Woche für das Putzen seiner Wohnung auf. Jetzt mag jeder in sich gehen und überprüfen, ob er oft genug den Feudel schwingt. Besonders putzig ist es, dass 21 Prozent der Befragten angeben, dass sie das Großreinemachen vor allem dann motiviert angehen, wenn die Eltern ihren Besuch ankündigen. Kommen hingegen die Schwiegereltern, greifen nur 13 Prozent extra zum Staubsauger. Wie sich die Hausarbeit auf die Geschlechter aufteilt, ist der Umfrage nicht zu entnehmen. Doch man darf sicher sein, dass das Putzen in vielen Haushalten an der Frau hängenbleibt – immer. Und immer ist echt oft. Manchmal räumen aber auch Männer auf. Joschka Fischer zum Beispiel gehörte einst – lange bevor er Außenminister wurde – zur Frankfurter Putzgruppe. Die hat in den siebziger Jahren hier und da mal feucht durchgewischt und auf den Putz gehauen, oft auch länger als drei Stunden und 17 Minuten die Woche. Aber danach musste immer jemand extra aufräumen. Sah nämlich dann oft aus wie bei Hempels unterm Sofa oder wie beim Häuptling hinterm Tipi. Die Jüngeren unter den Lesern können jetzt mal fix „Putzgruppe" googeln.

Männer waren früher auch gern Ausputzer. So hieß der Libero im Fußball, als es ihn noch gab, den freien Mann. Der Mann von heute hat noch immer diese unbestimmte Angst, er könnte mit einem Wisch seine Potenz verlieren, nähme er nur einmal einen Putzlappen in die Hand. Eine ganz andere Sache ist übrigens, dass die finnische Regierung Jahr für Jahr wieder mahnt: „Bitte keine alten Lappen wegwerfen!"

16. August 2017

Die Pille für Frau und Mann

Der leidenschaftliche HSV-Fan mag derzeit schon wieder mit dem großen Dichter Peter Rühmkorf denken: „Nicht gekreuzigt, nicht gepfählt,
nicht aufs Rad geflochten, nicht mit glühenden Spänen gespickt, immerhin". Nur im Pokal raus, erste Runde. In Überzahl, gegen einen Drittli-
gisten. Gibt Schlimmeres. Und das ist kein Trost für den HSV-Fan. Er
fragt sich bereits, so hat es der Kicker Didi Hamann mal ausgedrückt, ob
der Verein eine „gut genugene Mannschaft" besitzt. Am Freitag also
rollt der Ball endgültig wieder. Die Bundesliga beendet die Sommerpause. Für den Fan, nicht nur den des HSV, verändert sich eine ganze
Menge. Eine Frau darf jetzt mitmachen. Zwar setzte Mario Basler einst
zur Grätsche an: „Fußball ist nichts für Frauen. Wenn Mädels auf dem
Rasen rumtoben wollen, sollen sie ein Netz aufstellen und Tennis spielen." Doch jetzt müssen die männlichen Kicker nach der Pfeife einer
Frau tanzen. Ob es klappt? Wer im Steinhaus sitzt, sollte nicht den Blick
in die Glaskugel werfen. Der Duden hat, nebenbei bemerkt, vor Beginn
der Saison den Begriff Goalmann aus der neuen Auflage gestrichen. Daraus jetzt abzuleiten, dass die Frauen im Fußball endgültig übernehmen,
wäre aber weit am Tor vorbeigezielt.

Die Frage, wer Deutscher Meister wird, dürfte übrigens leichter zu beantworten sein als die danach, welcher Sender denn nun welches Spiel
zeigen darf. Ja, wo laufen sie denn? Ein Tipp: Wer am Ball bleiben will,
der sucht schon jetzt auf der Fernbedienung den Knopf für RTL Nitro.
Der HSV-Fan hingegen macht den Fernseher vielleicht besser gar nicht
erst an. Aber erstens kommt es anders – und zweitens als man denkt.
Gerade im Fußball.

23. August 2017

Einfach mal die Klappe halten

Dass es im Leben immer die Falschen trifft, ist eine mehr als naheliegen-
gende Theorie. Es fallen einem aktuell und ad hoc zahlreiche Menschen

ein, von denen man sich wünschte, sie mögen bis ins Jahr 2021 einfach mal verstummen. Doch ruhig bleibt nun die mächtige, Big Ben genannte Glocke im Elisabeth Tower von London. Das tonnenschwere Teil schweigt natürlich nicht aus Scham, wie man es sich von politischen Führern der Welt erhoffen mag. Bauarbeiten verhindern das vertraute Dingdängdäng. Wo wir schon bei großen Bens sind, sei kurz an Ben Wett erinnert, den deutsch-amerikanischen Journalisten, der als Bernd Nass geboren wurde, und der uns über Jahrzehnte die USA näherbrachte. Seine markante Stimme schweigt, weil er zu früh gestorben ist. Erinnert sei auch an Eddie Constantine, der folgenden Satz prägte: „Man kann noch so viel Fremdsprachen beherrschen, doch wenn man sich beim Rasieren schneidet, dann gebraucht man die Muttersprache." Ich habe es für Sie, liebe Leser, ausprobiert. Eddie irrt. Aus meinem Mund kam das englische F-Wort. Ich hätte es lieber dem schweigenden Big Ben gleichtun sollen.

13. September 2017

Ein Katertag wenn nix mehr geht

Die spinnen, die Briten. Das ist schon klar. Linksverkehr, Brexit, traditionell komplettes Versagen beim Elfmeterschießen, Full English Breakfest, die unbändige Liebe zu Rick Astley: Vor allem die Engländer haben zuweilen nicht mehr alle Teetassen im Schrank. Jetzt aber könnte eine Idee eines englischen Unternehmens auch bei uns Schule machen.

Die Angestellten einer Londoner Firma dürfen sich nach einem feucht-fröhlichen Abend mit zu viel Bier am nächsten Morgen ganz einfach abmelden. Die Emojis für Musik, Bier und Krankheit ins Handy getippt und ins Büro gesendet – und schon kann man seinen gepflegten Rausch ebenso gepflegt ausschlafen. Bis zu vier Katertage im Jahr genehmigt die Firma auf diese Weise. Well done. So müssen die Mitarbeiter sich nicht umständlich Krankheiten wie Hüftschnupfen oder Katheterpeter ausdenken oder sonst wie lügen. Wer lügt, dem droht schließlich die Hölle, und in der gibt es bekanntlich gar kein Bier. Im Fegefeuer, noch schlimmer als kein Bier, gibt es nur alkoholfreies. Kann keiner wollen. Ein trinkfreudiger Engländer schon gleich gar nicht. Cheers!

20. September 2017

Vor der Wahl – Die Herzen so kalt

Zwei, Dinge, so hat es Albert Einstein einmal formuliert, sind unendlich. Das Universum und die menschliche Dummheit. Beim Universum sei er sich aber noch nicht ganz sicher. Wie komme ich jetzt darauf? Am Sonntag stellt sich mal wieder die Frage: Wer mit wem? Es geht aber nicht um eine neue Nackedei-Kuppel-Show auf RTL II. Der Wahlsonntag beendet den schläfrigen Wahlkampf und zeigt mögliche Koalitionen. Es ist ein Kreuz mit dem Kreuz. Auf den Wähler ist oft so wenig Verlass wie auf die Vorab-Umfragen. Und wie steht es um die Politiker? Es ist bei Wahlen, frei nach Mark Twain, oft ein Trost, dass von mehreren Kandidaten am Ende immer nur einer gewählt werden kann.

Doch wir wollen hier nicht der Politikverdrossenheit das Wort reden. Es wird gegessen, was auf den Tisch kommt. Und an Wahlsonntagen wird gewählt. So war es, so bleibt es. Wat mutt, dat mutt. Das Wasser der nahen Nordsee war in diesem „Sommer" so kalt wie die Herzen der Rechtspopulisten. Doch wer badet schon gerne lau? Schlimmer sind doch die, die als Kind zu heiß gebadet wurden und heute glauben, sie hätten nationale Alternativen. Gebe es in diesem Land eine Unvermögenssteuer, dann wäre so manches Haushaltsloch gestopft. Geben wir Sonntag unsere Stimme ab und hoffen, anschließend nicht ganz sprachlos zu sein.

27. September 2017

Passende Worte zum Burzeltag

Kennen Sie das? Da hat ein guter Freund Geburtstag – und Sie suchen nach passenden Worten als Gruß? „Alles Gute zum Burzeltag, meinen herzlichen Glühstrumpf!" – das reicht dann einfach nicht.

Der Kaiser hat es vorgemacht: „Uli, bleib gesund! Das ist das Wichtigste. Naja, fast das Wichtigste", hob er einst an und ergänzte: „Die auf der Titanic, die waren auch alle gesund, aber die haben kein Glück gehabt. Deshalb wünsche ich Dir auch Glück." Mit diesen weisen Worten hat Franz Beckenbauer, als er noch unser Kaiser und die strahlende Lichtgestalt war, einmal Uli Hoeneß zum Geburtstag gratuliert. Und er hat es mal wieder auf den Punkt gebracht. Gesundheit und Glück kann man immer brauchen. Nicht nur dann, wenn am Geburtstag die Kerzen auf dem Kuchen längst teurer sind als das Gebäck selbst, ist es an der Zeit, die richtigen Worte zu finden.

„Steht da nun eine Vier und keine Drei, so ist das Leben dennoch nicht vorbei!" – das ist als Gruß ja auch eher mau. Rund um den Geburtstag ist mittlerweile eine richtige Industrie entstanden. Grußkarten, Bildchen aus dem weltweiten Netz, kleine Jingles: Wer nach Grüßen sucht, kann ein Lied davon singen. Und zwar eines, das nicht besonders schön klingt. „Wir stellen noch schnell die Sektflaschen kalt, denn du wirst heut 44 Jahre alt" holpert eben sehr dahin. Das weiß nicht nur der Biertrinker.

4. Oktober 2017

Das Comeback der Gürteltasche

Wenn jemand, sagen wir, nach extrem langer Erfolglosigkeit, strahlend zurückkehrt, dann spricht man von einem Comeback. Das größte dieser Comebacks, das legte vor bald 2000 Jahren ein Mann hin, dessen Namen heute oft als Vergleich fällt, wenn es um eine überraschende Rückkehr geht. Über Christian Lindner, den Liberalen mit dem Parfümwerbegesicht, heißt es dann, er habe bei der Bundestagswahl mit seiner FDP das größte Comeback seit Lazarus hingelegt. Der nämlich, so steht es in der Bibel, ist – noch in Grabtücher gehüllt – von den Toten auferstanden. Die genauen Umstände tun hier jetzt grad nichts zur Sache. Sicher aber ist, dass weder Lazarus noch Lindner je eine Gürteltasche getragen haben.

Die gilt seit ihrer Erfindung als größte Modesünde der Welt – noch vor weißen Socken in Sandalen. Und doch, so muss man sagen, erlebt die Gürteltasche aktuell ihr Comeback. Totgesagte leben eben länger. War sie bisher Urlaubern und Rentnern vorbehalten, so schreiben die angesagten Modemagazine derzeit unisono, dass das Grauen zum It-Piece für Frau und Mann verwandelt zurückkommt. Edles Material, neue Optik – der Hüftriemen mit dem Beutel kommt schick daher. So lässt sich in schlechten Zeiten der Gürtel hübsch enger schnallen.

11. Oktober 2017

Dem Laub zeigen, was eine Harke ist

Was Bäume so fühlen und wie sie sich darüber austauschen, das weiß die Nation, seitdem Peter Wohllebens Buch „Das geheime Leben der Bäume" in der Bestsellerliste Wurzeln geschlagen hat. Aber was fühlt der Mensch, wenn sich im Herbst das Laub der Bäume erst verfärbt, um dann in rauen Mengen herabzufallen und alles unter sich zu bedecken? Vergessen sind dann die deutschen Dichter und ihre Hymnen an den Herbst. Rilke ist kein Trost, wenn die frisch gefegte Auffahrt schon Sekunden später wieder von neuem Laub bedeckt ist. Laub, so wird jetzt Martina Borowski von der Baumzeitung zitiert, Laub setzt den modernen Menschen unter Druck.

Dass die Begriffe Laub und laut nahezu gleich lauben, äh: lauten, kann dabei kein Zufall sein. Wenn der moderne Mensch Druck ablassen will, dann macht er das auf die moderne Art. Und die ist meist mit viel Geräusch verbunden. Was erlauben sich die modernen Menschen? Gut eine halbe Million Bundesbürger haben in den vergangenen Jahren ein Gerät gekauft, das je nach Bedarf saugen oder blasen kann, hat der WWF berechnet. Und so rauscht es mit über 100 Dezibel durch den Blätterwald, bevorzugt am Samstag, als hätte Presslufthammer-Bernhard Schicht.

Nun haben Bäume gegenüber den Menschen noch immer den Vorteil, dass sie auch in der Masse noch wunderschön sind. Aber Laub? „Todeskühl der Winter naht: Wo sind, Wälder, eure Wonnen?", fragte der Dichter Nikolaus Lenau im 19. Jahrhundert. Mit Verlaub: Wo wohl? Auf dem Boden. Der Schwerkraft geschuldet. Sie verstopfen Gullys, bilden in Ecken bunte modernde Gebirgslandschaften, wehen in den Hausflur. Die Bäume laublos, das Kehren lautlos – das geht nicht mit dem Laubsauger. Mit dem Rechen lässt sich dem Laub besser zeigen, was eine Harke ist.

18. Oktober 2017

Auch der Herbst hat noch schöne Tage

Jaja, auch der Herbst hat noch viele schöne Tage. Redet man sich immer ein, wenn man zusehends altert und kurz vor Toreschluss noch der ein oder andere Höhepunkt herbeigeredet werden soll. Ein grausamer, schrecklicher Prozess sei das Altern, hat Geraldine Chaplin mal gesagt. Immerhin auch schon 73. Der kalendarische Herbst hat zuletzt bewiesen, dass an dem Spruch mit den schönen Tagen etwas dran ist. Sommerlich kommt er daher, der goldene Oktober. Die Balkon- und Gartenmöbel, die erst Sturmtief Xavier durcheinandergewirbelt und man selbst daraufhin im Keller winterfest verstaut hat, müssen wieder raus. Der Sommer 2017 war gefühlt ein Herbst, dann machen wir aus dem Herbst jetzt eben einen Sommer. Einen – Madame Chaplin möge verzeihen – Altweibersommer. Tage wie diese verwirren, was sich besonders vor den Cafés zeigt. Dort sitzen Menschen kurzbehost und mit ärmellosen Tops neben denen, die mit ihrem Herbstoutfit direkt zur Polarexpedition aufbrechen könnten. Martin Schulz, Ex-Kanzlerkandidat der SPD, trägt weiter seine Anzüge von der Stange, ganz unabhängig von der Saison. Aber auch er hat zuletzt bewiesen, dass der Herbst noch schöne Tage haben kann. Für ihn – und für die alte Tante SPD: Unglaublicher Wahlsieg in Niedersachsen. Den gilt es wie einen geschenkten Sommertag zu feiern, auch wenn die Sozen gefühlt – siehe Koalitionsmöglichkeiten – 1:0 verloren haben. Ebenfalls einen schönen Herbst macht sich gerade der alte und neue Bayern-Trainer Jupp Heynckes, laut unbestätigten Medienberichten inzwischen ungefähr 104. Alter schützt eben vor Toren nicht. Erst recht nicht im Herbst.

25. Oktober 2017

Wer entspannen will, muss an sich arbeiten

Wir lohnabhängig Beschäftigten im Hamsterrad des Alltags, wir mühen und wir plagen uns. Doch so weit wie in Japan ist es hierzulande noch nicht. In der Sprache des ostasiatischen Staates nämlich gibt es bereits seit den achtziger Jahren eigens ein Wort, das übersetzt so viel wie „Tod durch Überarbeitung" bedeutet. Karoshi, so nennt der Japaner das Phänomen, wenn jemand nach endlosen Wochen voller Überstunden entkräftet zusammenbricht und irgendwie sozialverträglich früh das Zeitliche segnet. Die Japaner sind und bleiben ein seltsames Völkchen, hätten sie sonst Sushi, ein Gericht aus erkaltetem und gesäuertem Reis mit rohem Fisch, erfunden?

Hierzulande will man dem Karoshi etwas entgegensetzen. Zwar gilt auch hier noch oft der Zustand der Überarbeitung als hilfreich fürs Renommee. Doch Wellness, Achtsamkeitskurse, Yoga und Co. haben längst eine Anti-Stress-Industrie erschaffen, in die wir uns mit Arbeitseifer werfen. Die Pause ist ein Geschäft. Wer schön sein will, muss leiden. Wer entspannen will, muss paradoxerweise an sich arbeiten. Sich einfach gepflegt langweilen, das kann heute niemand mehr. Work-Life-Balance heißt für viele, dass sie sich den Stress der Arbeit auch in der Freizeit machen. Gedacht war es mal anders. Und so schuften wir in der Volkshochschule, im Wellness-Hotel oder im Fitness-Park für unsere Entspannung. Eine Frage der Zeit, bis uns ein Japaner ein Wort für den Tod durch krampfhaftes Relaxen schenkt.

31. Oktober 2017

Alphasoftie – Der männliche Allwetterreifen

Sicher ist: Wer in diesen Breitengraden an weiße Weihnacht' glaubt, der glaubt auch an den Weihnachtsmann oder wahlweise daran, dass es für Deutschland eine Alternative gibt. Sicher ist aber auch: Winterreifen müssen trotzdem her. Von O bis O, so lautet bekanntlich der Merkspruch, tun es stets die Sommerschlappen. Von Ostern bis Oktober also. Der Oktober ist nun rum. Winterreifen sind jetzt das A und O. Auto beginnt eben mit A und endet mit O. Also ab in die Werkstatt, Pneu à Pneu fit machen für gefrierenden Regen und bösartiges Blitzeis. Da ist eh dieses Symbol neben dem Tacho, das schon seit Wochen – sicher kein gutes Zeichen? – immer mal wieder aufflackert?

Dem Meister in der Werkstatt geht schnell ebenfalls ein Lämpchen auf – und er antwortet so, wie man es von zahlreichen Reparaturen schon kennt. „Das haben wir gleich", heißt es zu Beginn. „Da muss nur ein Teil ausgetauscht werden", geht es weiter. „Muss ich aber bestellen", folgt. „Mehr als 100 Euro dürfte das komplett nicht kosten", lautet die Antwort auf die Preisfrage. „Und daran verdiene ich keinen Cent", ist die Replik auf den fragenden Blick. So viele Halbwahrheiten in einer Zeitspanne, in der nicht einmal ein Reifen gewechselt werden kann. Besser wäre, man macht kleinere Reparaturen und den Reifentausch gleich selbst. Zumal, wenn man beim weiblichen Geschlecht punkten will. Denn das sucht heutzutage laut Umfragen verstärkt den Alphasoftie, einen Typen, der im Beruf und in der Hobbywerkstatt richtig zupacken kann und zu jeder Zeit weiß, wo der Barthel den Most holt, gleichzeitig aber der gefühlvolle Partner und verständnisvolle Familienmensch ist. Von allem ein bisschen, der Mann als Allwetterreifen.

8. November 2017

Das Leben ist eine Baustelle

Es gibt Menschen, die können sich nicht mehr an eine Zeit erinnern, in der Angela Merkel nicht Bundeskanzlerin war. Die ewige Angie ist gefühlt immer schon da gewesen. Und es gibt Menschen, und sie haben bereits etliche Jährchen auf dem Buckel, die können sich nicht daran erinnern, dass die Delmenhorster Fußgängerzone einmal baustellenfrei gewesen sein soll. Delmenhorst, die Stadt, die immer nur wird, aber niemals so richtig sein darf. Nun ist bekanntlich das ganze Leben eine einzige Baustelle. Immer tun sich neue Dinge auf, die man anpacken muss. Oft ist die Zufahrt zu einem Menschen, den man ganz besonders mag, gesperrt oder es handelt sich bei der Anbahnung von Zwischenmenschlichem um eine Einbahnstraße. Noch öfter ist das Tempo, mit dem man durchs eigene Leben brausen möchte, ungewollt auf Schrittgeschwindigkeit herabgedrosselt. Man kommt nicht vom Fleck, privat und beruflich.

Und meistens staubt es doch ganz schön in so einem Leben, dass man mitunter den Blick fürs Wesentliche verliert. Und zuweilen verhält man sich seinen Mitmenschen gegenüber so sensibel wie eine Planierraupe. Im Leben geht es zu wie auf einer Baustelle. Da heißt es schließlich redensartlich: Beim Bauen muss man schauen, um sich nicht zu verhauen, sonst kommt man in des Elends Klauen. Und wer will da schon hin?

Dass die Neupflasterung der Fußgängerzone nun bald abgeschlossen sein wird, muss man da am Ende fast bedauern. Der vertraute Anblick von Bauarbeitern und Baumaschinen, jahrein, jahraus eine Metapher fürs Leben, er wird fehlen.

15. November 2017

Der Pontifex poltert

Für die einen ist es eine Geißel der Menschheit, die anderen beten es förmlich an. Das Handy. Immer dabei, immer griffbereit. Im Auto, auf dem Klo, im Konzert. Stets erreichbar, stets bereit, alles schnell mit einem Foto festzuhalten. Die Welt erleben durch den Blick aufs Handy. Wer nicht immer stand by ist und wer nicht fotografiert, der lebt eigentlich gar nicht. Das bringt nun aber den Papst auf die Palme.

Der Pontifex poltert gegen die Handyfotografie im Gottesdienst. Hässlich sei das und traurig zugleich. Der Priester in Messfeiern, der rufe den Gläubigen zu „Erhebt Eure Herzen" – und nicht etwa „Hebt Eure Handys, um Fotos zu machen", schreibt Franziskus den Kirchgängern deshalb ins Stammbuch. Kirchlichen Rat, schön aufgeschrieben, den kann man immer gebrauchen. Schon Paulus schrieb an die Navajo: Oblaten isst man nicht mit Mayo. Der Papst übrigens berichtet selbst von Priestern und Bischöfen, die Fotos mit dem Handy schießen, wenn er vorn andächtig die Messe feiere. Das erinnert an den verstorbenen Pfarrer, der vor der Himmelstüre warten muss, während ein verstorbener Busfahrer umgehend hereingebeten wird. Warum er denn warten müsse, er sei doch schließlich vom Fach, klagt der Pfarrer. Petrus antwortet: „Während Du gepredigt hast, haben alle auf ihr Handy gestarrt. Während der Busfahrer Bus gefahren ist, haben alle gebetet."

Doch vielleicht muss man umdenken, denn die Handyfotografie hat auch etwas Gutes. Als „Food Porn" lange verschrien, sind nämlich Fotos von dem, was man in der Küche auf den Teller gezaubert und nach dem Motto „Meine Nudeln, mein Burger, meine Avocado-Creme" in die Welt gepostet hat, aus wissenschaftlicher Sicht hilfreich. Wer sein Essen fotografiert, der nimmt leichter ab, weil er eher über die Größe der Portionen nachdenkt, heißt es. Da wünscht dann vielleicht auch der Papst eine gesegnete Mahlzeit.

22. November 2017

Kein Tag ohne Krimi

In dieser Woche ist, viele werden es gar nicht bemerkt haben, der Welttag des Fernsehens begangen worden. Fernsehen, das muss man ganz jungen Leuten heute schon erklären, das ist der Blick auf dieses kastenförmige Ding im Wohnzimmer der Alten. Auf der Mattscheibe erscheint, drückt man den richtigen Knopf, zu einer vorgegebenen Zeit ein vorgegebenes Programm. Old School, denken junge Leute, die lieber dann auf einen Bildschirm schauen, wenn ihnen danach ist – und nicht dann, wenn es Programmplaner wollen. Sie gehen zum Beispiel via Computer oder Smartphone ins Netz und schauen dort. Das Fernsehen ist aber, genau wie der Fernseher, allen Unkenrufen zum Trotze, immer noch da. Sendet und sendet und sendet. Und was sendet das Fernsehen? Die Antwort lieferte 1962 prophetisch der heute bärtige Barde Bill Ramsey. „Ohne Krimi geht die Mimi nie ins Bett", sang er. Vertan hat er sich zwar in der Gattung, in seinem lustigen Liedchen ging es noch um Kriminalromane. Aber heute hat die Mimi an jedem Tag Gelegenheit, sich befriedigt ins gemachte Bett zu legen, denn Krimis laufen auf deutschen TV-Sendern rund um die Uhr. Ob man in der ersten Reihe sitzt, mit dem Zweiten besser sieht oder von Leuten berieselt wird, die es lieben, einen zu entertainen: Überall heißt es zu allen Zeiten: Wo waren sie in der Nacht zu Mittwoch zwischen 23.15 und 4.30 Uhr? Oder: Er muss seinen Mörder gekannt haben. Und: Ich muss Sie bitten, mit aufs Kommissariat zu kommen.

Das Böse ist eben immer und überall. Kaum eine deutsche Stadt oder Insel, in oder auf der nicht ermittelt wird. Ganz zu schweigen von Istanbul, Barcelona, Prag. Die nächste Leiche wartet schon. Es gibt längst mehr deutsche TV-Kommissare als echte Kapitalverbrechen. Das ist kriminell. Und übrigens wäre sicher so manche Beziehung zu retten, wenn man mal einen Krimi auslässt und das Schlafzimmer wieder zum „Tatort" macht.

13. Dezember 2017

Von Hungerfichten, Welt-Pizzen und frohen Botschaften

Die Zeiten ändern sich, und wir uns in ihnen. Sagt der Lateiner. Also eigentlich nicht auf Deutsch, sondern auf Latein, versteht sich. Aber er sagt es eben sinngemäß. Und er hat recht, der alte Lateiner. Nehmen wir die Adventszeit, die ist heute viel hektischer und bunter als noch vor 20 Jahren. Man blicke nur auf die blinkenden blauen LED-Leuchten in den Fenstern. Von wegen: Es wird schon gleich dumpa. Und in der Adventszeit verändern auch wir uns. Zum Beispiel ändert sich der Bauchumfang. Plätzchen suchen sich ein selbiges auf den Hüften, Stollen und Schokolade tun ihr übriges. Schlank wie eine Tanne, so heißt es sprichwörtlich, ist man dann nicht mehr, es sei denn, der Weihnachtsbaum ist ein besonders bauchiges Exemplar. Schlank hingegen war der Christbaum, der 2011 als Spende auf dem Münchener Marienplatz durch die Adventszeit leuchtete. Er war sogar so schlank, dass er im bayrischen Volksmund den sprechenden Titel Hungerfichte trug, so dürr stand er da in seinem löchrigen grünen Kleid. Aber einem geschenkten Baum schaut man eben nicht auf die Nadeln.

Wer bei all den Leckereien in der Vorweihnachtszeit, die in den deutschen Supermärkten zumeist Ende August eingeläutet wird, noch Appetit hat, der freut sich derzeit über die Nachricht, dass die Kunst des neapolitanischen Pizzabackens UNESCO-Weltkulturerbe geworden ist. That's amore! Sagt nicht der Lateiner. Stimmt aber trotzdem. Eine Ehrung der heiligen Scheibe: Die Welt ist nicht verloren. Das ist mal eine frohe Botschaft.

20. Dezember 2017

Die Zeit vor der Ankunft des Paketboten

Es kann ganz sicher nicht Advent gewesen sein, als Cicero für sich entdeckte: „Nichtstun erquickt", nicht nur, weil der alte Römer vor Christi Geburt verstarb. Denn der Advent, die Zeit vor der Ankunft des Herrn, gedacht ist hier nicht an den Paketboten, gehört gemeinhin zu den stressigsten Wochen des Jahres. Nichtstun ist nicht. Süßer die Kassen nie klingen, heißt es im Einzelhandel. Geduld braucht es in langen Schlangen, Geduld braucht es auf den Straßen. Jeder ist nun unterwegs. Und Männer, die glauben, sie hätten noch viel Zeit, um letzte Geschenke zu besorgen, müssen jetzt ganz tapfer sein. An Heiligabend öffnen die Geschäfte in diesem Jahr nicht. Kummer und Harm allerorten.

Es gilt zwar immer noch der Ausspruch Wilhelm Buschs: „Ein Onkel, der Gutes mitbringt, ist besser als eine Tante, die bloß Klavier spielt." Doch wer Gutes mitbringen will, der muss sich sputen. Und dem sagt der böse Online-Riese mit dem großen A im Namen immer öfter „Lieferung vor Weihnachten nicht möglich". Gut, den Online-Riesen zu nutzen, wollte man sich sowieso schenken. Aber so mit leeren Händen unterm Baum? Da wäre die bucklige Verwandtschaft doch arg enttäuscht. Ihnen dann mit dem griechischen Philosophen Sokrates zu kommen, der bereits zu einem Zeitpunkt, als die Griechen noch nicht zum Sparen gezwungen wurden, sinngemäß ausrief: „Wie zahlreich sind doch die Dinge, derer man nicht bedarf" trägt dann sicher auch nicht zu einem harmonischen Fest bei.

Immerhin drei von 100 Befragten geben an, dass es an Heiligabend zu Streit in der Familie kommt, weil die Enttäuschung über Geschenke so tief sitzt. Doch fröhlich soll das Herze springen. Wer dann zum Feste keinen Alkohol im Hause hat, für den ist das schon ein echter Schlag ins Cointreau. Auch dieser Einkauf will noch schnell erledigt werden.

27. Dezember 2017

Zwischen den Jahren

Die Zeit zwischen den Jahren, jene Tage, in denen Weihnachten und der am 21. Dezember begangene Welt-Orgasmus-Tag überlebt sind, Silvester aber noch wartet mit all dem Erwartungsdruck, der auf dem letzten Abend des Jahres lastet, da bleibt Zeit zurückzublicken. Im Hamsterrad des Alltags wirbelt dabei so manches durcheinander. Der HSV ist also wieder nicht Wahlsieger geworden in diesem Jahr, Martin Schulz bleibt im Abstiegskampf und muss in die Relegation. Til Schweiger hat keinen Oscar bekommen. Die Kellys sind zurück, der Flughafen Berlin ist zwar da, aber irgendwie auch nicht. Und RTL-Hütchenspieler-Legende Salvatore ist nicht mehr da. Er ist in diesem Jahr vor der Zeit gegangen. Wo iste die Kugel? Rosso, giallo, blu? Aus und vorbei. Das Leben ist nie fair. Aber der Mensch, er ist und bleibt ein Meister des Verdrängens. Der Deutsche bekanntlich ohnehin. Und so ist die Zeit zwischen den Jahren natürlich auch eine Zeit, in der sich das Hamsterrad weiterdreht. Etwas langsamer vielleicht, weil man nach dem Festfressen kaum vom Sofa kommt. Aber das neue Jahr beginnt. Es kündigt sich naturgemäß durch eine Welle von Neuanmeldungen in Fitness-Studios an. Alles macht weiter. Noch aber bleibt das Sofa. Noch bleibt man auf sich selbst zurückgeworfen. „Wenn ich etwas bereue, dann, dass ich immer ich selbst war und mein eigenes Leben gelebt habe. Ach, könnte ich doch anderen die Schuld geben", hat Bernd Zeller mal treffend formuliert. „Es is ja, wie es is", sagt aber Steffi. Und wie dichtet es der große Fritz Eckenga: „Kommt alles so, wie's kommen muss! / Kommt alles so, wie's schon mal war! / Kommt jedes Jahr ein Neujahrsgruß! / (Wenn nicht, gilt der vom letzten Jahr)".

3. Januar 2018

Generationenkonflikt 50 Jahre nach 1968

Auch wenn in Stadt und Land versucht wurde, den Jahreswechsel mit einem wahren Inferno an Silvesterraketen und Böllern zu verhindern: Es ist nun da, das neue Jahr. Wie es wird, ist ebenso offen wie die Frage, ob Hellsehen wirklich noch eine Zukunftsbranche ist. Eines ist aber sicher: Das Jahr bietet wieder reichlich Gelegenheit, um Rückschau zu halten.

500 Jahre Reformation galt es im vergangenen Jahr zu feiern, nun steht das Jubiläum 50 Jahre 1968 an. Protest hieß damals die Parole. Auf die Barrikaden mit frischem Wind! Unter den Talaren der Muff von 1000 Jahren! Unter dem Pflaster lag der Strand. High sein, frei sein, alle woll-

ten dabei sein. Auf deutschem Boden darf nie wieder ein Joint ausgehen! Sex, Drugs and Rock ‚n' Roll! Macht kaputt, was Euch kaputt macht! Gut, es gab auch „Immer Ärger mit den Paukern" mit Roy Black auf der Leinwand. Und Heintjes „Mama" war die meistverkaufte Single in Deutschland. Mysterium der Gleichzeitigkeit. Konnten ja aber auch nicht alle auf die Straßen gehen, um den Generationenkonflikt zu lösen.

10. Januar 2018

Schmetterlinge in der erweiterten erotischen Nutzfläche

Das ganze Land redet derzeit nur noch über ein Thema. Nein, nicht über die Umwege bei der Regierungsbildung in Berlin. Geht ja erst einmal auch ohne. Gesprächsthema ist vielmehr die Diätenerhöhung. Also nicht die in Parlamenten, sondern die, die stets zu Beginn eines neuen Jahres erfolgt. Die Zahl der Diäten ist zwar längst Legion. Aber sie erhöht sich nach den fetten Feiertagen.

Alle Jahre wieder soll den Pfunden dann rituell der Kampf angesagt werden. Abnehmen mit einer alten japanischen Geheimrezeptur, schlank in drei Tagen, Eiweiß-Wunderdiät, Zauber-Pulver, ein flacher Bauch in 48 Stunden – so lauten die Versprechungen. Wer es glaubt, wird selig. Wo es eben noch Tipps für das leckere Festmenü gab, stehen nun Diätratschläge. Muss man da mitmachen, nur weil die Waage ein paar Kilogramm vorgeht?

Ich jedenfalls habe meine Ernährung auch umgestellt. Die Kekse stehen jetzt links vom Sofa. Ums gesunde Essen ist ein Kult entstanden, bei dem kaum noch jemand durchblickt. Low Carb, Slow Carb, No Carb – Nudeln, Reis und Brot sind böse. Noch böser sind Fertiggerichte, Clean Eating heißt der Trend. Weizen macht eh dumm, Fleisch Krebs. Zucker ist nicht süß, sondern gefährlich und macht obendrein süchtig. Die ideale Diät: Morgens kein Frühstück. Dafür verzichtet man dann eben mittags auf den Nachtisch und geht am Abend ohne Essen und Socken ins Bett. Wenn ich rufe: „Ich will so bleiben, wie ich bin", dann haucht niemand „Du darfst."

Dabei bin ich gar nicht zu dick, ich habe einfach eine erweiterte erotische Nutzfläche. Und deutet meine Liebste dezent auf meinen Ranzen, dann sage ich Romantiker: „Ich bin nicht dick, ich brauche nur, wenn ich Dich sehe, genügend Platz für die Schmetterlinge in meinem Bauch."

17. Januar 2018

Den Weltknuddeltag leben

Bald ist es wieder soweit. Genau zwischen Weihnachten, dem Fest der Liebe, und dem Valentinstag, dem Tag der Verliebten, liegt der Weltknuddeltag. Es ist der erste Weltknuddeltag seit Beginn der #MeToo-Debatte. Vorsicht ist also geboten. Man sollte sich seinen Knuddelpartner mit Bedacht auswählen. Der Tag, am 21. Januar 1986 als „National Hugging Day" zunächst in den USA eingeführt, soll einen Anreiz bieten, Freunden oder der Familie mit einer Umarmung zu zeigen, was sie einem bedeuten. Das tut gut an kühlen Wintertagen und in Zeiten sozialer Kälte. Sagen auch die Mediziner. Verantwortlich ist das Hormon Oxytocin, das beim Knuddeln verstärkt ausgeschüttet wird. Das funktioniert aber nicht, wenn man dem Menschen, den man knuddelt, nicht vertraut. Dann ist in der Hirnanhangsdrüse quasi tote Hose – ja, es entstehen sogar Stresshormone. Mag niemand, denn eine ungewollte Distanzüberschreitung wirke auf Menschen bedrohlich, sagen Experten.

Apropos Distanz: Warum fällt einem da gleich Florian Silbereisen ein? Weil der Schlager- und Moderationsroboter in seinen Sendungen, die stets eine durchchoreografierte Hommage an das Vollplayback sind, vergeblich Nähe und Empathie vorzutäuschen versucht. Spontan wie eine Stehlampe, charmant wie ein Sack Zement hetzte er jetzt durch „Das große Fest der Besten". Knuddelbär Andy Borg war da, der ewige Jürgen Drews natürlich, die kuschelige Kelly Family. Der Deutsche liebt eben seinen Schlager. Er ist ihm treu. Untreu wird er nur in seinen kühnsten Träumen, die dann Roland Kaiser in schwülstige Worte fassen darf. Und dem ist Knuddeln nie genug– ohne Fragen an den Morgen danach.

24. Januar 2018

Hopfen und Malz sind verloren

Was ist nur los mit Deutschland? Früher, da lautete die Antwort auf die Frage nach den Trinkgewohnheiten hierzulande: Selten wenig – und wenn dann viel. Und jetzt? Alarm! Erneut ist der Bierabsatz in deutschen Landen gesunken.

Von wegen: Zwischen Leber und Milz passt immer noch ein Pils. Der Brauerbund spricht von einem „verregneten Jahr 2017" und meint seine verhagelte Bilanz. Ein Rausch stellt sich so nicht ein in den Chefetagen der Brauereien. Überhaupt läuft bei den Deutschen mittlerweile einiges schief. Gewissheiten bröckeln. Deutschland hat stets stabile Regierungen? Im Moment findet sich irgendwie gar keine. Deutschland baut saubere Autos?

Jaja. Auf Nichts ist mehr Verlass. In diesem Land ist sogar das Wetter noch schlechter als die Wettervorhersage. Und dass Deutschland ein Land der Dichter und Denker ist, lässt sich aktuell auch nicht mehr belegen – nicht nur beim Blick ins Dschungelcamp. Und mittlerweile kippt der Deutsche, einst ehrenvolles Mitglied einer Biernation, so alles Mögliche in seinen Gerstensaft. Geht Zitronenlimonade für ein Alster grad noch durch, hört aber bei Bananensaft im Weizenbier der Spaß auf. Waldmeistersirup, Blutorange, Limette, Grapefruit, Energydrink – die Liste des Frevels ist lang und länger. Verführt von der TV-Werbung hat der Deutsche sogar jahrelang Weizenbier in den Bauchnabel von Frauen mit schlechtem französischen Akzent gefüllt, anstatt es zu trinken. Nur weil es so schön geprickelt hat. Dabei heißt es doch, dass Bier den Durst erst schön macht. Schlimmer noch als die Zugabe von Artfremden zum Bier ist der Trend zu alkoholfreiem Bräu. Ja, es gibt sogar Weizen-Grapefruit alkoholfrei. Wenn das Augustinus, Schutzheiliger der Bierbrauer, wüsste.

31. Januar 2018

Rolf, das gelbe Wunder der Anatomie

Erinnert sich noch jemand an Rolf? Die gelbe Hand, an deren Zeigefinger ein sonnenbebrilltes Gesicht irre lachend gute Laune verströmen sollte? Und unten an der Hand zwei Füße dran, die in weißen Turnschuhen steckten? Rolf, dieses Wunder der Anatomie? „Fünf ist Trümpf", reimte sich dieser Rolf im Namen der Post zusammen. 25 Jahre ist das jetzt her. Rolf half dabei, dem wiedervereinten Volk die neuen fünfstelligen Postleitzahlen einzubimsen. Rolf war so etwas wie eine Fachkraft. Ein Maskottchen mit klarem Auftrag. Den hatte Rolf dann schon 1994 erfüllt. Die Post konnte auch ihn wegrationalisieren und in den Ruhestand schicken. Dort sitzt Rolf jetzt vielleicht mit Tip und Tap zusammen, den knautschigen Jungs in Fußballschuhen, die 1974 als WM-Maskottchen berühmt wurden – oder mit dem Löwen Goleo, der zur WM 2006 stets ohne Hosen durchs Land wackelte. Das waren Fachkräfte, die so grenzdebil-fröhlich in die Welt schauten, wie Rolf es tat.

Ob sie was konnten? Im Falle von Goleo waren Zweifel angebracht. Oder war er lediglich der Fünfte? Eine neue Studie der Bertelsmann-Stiftung nämlich belegt gerade, dass jeder fünfte Arbeitnehmer in Deutschland für seinen Beruf nicht ausreichend qualifiziert ist. Jetzt möge sich jeder an seinem Arbeitsplatz an einer Hand abzählen, wer der faule Apfel ist. Wobei die meisten Arbeitnehmer denken werden: Was – nur einer unter Fünfen? Rolf kann das alles egal sein. Die Postleitzahlen haben sich durchgesetzt – und er kann auf dem Friedhof der Kuscheltiere alle Fünfe gerade sein lassen.

7. Februar 2018

Lecker Bütterken

Die Zeiten, in denen das Fernsehen als modernes Lagerfeuer für die ganze Familie galt, vor dem man sich allabendlich versammelte, um sich die Herzen zu wärmen, sind passé. Doch da gibt es einen, der hält das Feuer am Lodern. Oder, um ein Bild zu wählen, das besser zu ihm passt:

Der passt auf, dass der Herd nicht ausgeht, dass das Süppchen weiter köchelt.

Die Rede ist von TV-Koch Horst „Ich tu mal mehr lecker Bütterken dabei" Lichter. Seit 2013 schon moderiert er im ZDF eine Sendung, in der er ganz ohne Kochlöffel auskommt, die seinem Publikum aber derart mundet, dass das Format jetzt die quotenstärkste Sendung im gesamten Nachmittagsprogramm ist und nun auch in Prime-Time-Ausgaben die Möglichkeiten des Programms – nun ja – vertrödelt. „Bares für Rares" heißt die Sendung, in dem Gedöns vom Dachboden, Krimskrams aus dem Keller und Zinnober von der Omma an skurrile Antiquitätenhändler mit seltsamen Dialekten meistbietend verhökert wird. Lichter, nicht dafür bekannt, im aufwendigen Niedrigtemperaturverfahren Gemüse der Saison sanft zu garen, lobt den Krempel und entlockt den Menschen, die den Klumpatsch anschleppen, Geschichten, an denen so viel Bütterken klebt, dass die Antiquitätenhändler aus Mitleid noch tiefer in ihren Dialekt verfallen. Das wärmt das Publikum, macht kurz satt und dann wieder Appetit auf mehr – auch deshalb, weil jeder glaubt, selbst im Keller noch Schätze statt Leichen zu finden. Doch so oft wie Leckermäulchen Lichter jetzt im Trödel-Topf rühren darf, ist es nur eine Frage der Zeit, bis den Schatzsuchern der Tinnef zu viel wird.

21. Februar 2018

Der einsamste Tölpel der Welt

Die Geschichte des einsamsten Tölpels der Welt ist eine tieftraurige Geschichte. Nein, keine Sorge. Es soll an dieser Stelle einmal nicht um Martin Schulz gehen, den Genossen ohne echtes Amt und mit aktuell nur noch wenig Würde. Der „Mann mit den Haaren im Gesicht" mag zwar auch mitunter tölpelhaft über das politische Parkett stolpern, er hat jetzt aber Ruhe verdient. Die Rede ist vielmehr von einem echten Tölpel, der nun allerdings zu viel der Ruhe hat, denn der Seevogel hat auf der neuseeländischen Insel Mana das Zeitliche gesegnet. Er ist, um mit dem legendären Monty-Python-Sketch um den norwegischen Blauling zu sprechen, abgeritten zu seinen Ahnen, aufgenommen als Mitglied in den ewigen Jagdgründen, ja: er ist ein Ex-Tölpel.

Das ist an sich traurig genug. Noch trauriger ist aber die Vorgeschichte des Vogels aus der Familie der Ruderfüßer. Nigel, so heißt – oder treffender – so hieß der Tölpel, hatte sich vor einigen Jahren als einziger Vogel seiner Art auf der Insel niedergelassen. Inmitten von 80 Beton-Tölpeln baute er sein Nest, machte einer der Attrappen, die von Schulkindern aufgestellt worden waren, um echte Tölpel anzulocken, Avancen und den Hof, stieß aber, wie oft auch Menschen, die tölpelhaft auf Freiersfüßen wandeln, auf – nun ja – Beton. Kann passieren. Das bricht dem stärksten Tölpel dann nach Jahren und immer neuen Versuchen doch das Herz. Traurig an Nigels Geschichte ist aber vor allem, dass kurz vor seinem Ableben drei weitere echte Tölpel auf der Insel gesichtet wurden. Schulz war übrigens nicht darunter. Auch wenn der sich oft auf eine einsame Insel wünschen mag.

28. Februar 2018

Rabiate Russenpeitsche

Wer dieser Tage mit dem Rad zur Arbeit fährt, der spürt, so hat der Boulevard sie getauft, die Russenpeitsche hart im Gesicht. Der eisige Ostwind aus dem Reich des russischen Bären treibt einem die Tränen in die Augen, die dann in nur wenigen Sekunden zu funkelnden Eiswürfeln gefrieren. So kalt ist es, dass man schon Immobilienmakler gesehen hat, die ihre Hände in den eigenen Hosentaschen hatten. Man tritt also in die Pedale und fühlt sich morgens bereits wie ein echter Bundeswehrsoldat: schlecht ausgerüstet, unzureichend auf die Gegebenheiten vorbereitet und nur mäßig motiviert. Ja, es ist Winter. Kennen viele gar nicht mehr. Eine Jahreszeit, in der die Temperaturen unter null Grad Celsius sinken können – und dort auch mal dauerhaft verbleiben. Und dann noch ein Winter, in dem die Sonne scheint.

Deswegen wohl haben Teenager in der Fußgängerzone ihren ganz eigenen Umgang mit der Kälte gefunden. Flanking heißt der Trend, auch bei

Eiseskälte zu hochgekrempelten oder kurzen Hosenbeinen keine oder kaum sichtbare Socken zu tragen und so nackte Fesseln zur Schau zu stellen. Wer schön sein will, muss bibbern. Russenpeitsche hin oder her. Der russischste Russe Putin geht ja auch zum Eistauchen und zeigt im Permafrost permanent seinen nackten Oberkörper. Für diejenigen, die nicht so hart sind, bleibt der Trost: der nächste Frühling kommt bestimmt. Azorenhoch statt Ostwind. Das ist gut für die Radfahrer und die Fesseln der Teenager. Ob es der Bundeswehr hilft, bleibt allerdings abzuwarten.

7. März 2018

Schälen für den Seelenfrieden

Während die einen irgendwo zwischen Winterschlaf und Frühjahrsmüdigkeit herumdümpeln, stehen die anderen ganzjährig unter Dampf, und nicht nur dann, wenn Strom und Bäche endlich vom Eise befreit sind. Wir leben eben in hektischen Zeiten. Wir geben mehr als 100 Prozent, im Beruf und privat. Spirituelle Erfahrungen sind da eher die Ausnahme. In der Leistungsgesellschaft können wir es uns nicht leisten, „low performer" zu sein, die immer nur die „low-hanging fruits" abgreifen, wie es der angloamerikanisch geprägte Sprachraum formuliert. Noch ein Stockwerk unter den tief hängenden „fruits" sind Kartoffeln angesiedelt. Um dem Alltag Tempo zu nehmen, hat jetzt das Londoner Nobelkaufhaus Selfridges seinen gestressten Kunden ein ganz besonderes Angebot unterbreitet: Kartoffelschäl-Kurse zur Entschleunigung. Und hinterher – die spinnen, die Briten – sprechen Teilnehmer der ausgebuchten Kurse tatsächlich von eben jenen selten gewordenen spirituellen Erfahrungen. Ob sich mit dem Sparschäler oder dem Messer bessere Ergebnisse erzielen lassen, ist dabei nicht überliefert. Unser einer hat ja bisher eh geglaubt, endgültiger Seelenfriede entstehe erst, wenn man sich selbst die Kartoffeln respektive Radieschen von unten anschaut. Aber für uns ist das Schälen von Kartoffeln auch Fronarbeit. Und Arbeit und Entschleunigung, das bringen wir irgendwie nicht zusammen. Wir denken bei spirituellen Erfahrungen auch eher an geistige

Getränke. Die helfen nach dem Winterschlaf auch gegen aufkommende Frühjahrsmüdigkeit. Muss nicht einmal Kartoffelschnaps sein.

14. März 2018

So ungefähr Pi mal Daumen

An diesem besonderen Tag sei an eine Redewendung erinnert, die mehr und mehr aus der Mode kommt – nicht nur bei Mathe-Muffeln. Die Rede ist von der Formel „Pi mal Daumen". Irgendwann hat sich, weil es die englische Sprache so wichtig klingt, eingeschlichen, „round about" zu sagen, wenn man „Pi mal Daumen" meint. Es geht also um grobe Schätzungen, die im Ungefähren bleiben, sich aber dem eigentlichen Wert doch irgendwie „ein Stück weit" annähern. Am 14. März wird in jedem Jahr die Kreiszahl Pi gefeiert. Jene Zahl, die hinterm Komma einfach kein Ende nimmt, die schlicht immer weiter geht, so wie die Misere des Hamburger SV, ja, wie alles Leid oft annähernd, grob geschätzt, ja circa unendlich ist, wenn sich das Schicksal mal wieder gegen einen verschworen hat. Apropos Schicksal: In Kaiserslautern mussten einmal Polizei und Feuerwehr ausrücken und die Wohnung eines Bibliomanen von „Pi mal Daumen" unendlich vielen Büchern zu befreien. Die Bude war in akuter Einsturzgefahr, vollgestopft bis unters Dach. Wer Bücher liebt, der wird nachvollziehen können, dass der Bücherfreund schätzungsweise dem Schock so nahe stand wie die irrationale Kreiszahl Pi der Zahl 3,15. Die Leseratte dürfte ordentlich im Kreis rotiert sein und „Pi Pi" in den Augen gehabt haben. So um den Dreh rum und über den dicken Daumen gepeilt mehrere Tonnen Literatur haben die Hilfskräfte aus der Wohnung getragen und flugs mit Hilfe eines Lastwagens abtransportiert. Zwei Dinge sind unendlich, sagte einst weise Albert Einstein, Pi mal außen vor lassend. Das Universum und die menschliche Dummheit. Aber beim Universum, da sei er sich am Ende dann doch nicht ganz so sicher. Aber „Pi mal Daumen" wird es „round about" schon stimmen.

21. März 2018

Warte nur ein Weilchen

Dass die Zeit, die der Mensch während eines durchschnittlichen Lebens in Wartezimmern bei Ärzten verbringt, zusammengerechnet locker ausreicht, um selbst fix Medizin zu studieren und eine Praxis für Allgemeinmedizin zu eröffnen, ist ein bekanntes Bonmot. Mag sein, dass am Ende doch knapp zwei Wochen fehlen, aber klar wird allemal: Der Mensch ist ein zum Warten verdammtes Wesen. Immerfort muss er warten. Auf den Durchbruch. Aufs Christkind. Auf Godot. Den Bus. Den Feierabend. Auf die oder gleich auf sechs Richtige. Auf einen kleinen Tipp. Auf eine große Idee. Auf die Ankunft. Auf die Abfahrt. Auf einen brauchbaren Gedanken von Jens Spahn. Und jetzt aktuell eben auf den Frühling. Bei dem ein oder anderen, der angesichts der frostigen Tage blau angelaufen ist, geht die Farbe schon ins Dunkle über. Frühling? Kannste warten, biste schwarz wirst, heißt es ja. Unsereins wartet ja nicht nur auf den Lenz, von unserer Warte aus betrachtet wird es sogar Zeit für den zweiten Frühling.

Findige Wissenschaftler haben übrigens errechnet, dass der Mensch rund fünf Jahre seiner Lebenszeit mit Warten verbringt. Pro Jahr steht er allein satte sechs Stunden wartend in Schlangen vor Supermarktkassen. Noch einmal 38 Stunden pro Jahr verbringt der Mensch im Stau. Und das nicht nur im Frühling. Warten kann so wütend machen, dass man – ungeduldig werdend – am liebsten die Zeit totschlagen möchte. Warten kann aber auch hoffen bedeuten. Hoffen wir also auf den Frühling, in dem wir dann auf den Sommer warten werden. Das Warten nimmt eben kein Ende.

28. März 2018

Der deutsche Elvis

Der deutsche Elvis bekommt keine Liebesbriefe mehr. Der französische Elvis übrigens auch nicht. Aber da ist der Fall klar: Johnny Hallyday ist ja mittlerweile tot. Der deutsche Elvis aber lebt. Wobei der Titel des germanischen King durchaus umstritten ist. Ted Herold („Ich bin ein Mann") etwa wird gern der deutsche Elvis genannt. Aber von dem soll hier nicht die Rede sein, denn der wahre deutsche Elvis ist natürlich Peter Kraus („Sugar Sugar Baby"). Der ist zwar Österreicher und wohnt bevorzugt in der Schweiz, hat sich aber im Laufe seiner langen Karriere den Ehrentitel „Deutscher Rock'n'Roll-König" verdient, auch wenn er oft als Schmusesänger verunglimpft wird.

79 Jahre alt ist Kraus mittlerweile, er ist also nicht nur der deutsche Elvis, sondern auch der Methusalem des Hüftschwungs – fünf Jahre älter als die Senioren Mick Jagger und Keith Richards, die englischen Puhdys. Der deutsche Elvis, immerhin seit 50 Jahren verheiratet, konstatiert jetzt, dass er keine Liebesbriefe mehr bekommt. Fans schicken zwar noch immer Zeilen des Danks, „aber es sind nicht unbedingt die Frauen, die mir schreiben, dass sie mit mir ins Bett gehen wollen". Dieses Schicksal teilt der agile Peter sicherlich mit vielen Männern. „Schreib mal wieder" hieß einst ein Slogan der Post, als sie noch eine richtige Post war. Der Aufruf gilt noch heute. Nicht nur der deutsche Elvis wartet.

5. April 2018

Die Kunst des Zählens

Wien – wer denkt da nicht an Feldhasen und Wildkaninchen? Gut, zunächst denkt unser einer natürlich an den Stephansdom, den Prater, an Heurigen, an altbackene Damen bei mächtiger Torte (oder umgekehrt), an den Schmäh, an Todessehnsucht und Pferdeäpfel auf der Straße. Aber Wien ist eben auch eine Stadt der Hasen. Über Ostern waren alle Wiener von der Universität für Veterinärmedizin aufgerufen, die Verbreitung der Rammler im Stadtgebiet zu dokumentieren. Citizen Science – Bürgerwissenschaft – ist das Stichwort .Nun ist die Kunst des Zählens immer hilfreich, etwa wenn man wissen will, ob man noch alle fünf Sinne beisammen hat oder wenn man nachts vor Kummer nicht in den Schlaf findet. Pierre Brice, die bekannteste Rothaut dies- und jenseits der ewigen Jagdgründe, hatte da einen passenden Tipp parat: „Es gibt Menschen, die zählen Schafe, um einzuschlafen. Ich zähle meine Affären." Von Hasen berichtete der Mescalero-Apache allerdings nicht. Dabei stehen diese in dem Ruf, ein ausgeprägtes Sexualleben zu haben. Gedichte schreiben sie sich jedenfalls nicht. Nicht mal im poetischen Wien.

Was der Autor Benjamin von Stuckrad-Barre zählt, wenn er mal nicht in den Schlaf findet, ist nicht bekannt. Er hat aber mal gesagt, dass jede Art von Dialekt provinziell wirke, „bloß das Wienerische nicht. Das klingt gleich nach Sex und Adel". Und außerdem hat er mit seinem neuesten Werk den vermutlich besten Buchtitel des Jahres bereits veröffentlicht. Es heißt: „Ich glaub, mir geht's nicht so gut, ich muss mich mal irgendwo hinlegen". Wie wahr.

11. April 2018

Ohren zu und durch

In mittelprächtigen Kolumnen wird, wenn es um Tonkunst geht, gern ein Mann zitiert, der heute vielleicht Rapper wäre oder Graphic-Novel-Künstler, den die Jugend aber inzwischen vergessen hat – Wilhelm Busch. Also los: „Musik wird oft nicht schön gefunden, weil sie stets mit Geräusch verbunden." Den Begriff „Akustischer Schock", den kannte Busch zwar noch nicht, der ist aber jetzt in England populär. Recht hat er vielleicht dennoch. Im Land der Briten ist gerade einem Bratschisten Verdienstausfall und Schadensersatz zugesprochen worden. Bei der Probe zu Wagners Walküre am Royal Opera House bratschte der Mann direkt vor den Blechbläsern, die loslegten als wären es die Trompeten von Jericho. Trotz Ohrstöpsel war das eindeutig too much für den guten Mann, sein Gehör kollabierte, er ist berufsunfähig.

Nun ist es nicht ganz neu, dass Musiker einen Hörsturz erleiden oder im Laufe ihres Lebens schleichend ihr Gehör verlieren. Beethoven soll gegen Ende seines Lebens bekanntlich so taub gewesen sein, dass er dachte, er sei ein Maler. Böse Menschen mögen denken, es sei vielleicht ganz gut, wenn Bratschisten nicht mehr so gut hören, denn in Musiker-kreisen ist der Bratschist so etwas, wie es mal der Ostfriese war – oder der andere Ossi, der Ostdeutsche: eine Witzfigur. Doch auf böse Men-schen wollen wir nicht hören, die haben bekanntlich keine Lieder. Wo-bei das natürlich auch wieder Quatsch ist. Ganz böse Menschen hören ja sogar Heino-Platten mit allen Strophen des Lieds der Deutschen. Doch wie kann die Ehrenrettung der Musik gelingen? Blicken wir wieder nach England. Forscher haben dort herausgefunden, dass 20 Minuten Live-Musik die Stimmung eines Menschen um 21 Prozent steigern. Da kann selbst Yoga nicht mithalten. Wer alle zwei Wochen eine Live-Show besucht, könne sein Leben um eine Dekade verlängern. Vielleicht hört man dann einfach nicht, wenn der Sensenmann anklopft.

25. April 2018

Es ist nie zu spät im Leben

Guadalupe Palacio aus dem fernen Mexiko ist in einem Alter, in dem es langsam eng wird mit dem Platz für die Kerzen auf der Torte. Ihren 96. Geburtstag, den hat sie schon gefeiert. Und sie könne jetzt zu einem echten Vorbild werden. Denn Señora Palacio hat große Pläne. Pläne, bei denen hiesige Unternehmer kurz ihre Klagen über den grassierenden Fachkräftemangel unterbrechen und in die Hände klatschen können. Denn die Dame, die auf die 100 zugeht, hat sich jetzt an der Oberschule in Chiapas eingeschrieben. In vier Jahren schon will sie ihren Abschluss machen, um dann eine Ausbildung als Kindergärtnerin zu starten. Wäh-rend sich deutsche Rentner um Geld und Gesundheit sorgen und sich vorm Fernseher vom Bergdoktor berieseln lassen, will es die Mexikane-rin noch einmal wissen. Lesen und schreiben hat sie übrigens erst mit 92 gelernt. Es ist eben nie zu spät im Leben. Auch der weiteste Weg beginnt mit dem ersten Schritt.

Da könnten doch auch reifere Männer dem Beispiel Señora Palacios fol-gen, werden in den Kitas doch gerade männliche Rollenmodelle ver-misst. Roberto Blanco etwa, der könnte doch – ein bisschen Spaß muss sein – umschulen und Erzieher werden. Er ist schließlich erst 80. Einen

Bezug zu Mexiko hat er obendrein, obwohl als Sohn afrokubanischer Eltern in Tunis geboren, hat er in früheren Zeiten einen mexikanischen Puppenspieler besungen, der einmal traurig und einmal froh war. Blanco dürfte angesichts seines Alters richtig froh sein, hat doch Salvador Dali einst laut darüber nachgedacht, dass manche Männer nur deshalb nicht 80 werden, weil sie zu lange versuchen, 40 zu bleiben. Wenn das einer ausgiebig versucht hat, dann der Schürzenjäger und Schlagerstar. Aber man kann ja immer neu starten, das beweist die angehende Kindergärtnerin in Mexiko.

2. Mai 2018

Kennste eine, kennste alle

Die erste Fußgängerzone Deutschlands ist 1953 in Kassel eröffnet worden – als Ergebnis eines Wiederaufbauwettbewerbs für die von Bombenabwürfen im Zweiten Weltkrieg schwer getroffene Innenstadt. Es gibt böse Zungen, die behaupten, die Fußgängerzone in Delmenhorst sehe noch im Jahr 2018 an manchen Tagen so aus, als sei bald erneut mit Bombenangriffen zu rechnen. So menschenleer sei die City dann, ganz so, als ob alle bereits sicherheitshalber im Bunker wären. Das ist natürlich Quatsch: Die Delmenhorster Fußgängerzone lebt. Und sie ist gar nicht so oft menschenleer. Vor allem ist sie ziemlich beliebt bei Radfahrern, die sich auch zu Zeiten, zu denen es ihnen streng verboten ist, gekonnt im Slalom-Stil radelnd um die Fußgänger herumwinden.

Und wo blieben die Stadttauben, gebe es die FuZo nicht, ihren natürlichen Lebensraum zwischen Pommestüten und herumwirbelndem Altpapier? Und wo blieben die Straßenmusikanten, die den schaurigen Soundtrack liefern zum oft beschworenen Niedergang des stationären Einzelhandels? Wo könnten Bauarbeiter mir nichts, dir nichts mal hier, mal da das Pflaster aufreißen, ganz so als sei die City ein Versuchsfeld für angehende Steinsetzer? Und wo ist der betongraue Brutalismus eines Ex-Hertie-Klotzes so eindrucksvoll zu bestaunen, dass man Architekturstudenten in Bussen in die Stadt karren sollte, um ihnen zu zeigen, wie es menschenunfreundlicher nun wirklich nicht mehr geht? Ja, wo blinken in der dunklen Jahreszeit zum Weihnachtsfest die schönsten Lichter ganz ohne christlichen Bezug, sodass nicht nur Übelkrähen unken, die Stadt sei endgültig von Gott verlassen?

Man muss sie einfach lieben, die Delmenhorster Fußgängerzone, dieses Spiegelbild der Stadt, nicht nur deshalb, weil man sie beim Schaufensterbummel so schnell ablaufen kann. Sie ist der Laufsteg der Stadt, hier sieht man, trifft man, spricht man sich. So wie in jeder Stadt ist die Fußgängerzone auch hier eine Lebensader – und besser als ihr Ruf.

Wobei man auch sagen muss: Kennste eine, kennste alle. So wie ein Filialist im ganzen Land dem anderen gleicht, so gleichen sich ja auch bundesdeutsche FuZos in ihrer steten Abfolge von Handyläden, Bäckereien, Ein-Euro-Shops und Leerständen. Und doch: Missen möchte man sie nicht, die Fußgängerzone. Mach einfach noch mehr draus, Delmenhorst! Du schaffst das schon.

9. Mai 2018

Die Feste feiern, wie sie fallen

Der 9. Mai ist ein besonderer Tag. Die Russen zum Beispiel feiern an diesem Tag in jedem Jahr das Ende des „Großen Vaterländischen Krieges", also den Sieg über Nazi-Deutschland im Mai 45. Und das ist, um einmal eine Floskel zu gebrauchen, auch gut so. Doch der 9. Mai steht noch für drei weitere Feiertage. In den USA etwa wird der „Nationale Minigolf-Tag" begangen. Noch internationaler ist der „Tag der verlorenen Socke", der „Lost Socks Memorial Day", der ebenfalls fest im Kalender verankert ist. Und die Brasilianer, die kommen an diesem Tag zusammen – zum „Día del Orgasmo". Eine Übersetzung erübrigt sich hier, Sinn und Zweck des Tages verstehen sich von selbst. Wer an diesem Tag genug Zeit hat, der könnte zumindest die drei letztgenannten Gedenktage parallel begehen. Eine Partie Minigolf, dabei nur einen Fuß bestrumpft, und die Ekstase stellt sich dann auch noch irgendwie ein. Wie schön es ist, beim Minigolf erfolgreich zu putten, weiß ja jeder, der schon das Glück hatte, einmal einen unmöglichen Ball zu versenken.

Und wie bedrückend es ist, wenn die Waschmaschine wieder eine Socke gefressen zu haben scheint, ist auch geläufig. Und zum „Día del Orgasmo" steht schon in der Bibel geschrieben, welche Wonne es sein kann, wenn „er sie erkennt". Aber: Vorher Socken aus! Mann (sic!) muss die Feste feiern, wie sie fallen.

15. Mai 2018

Mit Nivea und Niveau

Dass Bundestrainer Jogi Löw, eine Hand stets am Pokal, eine gelegentlich in der Hose, viel Wert aufs Äußere legt, ist bekannt. Er ist eben ein Mann mit Niveau und Nivea. Aber er kann sich auf seine Fahnen schreiben, dass er auch Ausnahmen macht. Hätte er sonst Ilkay Gündogan in seinen WM-Kader berufen? Eben jenen Spieler, der aktuell einen Schnauzbart spazieren trägt, der im Vergleich zu Gündogans umstrittenem Treffen mit „seinem Präsidenten" Erdogan als größerer Fehltritt zu werten ist? Auf seine Fahne geschrieben hat sich Löw auch den DFB-Slogan zur WM: „Best never rest" – die Besten ruhen sich niemals aus, obwohl das wohl eher einer modernen Trainingssteuerung widerspricht.

Und wo wir schon bei Fahnen sind: Trinkfreudige Fußballer mit einer Fahne, wie sie hin und wieder Mario Basler oder – anno dunnemals – Erwin Kostedde vor sich hertrugen, gibt es in Löws Kader natürlich nicht. Schon gar nicht einen wie den legendären George Best. Zumindest am Tresen hieß es für den irren Nordiren immer: Best ruht sich niemals aus. Weltmeister-Trainer Löw bleibt da ganz nüchtern, er will im russischen Sommer ja nicht mit fliegenden Fahnen untergehen. Für richtige Revolutionen steht der topgepflegte Löw übrigens auch nicht. Im revolutionären Mai hieß es einst „Lasst den Kaffee, lasst die Sahne, schnappt euch eine rote Fahne!" Löws Aufmüpfigkeit gipfelt aber höchstens darin, dass er den Freiburger Stürmer Nils Petersen überraschend zu den Fahnen ruft. Der wiederum sagt zwar von sich, als Fußball-Profi verdumme er seit zehn Jahren. Erdogan hat er aber noch nicht getroffen.

Und obwohl, folgt man Petersen, Kicker den Kopf wohl nur für den Frisör benötigen, ist er erfreulicherweise gänzlich schnauzbartlos. Die Zeichen stehen also gut für Löw und die WM: eine Hand schon wieder am Pokal, eine am Ende der Fahnenstange.

23. Mai 2018

Bange machen gilt nicht!

Immer wieder werden die Deutschen in Umfragen gefragt, wovor sie am meisten Angst haben. Nun, unsereiner hat ja noch immer die größte Angst davor, in Fußgängerzonen Opfer von Umfragen zu werden, in denen man ankreuzen soll, wann einem gelinde gesagt der Allerwerteste auf Grundeis geht. Denn was wissen die Wegelagerer von unseren Ängsten? Was steht bei ihnen zur Auswahl? Terrorismus. Extremismus. Naturkatastrophen. Ach nö. Und an die Angst, die dem gemeinen Steuerzahler im Nacken sitzt, er müsse immer und für alles aufkommen, denkt unsereiner auch eher nicht. Die Ängste, die von denen geschürt werden, die meinen, sie hätten Alternativen fürs Land, fallen einem zudem nicht mal in den schlimmsten Albträumen ein. Nicht, dass man keine Ängste hätte. Als Kind zum Beispiel, da war man ne richtige Bangbüx, da hatte man Angst, dass einem beim Nasebohren der Finger abbricht. Das jedenfalls haben stets die Eltern warnend angekündigt. Die haben auch gesagt, dass man vom Fernsehen viereckige Augen bekommt. Und dass man nicht schielen soll, weil die Augen sonst exakt so stehen bleiben. Von wegen: Bange machen gilt nicht!

Und heute, was macht die Frau an unserer Seite, wenn sie im Garten eine Wäschespinne sieht? Sie ruft: „Iiiih, mach' die bloß weg!" Wir stellen uns dieser Angst natürlich, auch wenn wir selbst – gerade im Angesicht von Wäschespinnen – die Hosen gestrichen voll haben. Heute haben wir oft Bammel, dass uns das Autoradio einen Ohrwurm von Chris Rea in den Gehörgang tackert. Aber das will bei Umfragen ja wieder niemand hören.

30. Mai 2018

Wenn jetzt Sommer wär

Es muss – bei diesem Wetter und in diesem Jubiläumsjahr – an dieser Stelle mal an ein signalrotes Plakat erinnert werden. Es zeigte im Jahr 1968 die markanten Köpfe der Herren Marx, Engels und Lenin und dazu den Spruch: „Alle reden vom Wetter. Wir nicht." Es zählt noch heute zu den berühmtesten Plakaten der Studentenbewegung, auch wenn der Spruch von einer Werbekampagne der Deutschen Bahn gemopst war. Die Bahn hatte natürlich mit Sozialisten wenig am Hut – und hat bis heute bei jedem Wetter so ihre Probleme. Ist es zu heiß, fallen Klimaanlagen oder ganze Züge aus, schneit es, ist es auch vorbei mit „Vorwärts immer!", steht ein Wetterwechsel an, rattert sie mal wieder an Wolfsburg vorbei. Aber wir kommen vom Thema ab. Eigentlich wollen wir ja gerade jetzt doch vom Wetter reden. Der Mai, einst sinnbildlicher Monat der Revolte, der war in diesem Jahr gefühlt ein August. Sonne satt. Summerfeeling pur. Hitzerekorde noch und nöcher. Wenn im Mai die Bienen schwärmen, sollte man vor Freude lärmen, besagt eine Bauernregel. Doch zum Lärmen ist es schlicht zu warm. Es geht ein Gespenst um in Europa. Das Gespenst des ewigen Sommers. Klar, ein ewiger Sommer am Strand, der hätte was. Doch im Mai muss der Lohnabhängige sich anderweitig verdingen. Und da stöhnt dann nicht nur der Landwirt über anhaltende Hitze und Trockenheit im Frühling, der noch immer im Kalender steht. Mairegen auf die Saaten, dann regnet es Dukaten, heißt es zwar. Doch Mairegen, der bekanntlich so schön macht, blieb aus. Und so redet gerade alle Welt über das Wetter. Einige transpirieren mittlerweile derart stark, dass sie tatsächlich beginnen fließend (!) Schwyzerdütsch zu sprechen. Was soll nur erst im Sommer werden?

6. Juni 2018

Kein Grill steht still

In diesen Tagen, in denen der Frühling längst ein Sommer ist, ist das Braten in Wärmestrahlung, so nennt es das Online-Lexikon, Lieblingsbeschäftigung der Deutschen und der Zugezogenen. Kein Grill steht still, kein Rost darf rosten, kein Grillhunger ungestillt bleiben. Lieber gemeinsam grillen als einsam schmoren – so lautet ist das Motto, egal ob Kohle, Gas oder Strom. Und wie man so grillt und chillt, da fallen bei jedem Essen die immer gleichen Sätzen. „Jetzt ist die Glut perfekt" heißt es etwa, wenn der eigentliche Grillvorgang längst abgeschlossen ist. „Das ist nicht verkohlt, das sind Röstaromen", sagt der Mann – es steht ja immer ein Mann am Grill, ein echter Auftragsgriller. Und er bekommt zu hören: „Nun iss Du doch auch mal was", weil der Herr der Zange eben beim Grillen keine Zeit findet für die Nahrungsaufnahme. Denn spricht der Griller die magischen Worte „Ich habe Feuer gemacht", so kennt er kein Halten mehr.

Taucht die Frage auf: „Gibst Du mir mal den Senf?", so lautet die Antwort seit Erfindung der Bratwurst „Senf macht doof!". Immer häufiger fällt am Grill auch der Satz: „Wir könnten doch auch mal Gemüse grillen." Doch es bleibt dann meist beim Konjunktiv. Fleisch bleibt unser Gemüse. „Beim Fleisch ist alles unter 400 Gramm nur Carpaccio", sagt dann mit Sicherheit jemand. „Steak it easy", lautet die passende Antwort der Männer, für die ein Sieben-Gänge-Menü gewöhnlich aus einem Steak und einem Sixpack Pils besteht. „Grillen ohne Bier ist möglich, aber nicht sinnvoll" besagt ein altes Sprichwort. Und ein weiterer Klassiker der Grillgespräche darf nicht fehlen: „Am besten schmeckt das Stück zwischen dem rohen und dem verbrannten Teil." In diesem Sinne: Des Menschen Grillen ist sein Himmelreich.

13. Juni 2018

Von Bombern und Monarchen

Als Michael Palin, Teil der legendären britischen Komiker-Truppe Monty Python, mal Prinz Philip erzählte, dass er demnächst für eine Reisereportage Richtung Korea aufbrechen wolle, da antwortete der greise Gemahl von Elisabeth II.: „Oh mein Gott! Fangen sie bloß keinen verdammten Krieg an!" Fällt einem grad wieder so ein, wegen Donald und Kim und der beginnenden Reisezeit. Ist ja auf jeden Fall ein guter Vorsatz, keinen verdammten Krieg anzufangen. Prinz Philip, König der Fettnäpfchen genannt, hat übrigens grad seinen 97. Geburtstag gefeiert. Ob er noch erleben wird, dass England – wie 66 – eine erfolgreiche Fußball-Weltmeisterschaft spielt? Die Zeit könnte knapp werden. Auch wenn jetzt grad wieder eine WM beginnt.

Vermutlich ist der Prinz, der sich im Ruhestand befindet, schon froh, wenn die Engländer in Russland keinen Krieg anzetteln. Denn Weltmeister sind die Briten schon. Sie haben weltweit in der Geschichte der Menschheit die meisten Kriege geführt. Die Auftritte ihrer Hooligans sind dabei noch gar nicht mitgezählt. Als die Briten noch richtig stark waren, da eroberten sie so allerhand. Heute sind sie froh, wenn sie mal den Ball erobern. Aber der Fußball ist ja auch kriegerisch genug mit seinen Schlachtenbummlern, seinen Schüssen, die ins Kreuzeck einschlagen wie Granaten, mit seinen Offensiven über die Flanken, mit der gegnerische, Verteidigung, die überrannt wird. Und war nicht Müller, also der Gerd, nicht der Thomas, der Bomber der Nation mit der Torjägerkanone? Da kann einem alternden Monarchen schon angst und bange werden. Bleibt also schön friedlich dort in Russland, wenn es zum lupenreinen Demokraten geht.

27. Juni 2018

Make love, not Ankerzentren, Mister Seehofer!

Die Welt, wer will das bestreiten, steckt voller Widerwärtigkeiten. Das Meer mit Plastik zugemüllt, das Klima im Wandel, Horst Seehofer auf allen Kanälen, Hotelgäste in Crocs am Frühstücksbüffet: Wohin man auch sieht, man möchte gleich wieder wegschauen. Wer in der Nacht an Deutschland denkt, der ist, frei nach Heinrich Heine, noch immer um den Schlaf gebracht. Man möchte fast mit dem ehemaligen Reichskanzler Bismarck seufzen, der einst feinsäuberlich in sein Tagebuch grollte: „Habe die ganze Nacht durchgehasst." Nun ist aber Bismarck nicht durchweg kritikfrei zu sehen. Mit dem Klimawandel hatte er zwar nichts am Hut. Und Crocs hat er, nach allem, was man so weiß, nie getragen. Was aber gegen den Fürsten spricht: Hass war noch nie eine Lösung.

All you need is love, das ist und bleibt für alle Zeit die zentrale Botschaft. Make love, not Ankerzentren, Mister Seehofer! Nur die Liebe zählt. Das wussten schon Kai Pflaume und vor ihm die Beatles. Wer wissen will, was die Liebe und ein Beatle noch heute erreichen können, der gebe im Video-Portal Youtube „Carpool Karaoke McCartney" ein und bestaune gut 23 Minuten lang die magische Kraft der Musik und der Liebe. So viel Freude findet man selten in so kurzer Zeit. Es ist ja auch überhaupt nicht erstaunlich, so hat es der amerikanische Autor Harlan Jay Ellison mal formuliert, dass es so viel Unfähigkeit, Schlamperei, Mittelmaß und entsetzlichen Geschmack auf der Welt gibt. Das Unglaubliche ist vielmehr, wie viel gute Kunst man auf der Welt findet. Recht hat der Mann. Denn bei allen Widerwärtigkeiten, die diese Welt zu bieten hat, bleibt es so, wie der große Philosoph Jürgen Marcus einst sang: Ein Festival der Liebe soll unser Leben sein.

11. Juli 2018

Freiheit für Zimmerpflanzen

Dass die Welt ganz grundlegend, wie man so sagt, auf den Hund gekommen, also in schlimme Zustände geraten ist, liegt auf der Hand. Gute Zeiten für alle, die schlechte Nachrichten lieben. Aber bleiben wir beim Vierbeiner. Es war Reinhard Mey, der einst mit dem Lied „Es gibt Tage, da wünscht' ich, ich wär mein Hund" Erfolge feierte. „Denn ich hätte zwei Int'ressen: Erstens schlafen, zweitens fressen" heißt es in dem

Song, der die Vorzüge des Hundedaseins im Vergleich zum hektischen menschlichen Schicksal preist.

Drittens, so möchte man hinzufügen, führte man als Hund noch ab und zu sein Herrchen oder Frauchen Gassi, gegen einen Spaziergang ist ja kaum was einzuwenden. Dem Hund also, dem geht es gut. Aber was soll die Zimmerpflanze sagen? Steht immer am selben Fleck, oft auf der Fensterbank, schaut zwar in die Welt hinaus, kommt aber niemals vor die Tür, wartet auf Wasser und muss sich dann oft wie ein – nun ja – begossener Pudel fühlen.

Der Kabarettist Josef Hader hat einst einen tapferen Philodendron bedichtet, der von Sonne, Wind und Schmetterlingen träumt und darob von den anderen Topfpflanzen als Spinner belächelt wird. So eine Zimmerpflanze ist wirklich gegenüber dem Hunde arg im Nachteil.

Zu loben ist deshalb ein besonderer Feiertag, der in den Vereinigten Staaten von Amerika ins Leben gerufen wurde und der am 27. Juli eines jeden Jahres begangen wird: der Pflanzenspaziertag für mehr Gleichberechtigung für Flora und Fauna („Take-your-Houseplants-for-a walk-Day"). Denn auch Zimmerpflanzen sollen Gassi gehen und ihren Freiheitsdrang ausleben können, damit sie nicht am Ende vor Sehnsucht vor die Hunde gehen.

18. Juli 2018

„Essen gut, Wetter schön"

Es gibt zurzeit in Stadt und Land drei Gruppen von Menschen, die sich im ständigen Austausch befinden. Die, die schon waren, die, die gerade sind – und die, die noch werden. Urlaub ist das Stichwort. Mag Deutschland bei der Fußball-WM auch frühzeitig in den selbigen geschickt worden sein: Das Land bleibt Reise-Champion. Zwar haben sich die Chinesen mittlerweile die Spitzenposition erreist, die Deutschen mischen aber weiter oben mit und machen die schönsten Gegenden mit sich voll. Dabei sind Reisen, „die schönste Zeit des Jahres", doch oft nur eine Folge aneinandergereihter Martern. Entweder ist es zu heiß oder zu kalt, man hat ständig Durst oder großen Hunger, quält sich nachts auf einem zu weichen Bett, wird für viel zu viel Geld noch viel schlechter bedient, verbrennt sich am Strand den Pelz, tritt in eine Feuerqualle, erlebt, dass in der im Reiseführer als touristisch noch völlig unerschlossenen Gegend gepriesene Landschaft einfach nur der Hund begraben liegt und muss bitter erfahren, dass das, was auch unter „Einheimischen als Geheimtipp" gilt, ein derart überlaufener Schuppen ist, dass man sich flugs wieder nach Balkonien oder Bad Meingarten wünscht.

Die, die schon waren, die, die gerade sind, und die, die noch werden, die zeigen natürlich trotzdem via Facebook, Instagram oder WhatsApp, denen, die schon waren, die gerade sind und die noch werden, mit zahlreichen Urlaubsfotos, dass gerade sie das große Los gezogen haben. Den Traumurlaub, das Paradies, sogar das Restaurant, in dem sich nur kundige Einheimische frisch gefangenen Fisch auf der Zunge zergehen lassen und die einsame Bucht, in der man nicht badebeschlappten Bild-Lesern begegnet, haben sie gefunden. Früher, da reichte eine Postkarte: „Essen gut, Wetter schön, Hotel okay, Strand toll". Heute werden permanent Fotos gepostet. Ende August bin ich dann wieder dran.

25. Juli 2018

Outdoor-Kleidung für draußen – und für Couch-Potatos

Sicher ist mal eines: es ist schwere Arbeit, ein leichtes Leben zu führen. Kommt einem ja immer was dazwischen, wenn man meint, jetzt läuft es gerade wieder. So wie etwa dem Amerikaner Walter Carr. Der 30-jährige Möbelpacker stellte am Vorabend seines allerersten Arbeitstages bei einer Umzugsfirma in Alabama entsetzt fest, dass sein Auto den Geist aufgegeben hat. Was nun? Kurz nachgedacht: Pünktlich ankommen heißt, sich rechtzeitig auf den Weg zu machen. Und so zog sich der gute Walter gegen Mitternacht die Schuhe an, um sich auf seinen rund 30 Kilometer langen Weg zur Arbeit zu machen. Soll noch einer sagen, heute wolle niemand mehr ernsthaft malochen. Alles Drückeberger? Von wegen. Walters Chef jedenfalls, der weiß, wie man Arbeitseifer honoriert. Mit reichlich Lob und Anerkennung – und einem neuen Auto.

Das schenkte er dem wackeren Wandersmann Walter kurzerhand. Der wiederum ist also doppelt, wie man neudeutsch sagt, in der Firma „angekommen".

Und er hat noch etwas für seine Gesundheit getan, war er doch über Stunden an der frischen Luft. Nicht übel in der heutigen Zeit, in der man neuerdings von einer „Indoor Generation" spricht. Eine Studie der britischen Meinungsforscher von YouGov besagt, dass wir Menschen rund 90 Prozent unserer Lebenszeit in geschlossenen Räumen verbringen. Dabei sei die Schadstoffbelastung drinnen sogar viel höher als in der Außenluft, trotz der Abgase. Aber da draußen, da gibt es halt kein WLAN. 77 Prozent der Befragten sind sich der Tatsache, dass sie ihr Leben hinter Mauern und Glas verbringen, nicht einmal bewusst. Stubenhocker? Wir doch nicht! Wir haben doch extra, wie ein Geschäft es einmal treffend beworben hat, „Outdoor-Kleidung für draußen" angeschafft. Die braucht der gute Walter nun nicht mehr. Er hat ja ein neues Auto. Und den Möbelwagen obendrein.

1. August 2018

Über kurze Hosen und fliegende Kreditkarten

Ich hätte mir, als ich so Anfang 20 war, nie im Leben träumen lassen, dass ich mit 45 noch viel besser aussehen würde. Tja, und was soll ich sagen? So ist es dann am Ende auch nicht gekommen. Jegliches hat eben seine Zeit, nichts ist für immer. Das Haar wird lichter, dafür spendet der Bauch mehr Schatten. Und doch, so viel (Bein-)Freiheit muss sein, trage ich in diesem infernalischen Sommer kindlich kurze Hosen. Mag auch das Deutsche Institut für Herrenmode vor Jahrzehnten einmal davor gewarnt haben, durch das Tragen eben jener kurzen Hosen machten Männer im Sommerurlaub ihre Heimat lächerlich – ich sage: nur 3/4-Hosen, die stehen für den Verfall der Sitten. Auf lange Sicht können aber kurze Hosen ein Teil der Rettung dieser Welt sein.

Wobei diese Welt, das ist an dieser Stelle oft wortreich beklagt worden, längst am Abgrund steht. Nicht nur modisch. Kürzlich ist, als weiteres

Zeichen der nahenden Apokalypse, die Frage, wer beim Fußballspiel Paris St. Germain gegen Arsenal den Anstoß ausführen darf, nicht, wie üblich, per Münzwurf entschieden worden. Nein, der Schiedsrichter hat, auf Geheiß des Sponsors, eine Kreditkarte in die Luft geworfen. Muss man mehr wissen über den Ist-Zustand der Welt im Allgemeinen und des Fußballs im Speziellen?

Wer noch ein Zeichen des nahen Untergangs braucht: Bitteschön! Aufgrund der Dürre in Deutschland werden die Pommes frites kürzer und dicker, die Kartoffeln gedeihen nicht. Wer aber könnte sich mehr einfühlen in schrumpelige Knollen als ein Mittvierziger in kurzen Hosen?

8. August 2018

Selber schuld

Wer ist eigentlich verantwortlich für die Dürren derzeit? Heidi Klum vermutlich mit ihrer Top-Model-Diktatur. Ach, es geht gar nicht um dürre Mädchen? Das Wetter ist das Thema? Dann sind vermutlich die Sozen verantwortlich. Schuld daran ist ja immer die SPD. Wusste schon Rudolf Wijbrand Kesselaar, besser bekannt als Rudi Carrell, als er 1975 den Song „Wann wird's mal wieder richtig Sommer?" sang. In einer Zeit, so besagt es der Text, als es noch Milchmänner gab, deutsche Pulloverfabrikanten, richtige Freibäder und den Schutzmann. Und natürlich die Volkspartei SPD. Klingt museal? Heute, in einer Zeit, in der alle stets betonen, dass früher alles besser war, kommt der Text tatsächlich merkwürdig daher. Singt Carrell doch, dass sein Sommer 74 „so nass und sibirisch" war.

Davon sind wir in diesem Jahr so weit entfernt wie Heidi Klum von einer wunderschönen Gesangsstimme. Selbst am Polarkreis, Inbegriff des kühlen Nordens, werden Hitzerekorde vermeldet. Ganz oben in Norwegen werden Autofahrer aktuell vor schwitzenden Rentieren gewarnt. Der Rentier-Schweiß ist dabei eher das kleinere Problem. Aber die Tiere aus der Hirschfamilie suchen Abkühlung in schattigen Straßentunneln und stellen dort somit ein Verkehrshindernis dar. Das sagt zumindest

Tore Lysberg von der Straßenverkehrsbehörde. Es soll sogar schon ein Rentier mit einer von der Sonne verbrannten, leuchtend roten Nase gesichtet worden sein. Rudolph mit Namen. Womit wir wieder bei Rudi Carrell wären. Denn der hat auch den Song „Der Herr gab allen Tieren ihren Namen" gesungen. 1979 war das. Ein Hit war das nicht. Vielleicht weil der holländische Showmaster offensichtlich nicht ganz bibelfest gewesen ist. Das mit der Benamsung hat der Herr nämlich, nachzulesen im 1. Buch Mose, den Menschen überlassen.

Und der Mensch, das zur Ehrenrettung der Sozialdemokratie, der ist am Ende doch immer irgendwie selbst schuld. An seinen Liedern, an Dicken und Dürren – und am Klimawandel.

15. August 2018

Wer versteht schon was von Vögeln?

Hoffnung, so sagte es bereits im 19.Jahrhundert die amerikanische Schriftstellerin Emily Dickinson, Hoffnung also ist das gefiederte Ding, das sich in der Seele niederlässt, die Melodie ohne Worte singt und niemals aufhört. Nun muss man aber auch erwähnen, dass nicht jedes gefiederte Ding voller Hoffnung steckt. Dreizehenmöwen, Trottellummen und Basstölpel auf Helgoland zum Beispiel, die haben in diesem Jahr aufgrund der extremen Wetterbedingungen in großer Zahl ihre Brut vorzeitig abgebrochen. In diese Welt noch Kinder setzen? Die Lummen sind doch keine Trottel. Nun verstehen die meisten Dichter von Literatur oft nicht mehr als ein Piepmatz von Ornithologie. Dichterfürst Funny van Dannen mal ausgenommen. Der textete bekanntlich: „Versteht ihr was von Vögeln? Kennt ihr die Gefahren? Wisst ihr, dass sie früher sogar Saurier waren? Habt ihr selber einen? Könnt ihr selber fliegen? Versteht ihr was von Vögeln? Bitte jetzt nicht lügen!" Ja, wer versteht schon was von Vögeln? Die Franzosen vielleicht. Dort im Heimatland von Amour, da schießen sie jetzt den Vogel ab. Also sinnbildlich gesprochen. In einem französischen Freizeitpark jedenfalls sollen gefiederte Dinger, in diesem Fall Krähen, im Kampf gegen achtlos weggeworfene Zigarettenkippen und anderen Müll helfen. Sechs eigens dressierte Krähen picken als Hoffnungsträger und tierisch effiziente Müllabfuhr im Park „Puy du Fou" Unrat auf.

Für Ornithophobiker, also Menschen mit einer Vogelphobie, ist das natürlich ein vogelwilder Albtraum. Pulsbeschleunigung, Mundtrockenheit, Herzklopfen, Hitzewallungen und Schweißausbruch angesichts der schwarzgefiederten Müllwerker können die Folge sein. Hitchcock lässt grüßen. Wir unverbesserlichen Optimisten hingegen singen weiter die Melodie ohne Worte.

22. August 2918

Vom Neid auf die Wespen

Wer hat nicht alles ein Imageproblem? Das Handwerk, die Bundeswehr, die Automobilindustrie sowieso. Nicht umsonst heißt es ja nicht erst seit dem Diesel-Skandal: Gott schütze uns vor Sturm und Wind – und Autos, die aus Wolfsburg sind. Der Fußballweltverband Fifa hat natürlich auch ein Imageproblem. Stichwort Korruption. Alle Menschen sind bestechlich, sagt die Biene zu der Wespe. Letztere wiederum hat auch ein Problem mit ihrem Leumund. Während die Biene eine Lobby und mit Biene Maja einen liebenswerten Imageträger hat, sind Wespen nämlich verlässlich in jedem August Hassobjekt. Aggressiv seien sie, Teil einer Plage, ja: einer Invasion. Ganz so als seien Wespen der radikalisierte Teil der Bienen, quasi der bewaffnete Arm ihrer honigsaugenden schwarz-gelben Brüder und Schwestern. Der Mensch denkt angesichts der vielen Wespen: Kein Grund zur Panik! Aber Anlass zur Hysterie!

Und so sind in Außenbereichen der Cafés derzeit wahre Veitstänze zu erleben. Der Mensch windet sich, er fuchtelt mit den Armen windmühlengleich, er schlägt mit der flachen Hand Luftlöcher, er verrenkt sich beim Versuch, das Insekt wegzuwedeln, springt auf, läuft um Tische, kreischt und schreit in spitzen Tönen. Summa summarum gibt er eine ziemlich jämmerliche Figur ab. Die gemeine Wespe hingegen schaut sich dieses unwürdige Schauspiel buddhistisch gelassen an. Am Ende eines langen Sommers ist sie müde. Sie weiß, dass ihr Image nicht zu retten ist. Sie weiß auch, wie neidisch der Mensch ist. Denn sie stürzt sich als Wespe auf kalorienreiche Kost wie Bratwurst, Spaghettieis und Pflaumenkuchen, schwimmt im Bier und taucht in den Milchkaffee – und behält dennoch ihre Wespentaille. Und Humor hat die Wespe obendrein. Fragt eine Wespe die andere: „Interessierst Du Dich für Kunst?" „Ja, wieso?" „Dann lass uns mal zu dem Typen da fliegen, dann zeige ich Dir ein paar alte Stiche."

12. September 2018

Horst bleibt Horst

Nein, die Gerüchte entbehren jeder Grundlage. Delmenhorst heißt auch künftig Delmenhorst. Eine Namensänderung, um sich endlich abzugrenzen von einem, der sich alle Nase lang zum Horst macht und auch so heißt, ist noch nicht angedacht.

Der irrlichternde Heimatminister Seehofer Horst, Anführer der Opposition gegen Angela Merkel, die selbst der Bayer nicht für die Mutter aller Probleme hält, wird eines Tages hoffentlich Ruhe geben, Delmenhorst trägt den Horst jetzt und für alle Zeit weiter stolz im Namen. Mit Namen macht man eh keine Scherze. Schon gar nicht so schlechte, wie sie Seehofer an seinem 69. Geburtstag kichernd über 69 Afghanen gemacht hat. Wobei: Manchmal drängen sich Namenswitze doch auf. Erinnert sei an Bahnchef Mehdorn. Der hieß mit Vornamen zwar Hartmut, wurde aber doch immer nur Bahnchef Mehdorn genannt. Oder gar, mit osteuropäischem Einschlag, Panchev. Ähnlich geht es dem aktuellen Chef der Bahn Lutz. Den benamsten seine Eltern zwar Richard, er wird aber nun Bahnchef Lutz gerufen. Den gleichen Vornamen wie Mehdorn (Flughafen BER!) zu tragen, kann eine Last sein. Doch Bahnchef Lutz ist jetzt aus ganz anderen Gründen aus dem Gleis gesprungen. Er hat in einem Brandbrief an Kollegen mal das Kind beim Namen genannt und das aufgeschrieben, was Bahnkunden schon lange wissen.

19. September 2018

Tacheles-Tag für den Einzelhandel

„Man braucht", so formulierte es Robert de Niro einmal, „keine Worte, um Gefühle auszudrücken." Manchmal reiche auch schon ein Grunzen. Doch heute soll es nicht bei einem grimmigen „Grimmpf" bleiben. Heute ist Tacheles-Tag, liebe Verantwortliche im Einzelhandel! Denn auch ich habe Gefühle. Durst zum Beispiel. Aber ich hege auch Groll. Daher sag ich es jetzt ein für allemal, damit das Fragen aufhört: Nein, ich habe keine Payback-Karte. Eine Deutschland-Karte schon gleich gar nicht. Und ich möchte auch keine Club- oder Family-Card. Ich komme bislang ganz gut ohne jegliche Kunden-Karte aus. Und ich sammle wirklich keine Treuepunkte! Nein, auch keine zum Kleben. Und nein, ich zahle nicht mit Karte. Meine Postleitzahl, die möchte ich Euch nicht verraten. Oft fällt sie mir nicht einmal ein! Ich will einfach nur diesen formschönen Blumenkohl kaufen! Und liebe Schuhverkäufer: Mit diesem tollen Imprägnierspray, das ich zu den neuen Schuhen mitnehmen soll, kann ich mittlerweile selbst ein Geschäft aufmachen. Ich brauche es nicht! Und Geld abheben möchte ich auch nicht, ich will einfach nur bezahlen. Der gute alte Tauschhandel: Ware gegen bare Münze. An die SB-Kasse wechseln und meine Waren selbst einscannen möchte ich auch nicht! Und nein: Ich hatte kein Leergut! Und ja, ich weiß, die Frage: „Haben Sie alles gefunden?", die ist ganz sicher nett gemeint. Aber an einer ehrlichen Antwort ist dann doch niemand interessiert.

Und nein, ich möchte auch keine Tüte. Wenn ich beim Einkaufen kiffe, vergesse ich meist die Hälfte. Die einzige Frage, die mir beim Einkauf genehm ist und die ich zu jeder Zeit mit einem beherzten „Aber hallo!" beantworte, lautet: „Darf's ein bisschen mehr sein?" Ich weiß: Man sieht es mir an.

26. September 2018

Süßer Vogel Jugend

Oh, süßer Vogel Jugend, wie unrecht man Dir tut! Jugend von heute, nur Essen und Rauchen, zu nichts zu gebrauchen. Von wegen, die Jugend hängt lediglich ab, ist antriebslos, glaubt an nix, ewige Eckensteher eben. Nein, die Jugend hat Hoffnung. Glaubt man einer Umfrage der Gates-Stiftung, sehen junge Menschen sowohl ihre eigene Zukunft als auch die der Welt deutlich optimistischer als ältere Menschen. Und wer jetzt das Heiner-Müller-Zitat auspackt, demnach Optimismus nur ein Mangel an Information ist, der kann nicht mehr ganz jung sein. Schließlich ist auch der Müller Heiner schon ne Weile nicht mehr jung und inzwischen längst den Weg alles Irdischen gegangen. Die Jugend aber, die hat die Zukunft noch vor sich. Rund 87 Prozent der Jugendlichen sehen ihre eigene dabei rosig – und die Zukunft der Welt sehen immerhin noch 74 Prozent in einem positiven Licht. Bei den Erwachsenen sieht es deutlich düsterer aus. Sicher, selbst die Zukunft mag früher besser gewesen sein. Aber was früher war, das schert die Jugend kaum. Der Blick geht nach vorn, der Zukunft zugewandt.

Apropos süßer Vogel! Kennen Sie den Vogel des Jahres? Wer diese Auszeichnung erhält, der ist ein echter Star in der Welt der gefiederten Artgenossen. In diesem Jahr gleich doppelt. Denn der Star der Vogelwelt ist der Star. Sie verstehen. Nicht Amsel, nicht Drossel: Star. So wie der Star unter den Äpfeln ein Star ist. El Star, wie der Spanier sagt. Der Elstar. Nicht zu verwechseln mit der Elster. Der Elstar ist unter den Äpfeln der mit dem größten Anteil am Gesamtverkauf, nahezu jeder sechste verkaufte Apfel ist ein Elstar. Dabei ist dieser Apfel erst 1955 gezüchtet worden, also für eine Paradiesfrucht noch relativ jung. Er schmeckt übrigens süß-sauer, was irgendwie nach einem Kompromiss für den Blick in die Zukunft klingt.

4. Oktober 2018

Zur rechten Zeit

Mit der Zeit ist es so eine Sache. Man kann sie totschlagen, man kann sie sich nehmen, man kann mit ihr gehen, man kann sogar Zeit gewinnen. Ja, man sagt, sie könne für einen arbeiten und heile sogar alle Wunden. Und relativ ist sie auch: Mal vergeht sie quälend langsam, mal rasend schnell. Das ist belegt. Manchmal vermischen sich auch die Zeitebenen. So wird jetzt gerade in ganz Deutschland aufgeregt über eine Fernsehserie diskutiert, die bereits im Herbst 2017 – vor gut einem Jahr also – auf Sky zu sehen war und die nun im Ersten läuft: „Babylon Berlin". Die Serie wiederum spielt in einer Zeit, die man für jetzt und alle Zeit unter dem Begriff Weimarer Republik zusammenfasst. Politisch hoch aktuell ist sie dennoch – oder gerade wieder. Sie kommt also zur rechten Zeit. Wobei die Betonung auf dem Wörtchen „rechten" liegt. Chemnitz lässt grüßen. Die Zeit abgelaufen sein könnte übrigens bald für die Zeitumstellung. Dass sich viele AfD-Mitglieder eine Umstellung auf 1933 wünschen, ist möglich. Die EU-Kommission schlägt aber vor, nachdem zuvor die Bürger befragt wurden, die Uhren künftig einfach nicht mehr umzustellen. Unklar ist nur, ob dann ewig die Sommer- oder die Winterzeit gelten soll. Vorbei ist dann die Freude, wenn die Uhr am Backofen plötzlich wieder für ein halbes Jahr die richtige Zeit anzeigt, nachdem sie ebenso lange verlässlich eine Stunde daneben lag. Vorbei die anregende Frage, ob denn die Uhr nun vor- oder zurückgestellt werden muss. Jegliches hat wohl seine Zeit.

10. Oktober 2018

Für Friede, für Freude und vor allem Eierkuchen

Während man so sein Leben lebt, den Bibliotheksausweis verlängert, Leergut wegbringt und die Winterklamotten aus der hintersten Ecke wieder einmal verfrüht herausholt, verschwindet so manches. Nicht die Leichen im Keller, aber zum Beispiel Montserrat Caballé, ganz bestimmt der analoge Aufziehwecker, sehr sicher die gelbe Telefonzelle. Eben noch da. Schon weg und fast vergessen. Manche Dinge tauchen dann unter anderem Namen wieder auf. Der Weihnachtsmarkt etwa, der kehrt als Wintermarkt wieder. Und wer jetzt auf den Kalender blickt, der sieht: am 13. Oktober wird der Welt-Ei-Tag gefeiert. Der aber ist nicht – analog zum Wintermarkt – ein religionsunabhängiges Angebot für alle, die das Osterfest ohne christliche Botschaft politisch irgendwie korrekt feiern wollen. Hauptziel des Tages ist es vielmehr, den Eierkonsum anzukurbeln. An dieser Stelle sei auf den naheliegenden Hinweis verzichtet, dass King Kahn einst sehr weltlich forderte: „Eier, wir brauchen Eier." Recht hat er ohnehin. Wir brauchen Eier. Wir brauchen auch Friede. Und Freude. Und Eierkuchen sowieso. Die Frage, was zuerst da war, das Huhn oder der Welt-Ei-Tag, ist da nicht von großer philosophischer Bedeutung.

Zum Ei-Feiertag übrigens lässt sich auch der goldene Oktober nicht lumpen und verspricht, wie man früher sagte, ein Wetter zum Eierlegen, ja er kündigt nichts weniger an als das Gelbe vom Ei. Da der Mensch seinen Mitmenschen mehr braucht als Brot, Wasser, Eier, sollte das Wetter ein schöner Anlass sein, sich mal wieder mit Freunden zu treffen. Mit Friede, mit Freude und mit Eierkuchen.

17. Oktober 2018

Winter? Der ist doch Schnee von gestern!

Wer den Herbst mag und dicke Wollsocken und sich auf den frostigen Winter freut, der muss jetzt ganz tapfer sein. Denn in diesem Jahr ist der Sommer wie der letzte Partygast, der einfach nicht gehen will. Längst wäre es Zeit für den Abschied. Doch immer noch gibt es etwas zu sagen, was – so kündigt es der Gast gern an, zeitlich nur eine Zigarette und ein letztes Glas im Stehen in Anspruch nimmt. Dann aber fällt dem Gast doch noch etwas ein, während man als Gastgeber müde immer tiefer ins Sofa sinkt. Der endlose Sommer, er will einfach nicht gehen. Abschied ist halt ein schweres Schaf. Und so kann der Herbst nicht kommen. Und der Winter? Der steht nicht mal vor der Tür. In Kitzbühel in Tirol ist jetzt die Ski-Saison eröffnet worden. Bestes Wetter für eine

Abfahrt vom Berg, viel Sonne, eine herausragende Fernsicht in den Alpen, weiß glänzt der Schnee. Blöd nur, dass das Thermometer satte 21 Grad Celsius anzeigt. Plus versteht sich. Der Schnee, der sich auf zwei Pisten wie ein weißes Band durch die grüne Landschaft zieht, kam nicht einmal aus der Schneekanone. Für Kunstschnee war es schlicht zu warm. Die weiße Pracht stammt aus dem vergangenen Frühjahr. Schnee von gestern, eigens eingelagert für die, die im sommerlichen Herbst Winter spielen wollen. Da sollte nicht nur jedem Tiroler der Hut hochgehen. Wir hier, in der norddeutschen Tiefebene, haben angesichts des auf Dauer gestellten Sommers ganz andere Sorgen. Wie befestigt man Christbaumkugeln eigentlich an der Yucca-Palme? Sollte der Festschmaus in diesem Jahr ein Grillfest auf der Terrasse sein? Und wenn der Weihnachtsmann im Coca-Cola-Truck kommt, hat er dann genügend Eis dabei, um die Getränke ordentlich zu kühlen? Dann könnten wir uns mit dem letzten Gast auch noch ein letztes Glas im Stehen genehmigen.

24. Oktober 2018

Bachs Hände, der HSV und die Farben der Papaya

Dass die Welt den Bach runtergeht, das ist längst eine Binsenweisheit. Diese Welt steckt voller Absonderlichkeiten. Nicht nur beim HSV. Dass zum Beispiel meist Menschen After-Work-Partys feiern, die gar nicht so recht wissen, was echte Arbeit ist, gehört ganz sicher auch dazu. Und ob zum Beispiel jeder aus dem Stegreif beschreiben kann, wie eine Papaya aussieht, geschweige denn schmeckt? Zumindest ist sie derzeit in vieler Munde. In Bayern, da wollen die Großkopferten nämlich die Papaya-Koalition auf den Weg bringen. Was zunächst klingt wie eine gesunde Sache, ist die Koalition aus schwarz (CSU) und orange (Freie Wähler), den Farben der Papaya. Der Mensch braucht offensichtlich Vergleiche, die stärker hinken als ein schwer angeschlagener Kicker im Volksparkstadion. Zumindest vorerst jedenfalls bleibt einem die Haselnuss-Koalition erspart. Die ist bekanntlich schwarz-braun, wie schon Heino knödelte. Besserwisserisch mag man jetzt sagen, die AfD habe im politischen Spektrum die Farbe Blau. Aber wer will da kleinlich sein?

Was man noch wissen muss? Bach, der hatte ziemlich große Hände. Bevor jetzt die Frage kommt, bei welchem Verein der spielt: Es geht um Johann Sebastian Bach, einen der Größten der Musikgeschichte. Der war zwar mit 1,80 Meter für seine Zeit bereits relativ lang. Jetzt kommt aber heraus, dass Bachs linke Hand eine „ungewöhnliche Länge und Spanne" hatte. Damit konnte das Musikgenie, so haben Wissenschaftler ermittelt, mit kleinem Finger und Daumen einen Abstand von zwölf weißen Klaviertasten überbrücken. Wer will denn da noch wissen, wie Papaya schmeckt, wenn er erst einmal diese Information geschluckt hat?

7. November 2018

Adventskalender – Türchen zur Kindheit

Den rätselhaften, ja oft widersprüchlichen Irrsinn der Welt zu akzeptieren und auszuhalten, ohne ihn immer gleich durchschauen zu können, das ist eine Fähigkeit, die bereits der englische Dichter John Keats im 19. Jahrhundert ausgiebig pries. Tut hier aber nichts zur Sache. Als die ersten Geschäfte aufmachten, die ganzjährig Weihnachtsartikel feilboten, da war das noch ein echtes Kuriosum, so wie Mitte der neunziger Jahre im Bremer Schnoorviertel. Heute hat man sich längst daran gewöhnt, dass es auch im Sommer überall schon Lebkuchen gibt. Und all der Schabernack soll nicht etwa helfen, die Zeit zu verkürzen, bis endlich die Bescherung beginnt. Nein, das Weihnachtsfest soll einfach auf Dauer gestellt werden. Weihnachten, solang es eben geht. Hyggelig, schön gemütlich. Das Türchen zur eigenen Kindheit soll bitte immer ein wenig offenstehen.

Das zeigt sich auch daran, dass die Verkaufszahlen von Adventskalendern von Jahr zu Jahr steigen. Und dabei werden längst deutlich mehr Kalender für Erwachsene als für Kinder verkauft. Sicher, der Mann wäre mit einem Kasten Bier schon ganz gut bedient. Der hat ja nicht ganz zufällig genau Platz für 24 Flaschen. Aber der Fantasie sind bei Kalendern längst keine Grenzen mehr gesetzt. Schokolade kann, muss aber nicht. Es gibt Kalender mit Parfümproben, mit 24 verschiedenen Teesorten, mit Chips und Co., mit nützlichem Kleinwerkzeug für den Haushalt und kleinteiligen Spielfiguren aus Plastik. Was sich hinter den 24 Türchen des Adventskalenders „Dildoking" verbirgt, muss hier nicht weiter eingeführt werden. Gut, mag man sagen, der Inhalt dieser schokilosen Kalender macht wenigstens nicht dick. Er lässt aber das Portemonnaie dünner werden.

14. November 2018

Fernseher so flach wie RTL 2

Das Fest rückt immer näher! Spüren Sie es auch? Schon am 21. November ist der Welttag des Fernsehens. Fernsehen? „Was war das noch?", mögen junge Menschen jetzt denken. Ach ja, dieser dickbauchige Apparillo, nach dem sich früher alle richten mussten, weil die Sendungen pünktlicher begannen als Züge der Deutschen Bahn abfahren. Heute wird längst gestreamt, die Mediathek ist 24/7 verfügbar, der Flimmerkasten oft nur ein Laptop.

Das Fernsehen war einmal das Lagerfeuer der Nation, Verspätungen gab es nur, wenn Gottschalk auf Sendung war. Wobei es geschmacklos ist, den Herbstblonden und Feuer derzeit in einen Zusammenhang zu bringen, der Dampfplauderer hat ja gerade ernstere Sorgen als den Niedergang des Fernsehens. Stichwort Waldbrand. Wer alt genug ist, um sich an das Wählscheibentelefon zu erinnern, der kennt noch das Testbild. Und der weiß auch, dass TV-Geräte nicht immer so flach waren wie das Programm von RTL 2. Und sie waren auch nicht immer so groß wie heute, wo man den Eindruck gewinnt, der Bildschirm sei direkt aus Saal 1 des Multiplexkinos gestohlen. Fernsehen macht die Dummen dümmer und die Klugen klüger. Kann sich jeder aussuchen, was auf ihn zutrifft. So oder so: Das TV-Programm ist ganz okay, wenn man mal beide Augen zudrückt.

21. November 2018

Ins Bett mit Sheerans Ed

Kennen Sie das? Man berichtet der besten Freundin am Telefon, man sei mal wieder in der Bredouille – und die beste Freundin antwortet: „Ach Gott. Frankreich. Wie schön!" Oder kennen Sie das, nachts vor Kummer – oder wahlweise Hunger – nicht in den Schlaf zu kommen? Da gibt es Abhilfe, wie eine Umfrage der University of Sheffield jetzt zeigt. Demnach haben 60 Prozent aller Befragten angegeben, schon einmal Musik gehört zu haben, um endlich in den Schlaf zu finden. Top Schlafmittel, wenn mal wieder nur der Mann im Mond zuschaut: Johannes Sebastian Bach. Der kommt noch vor Wolfgang Amadeus Mozart, obwohl der wiederum immerhin passenderweise „Eine kleine Nachtmusik" geschrieben hat. Zwischen die beiden Genies hat sich der bleiche, rotbeschopfte Ed Sheeran, britischer Schmus- und Schmusesänger, geschoben. Unsereiner bleibt lieber die ganze Nacht lang wach, als freiwillig dessen Musik zu hören. Wir halten es dann mit Trude Herrs Bekenntnis: „Ich bin morgens immer müde, aber abends bin ich wach". Morgens, singt sie, da sei sie so solide, aber abends, nun, da werde sie schwach. Die Nacht sei zum Tanzen da. Eine schöne Form der Freizeitbeschäftigung.

By the way: Die BAT-Stiftung für Zukunftsfragen hat Zahlen veröffentlicht, die darüber Auskunft geben, was Männer und Frauen in ihrer eng bemessenen Freizeit häufiger machen möchten. 57 Prozent der Männer, Topwert, sie sind so leicht zu durchschauen, geben an, sie hätten gern häufiger Sex. Leben wie Gott in der Bredouille. Frauen möchten lieber öfter Wellness machen, für mehr Sex sprechen sich hingegen nur 34 Prozent von ihnen aus. Wie soll man da zusammenkommen?

28. November 2018

Ka-Ching im Supermarkt

Dass Kassiererin auf Chinesisch Ka Ching heißt, ist zwar eine Fehlinformation, führt uns aber heute dennoch nahe ans eigentliche Problem. In hektischen Zeiten wie unseren ist Langmut längst ein Fremdwort. Geduld mag eine Tugend sein. Und Konfuzius, ein Chinese aus Zeiten, die noch nicht so hektisch waren, sagt: Ist man in kleinen Dingen nicht geduldig, bringt man die großen Vorhaben zum Scheitern. Doch was bedeutet das, wenn man in einer Schlange an der Supermarktkasse steht? An der falschen Schlange, versteht sich.

Denn immer und überall ziehen links und rechts die Kunden an einem vorbei, während der Mann ganz vorne in der Schlange den zu zahlenden Betrag langsam in Cent-Münzen vorzählt, die ihm folgende Dame vergessen hat, die Wurzeln zu wiegen oder der Vordermann erst bei der Nennung der Summe, die er zu begleichen hat, ganz plötzlich bemerkt, dass es möglicherweise nun doch vielleicht überraschend hilfreich wäre, das Portemonnaie endlich umständlich aus der Tasche zu fingern. Ganz zu schweigen von den Kunden, die, kaum sind sie gehalten, ihren Einkauf zu bezahlen, noch bemerken, dass sie Salz vergessen haben. „Bin gleich wieder dahaa!" – Und schon verschwinden sie in dem, was sie für einen Laufschritt halten, im Laden, während man mal wieder wartet. Das alltägliche Warten nicht persönlich zu nehmen, ist da schon eine Übung, an der vielleicht sogar Konfuzius gescheitert wäre. Der Flughafen in Berlin, die Wiederbelebung des Hertie-Gebäudes in Delmenhorst – all das verblasst ja gegen die Wartezeit auf Ka-Ching.

12. Dezember 2018

Die Nase mal wieder gestrichen voll

Wer hat nicht mal die Nase gestrichen voll? Und reagiert entsprechend verschnupft? Gerade in dieser Jahreszeit haben Erkältungsviren leichtes Spiel. Und so ein Schnupfen, der kommt ja nicht allein. Er bringt sein Schwesterchen mit, das Halsweh. Und das Brüderchen, der Husten, ist meist auch nicht weit. Gerade Männer bringt das an ihre Grenzen. Sie sammeln dann ihre vollgeschnäuzten Taschentücher und türmen sie als Mahnmal ihres unermesslichen Leidens in beachtliche Höhen. Heiße Zitrone soll da helfen, Eukalyptusöl auf der Brust, roher Meerrettich oder ein intensives Nachtgebet. Man muss nur dran glauben. Bei all dem

Leid kommt eine Nachricht jetzt aber doch überraschend: Patienten lügen ihrem Arzt den Kittel voll, wenn es um ihre Gesundheit geht. Sie singen ihrem Doc dabei keineswegs ein Klagelied. Ganz im Gegentum: Bis zu 80 Prozent der Patienten, das hat eine Umfrage des Fachmagazins Jama ergeben, täuschen ihrem Arzt chronisch ein gesundes Leben vor: Sport? Fast täglich, Herr Doktor! Ernährung? Zweimal die Woche Fisch. Obst und Gemüse jeden Tag, Fritten nur an hohen Feiertagen – und Alkohol kommt mir nicht ins Haus.

Ein Hausarzt weiß längst, dass er die Angaben zur körperlichen Ertüchtigung mindestens halbieren und die zum Alkoholkonsum verdoppeln muss, um annähernd auf einen halbwegs lebensnahen Wert zu kommen. Die Patienten wollen von ihrem Arzt geschätzt werden, sagen die Wissenschaftler. Ob der davon manchmal die Nase voll hat?

2. Januar 2019

Von neuen Vorsätzen und alten Gewohnheiten

Es ist nun einmal so: Jeder Mensch besteht eigentlich aus zwei Menschen. Er ist zum einen natürlich der, der er ist. Und zum anderen ist er der, der er gern sein möchte. Oft ein himmelweiter Unterschied. Die Werbung nutzt das schamlos aus, wenn sie uns Wunschwelten präsentiert – und vorgaukelt, diese Welten lägen nur einen Schritt, ja einen Kaufimpuls entfernt. Und die guten Vorsätze, die sich der Mensch so rund um den Jahreswechsel auf die Fahnen schreibt, die gehören auch in die Kategorie. Ist-Zustand: Fauler Couch-Potato, Wunschvorstellung: durchtrainierter Adonis. Weniger essen, mehr Sport: Das ist dann ein Vorsatz, den sich viele nach den kalorienreichen Weihnachtstagen zurechtlegen. 2019, da will man einfach mal mehr im stundenlangen Niedrigtemperaturverfahren zärtlich gegartes Gemüse der Saison auf den Tisch bringen. Gute Idee, bis einem der Duft von Currywurst in die Nase steigt – und alles ist perdu. Und die Sache mit dem Sport? Joggen, klar. Aber es nieselt doch – und ewig lockt das Sofa. Warum sich für 2019 nicht vornehmen, anderen Leuten dabei zuzusehen, wie sie mehr Sport machen? Wäre doch auch ein Anfang.

Überhaupt ändern sich die eigenen Vorsätze sehr schnell, sie passen sich den Realitäten an. Heißt es nach Weihnachten noch: „Ich esse nie wieder was!", ruft man nach der Silvesternacht bereits: „Ich trinke nie wieder was!" Und überhaupt lässt das Leben einem eh wenig Zeit, um sich um neue oder gar alte Vorsätze zu kümmern. Warum zur Hölle sollte man sich für 2019 vornehmen, die Ziele von 2018 zu erreichen, die man sich 2017 gesetzt hatte, weil man sich 2016 vorgenommen hatte, das zu erledigen, was bereits 2015 geplant war, weil man es 2014 nicht geschafft hatte, alle Vorsätze von 2013 in die Tat umzusetzen? Das meiste auf der Welt, das erledigt sich am Ende von selbst, wenn man ihm nur genug Zeit dazu lässt. In diesem Sinne: Frohes neues Jahr!

9. Januar 2019

Wer im Glashaus sitzt, hat immer frische Gurken

Es ist aber auch an der Zeit gewesen für diese Ehrenrettung. Wie viel Schindluder wurde getrieben mit der Gurke? Wofür musste die Gurke nicht alles herhalten? Als Synonym für eine besonders lange Nase im Gesicht eines Mannes, als Schimpfwort für Menschen, die sich durch eine gewisse Alltagsunfähigkeit auszeichnen, als Bezeichnung für ein veraltetes Handy, als Mahnmal für angebliche Regulierungswut in der EU. Und ein limitiertes Fußballspiel nennt man Rumgegurke. Doch jetzt greift der „Verein zur Erhaltung der Nutzpflanzenvielfalt" ein und erklärt die Gurke kurzerhand nicht nur zum Gemüse des Jahres 2019. Nein, die Gurke ist gleich das Gemüse der Jahre 2019/2020. Denn Gurke ist nicht gleich Gurke – weder in der Gemüsewelt noch in der Politik. Die Gurke ist vielmehr als nur schmückendes Beiwerk für den Gin Tonic am Abend – und in Scheiben geschnitten auch mehr als ein linderndes Mittel gegen müde Augen für den Morgen nach dem einen Gin Tonic zu viel. Gurken, das betont der nützliche Verein, zählen zu den wasserreichsten Gemüsesorten der Welt. Über 90 Prozent der Gurke ist reinstes Wasser. Der menschliche Körper hat einen ähnlich hohen Wasseranteil. Man darf also mit Fug und auch mit Recht behaupten, der Mensch ist eine Gurke, die sprechen kann.

Doch woher stammt eigentlich die Gurke? Sie soll schon vor 3000 Jahren in Indien angebaut worden sein, heißt es. Doch Insider wissen natürlich längst: Gurken stammen aus niederländischen Gewächshäusern. Deshalb lautet ein bekanntes Sprichwort auch: Wer im Glashaus sitzt, hat immer frische Gurken.

16. Januar 2019

Kleines Getränk, großer Preis

Mal die innere Einkehr suchen, in sich gehen, den Gedanken nachspüren, eins sein mit sich. Das ist immer eine gute Sache. Sich in diesen schnelllebigen Zeiten einfach mal eine Auszeit nehmen, anhalten, stehenbleiben, nicht immer nur weiter hasten. Aber doch bitte nicht ausgerechnet mitten in einem belebten Eingangsbereich. Sagen wir zum Beispiel direkt in der Tür zum Kinosaal. Eins sein mit sich und dabei Zweiten im Weg stehen, das geht gar nicht. Immer wieder trifft man aber auf Menschen, die gedankenlos genau dort verharren, wo man selbst gern schnell durch möchte. Und wo wir uns schon gerade aufregen und gedanklich im Kino sind: Wann eigentlich sind dort alle Maßstäbe verloren gegangen? Wer eine kleine Cola bestellt, der bekommt einen halben Liter im Plastikbottich. Und auf Nachfrage noch ein unfreundliches „Das IST das kleinste Getränk!" hinterher. Und dass ein Kinobesuch am Wochenende – sagen wir zu dritt als Familie – etwa so viel kostet wie ein Flug nach Malle und zurück spricht einerseits gegen Dumpingpreise von Billigfliegern, anderseits aber auch gegen den Kinobesuch. Der jedoch, dafür macht das Kino ausgerechnet auf der Kinoleinwand Werbung, ist natürlich immer noch ein Erlebnis. Vorausgesetzt, man verpasst nicht zu viel vom Film, weil man nach einem kleinen Getränk schnell mal auf die Toilette muss. Schlafen übrigens kann auch eine Form der Kritik sein. Vor allem im Kino. Wird aber dort heute kaum noch genutzt. Was vor allem daran liegt, dass der Ton im Lichtspiel derart monströs laut ist, dass an Schlummern nicht zu denken ist. Und innere Einkehr, die suchen deshalb alle erst im Ausgang.

23. Januar 2019

Vaterfreuden mit 78

Gibt es eigentlich das perfekte Alter, um Vater zu werden? Diese Frage hat schon viele umgetrieben. Ob sie Jack White für sich beantwortet hat, ist nicht bekannt. Er wird nun im zarten Alter von 78 Jahren das sechste Mal Vater. Die jüngeren Leser werden sich nun fragen: Jack White ist 78? Sicher, die Gitarren-, Rock- und Blues-Legende ist stets etwas blass um die Nase. Aber so alt ist er dann doch nicht. Es handelt sich bei dem Mann, der Vaterfreuden entgegensieht, vielmehr um dessen deutschen Namensvetter Jack White. Einst Fußballer, noch erfolgreicher aber als Musikproduzent in der Schlagerbranche. Der werdende Vater heißt mit bürgerlichem Namen Horst Nußbaum. Er stammt aus einer Zeit, als Künstlernamen gern aus dem Farbspektrum kamen. Erinnert sei nur an Roy Black. Oder an Roberto Blanco. Wobei: der hieß wirklich so, obwohl er gar nicht blanco war. Jack „Horst" White jedenfalls, der unter anderem Evergreens wie „Schöne Maid" geschrieben hat, wird nicht nur Vater. Er hat auch gleich ein Rollenbild zementiert, wie es zu Hossa-Zeiten üblich war. Wickeln, das teilte Jack White auch all denen mit, die es gar nicht wissen wollten, werde er sein Neugeborenes nicht. Er sei immer der Meinung gewesen, dass die Mutter für das Kind verantwortlich sei, während der Vater dafür zu sorgen habe, dass es allen gut gehe.

Da hören wir doch lieber weg – und wenden uns wieder dem amerikanischen Jack White zu. Der wiederum heißt eigentlich John Anthony Gillis, was im Vergleich zu Nußbaum gar nicht so übel klingt. Sein Song „Seven Nation Army" ist gerade, der Handball-WM sei Dank, wieder allen im Ohr, weil das Publikum das Gitarrenriff so gerne brummt. Der Songtitel geht übrigens auf einen Hörfehler Whites zurück. Er hatte als Kind statt Salvation Army (Heilsarmee) immer Seven Nation Army verstanden. Man wünscht sich, man hätte sich auch beim fidelen Vater Nußbaum schlicht verhört.

30. Januar 2019

Quälix am Steuer des „Traumschiffs"

Manche Menschen, so hat es der Schriftsteller Vladimir Nabokov einmal formuliert, haben für Happy Ends nichts übrig, sie – und Nabokov ist ganz bei ihnen – fühlten sich damit hintergangen, denn Unglück sei das Normale. Die Lawine, die in ihrem Lauf ein paar Meter über dem sich duckenden Dorf zum Stillstand kommt, die benimmt sich unnatürlich und unmoralisch. Sagt Nabokov. Wer wollte ihm widersprechen? Die Welt, das ist nicht neu, bringt täglich neue Schreckensmeldungen hervor. Und ein Happy End, das gibt es doch nur auf dem Bildschirm. Zum Beispiel im Dauerbrenner „Traumschiff". Seit 1981 darf man sich sicher sein: Am Ende, beim Kapitänsdinner, haben sich alle wieder lieb. Doch nun gerät das „Traumschiff" in schwere See. Auf jedem Schiff, das dampft und segelt, gibt es einen, der die Sache regelt. So reimt es sich in der jugendfeien Version. Sascha Hehn regelte alles. Doch jetzt übernimmt Florian Silbereisen die Rolle des Kapitäns, ein Bayer aus Passau, als Schlager-Onkel maximal Leichtmatrose. Einziger Bezug zur See: Er war mit einer berühmten Fischerin zusammen. Darf der das, der Silbereisen? Unsere erste Wahl fürs Kapitänsamt wäre Fußballtrainer Felix „Quälix" Magath gewesen. Über den heißt es, man wisse zwar nicht, ob er als Käpt'n die Titanic gerettet hätte, aber die Überlebenden, die wären wenigstens topfit gewesen.

6. Februar 2019

Vom Winde vereist

Wir Realisten haben ja mitunter den fatalen Hang zum Pessimismus. Wird schon schiefgehen, das meinen wir dann ganz wörtlich. Die Welt mag sich noch drehen. Aber sie gebiert immer wieder Absurdes. Vier Beispiele gefällig? Ikea will seine Produkte künftig auch zur Miete anbieten. Rent a Billy! Der Discounter Lidl verleast mittlerweile sogar den einen oder anderen Fiat 500. Fernseh-Nase Thomas Gottschalk moderiert eine Literatursendung. Und Thomas Doll soll einen Fußball-Bundesligisten retten. Auf solche Ideen muss man erst einmal kommen. Aber was weiß ich schon? Politiker und Journalisten teilen sich das traurige Schicksal, dass sie oft heute schon über Dinge reden, die sie erst morgen ganz verstehen. Hat der rauchende Bundeskanzler Helmut Schmidt mal gesagt. Und der kannte sich in beiden Welten formidabel aus. Billy-Regale wird der belesene Schmidt wohl nicht gekauft haben. Mieten? Ausgeschlossen! Der Fiat 500 ist eher keine Staatskarosse. Und ob Doll den kleinen HSV von der Leine retten kann, hätte auch Schmidt nicht zu sagen vermocht. Aber der Hanseat war in seinem Element, wenn es stürmte oder schneite. Und das führt uns nun endlich, wenngleich auf verzweigten Wegen, zu dem Thema, das hier und heute eigentlich final, wie man neudeutsch sagt, verhandelt werden soll. Zugefrorene Windschutzscheiben im Winter! Oder präziser: Wie man die Scheiben eisfrei bekommt. Denn immer wieder ist zu beobachten, wie dick eingemümmelte Menschen morgens mühsam winzige Bereiche ihrer Windschutzscheibe freikratzen, gerade mal so groß wie eine Schießscharte. Und dann steigen sie flugs frierend in ihr Auto, fahren los, die Nase direkt an die Scheibe gedrückt, um überhaupt etwas sehen zu können durch dieses kleine Fenster zur Welt, das sehr zügig wieder zuzufrieren droht. Und wie durch eine Schießscharte nehmen sie dann die schwächeren Verkehrsteilnehmer aufs Korn. Ein Schauspiel ist das. Aber es wird schon schiefgehen.

13. Februar 2018

Fasching – Urlaub vom biederen Ich

Erinnert sich noch wer an den Hauptmann von Köpenick? Den Mann, der vor über 110 Jahren als Hauptmann verkleidet in ein Rathaus marschierte, den Bürgermeister verhaftete und die Stadtkasse mitgehen ließ? Die Köpenickiade steht noch heute für eine besondere Form der Amtsanmaßung. Kleider machen Leute, das hat der falsche Hauptmann richtig aufgezeigt. Und das nicht nur in Köpenick, sondern auch im Karneval. Oder im Fasching, wie es in der Nachbargemeinde heißt.

Denn der falsche Hauptmann, der steht auch für einen ganz besonderen Fetisch den Deutschen: die Uniform. Das Männermagazin Playboy, das in seinen Bildstrecken zumeist ohne große Kostümierungen auskommt, hat kürzlich eine Studie veröffentlicht. Demnach flirten Männer in der Zeit der Narretei besonders gern mit Frauen, die als Stewardess oder Krankenschwester verkleidet sind. Frauen wiederum nähern sich vor allem Männern, die sich in eine Piloten- oder Polizeiuniform geworfen haben. Die alten Rollenbilder. Hier leben sie noch. Der Mann, der Schutz verspricht, die Frau, die stets zu Diensten ist. Der Mann läuft ja auch gleich ganz anders, trägt er nur eine Uniform.

Du bist, was Du trägst. Und kannst mal jemand anderes sein, das ist Fasching. Auch als Mutti im gehobenen Alter. Oder als Vati, der ein Schluffi ist und Draufgänger sein will. Urlaub vom biederen Ich. Dazu passt, dass der Deutsche Verband der Spielwarenindustrie den Trend beobachtet, dass Verkaufszahlen von sexy Kostümen für Frauen steigen. Kurz der Rock, tief das Dekolleté. Männern aber sei geraten: So weit wie einst Prinz Harry müsst ihr nicht gleich gehen. Der Brite marschierte bekanntlich mal in Nazi-Uniform zu einer Party.

20. Februar 2019

Kinder, werdet Klempner!

Krise? Welche Krise? Welche darf es denn diesmal sein? Deutschland, Land der Baumärkte, in dem jeder hämmern und sägen will. Aber nur in der Freizeit. Im Berufsleben, da will jeder lieber die Grünpflanze im Großraumbüro pflegen oder studieren bis kurz vor Rentenbeginn. Handwerk? Muss nicht sein. Deshalb wird wieder mal wieder eine Krise ausgerufen. Fachkräftemangel! Klempner zum Beispiel sind bald so selten wie die blaue Mauritius oder gute Einfälle von US-Präsident Trump.

Dabei hat Brösel einst in Werner-Comics die bunte Welt der Firma Sanitäre Anlagen, Heizungsbau, Klima- und Schwimmbadtechnik Röhrich derart lebensnah in Szene gesetzt, dass doch eigentlich alle dem Meister Röhrich, dem Gesellen Eckat und vor allem dem Stift Werner nacheifern wollten. Bier aus der Bügelflasche, immer was zu verflanschen und abzudichten, um eine ungewöhnliche Lösung nie verlegen. Und schon Reinhard Mey sang: „Ich bin Klempner von Beruf, ein dreifach Hoch dem, der dies gold'ne Handwerk schuf!" Ja, Handwerk, goldener Boden, rosige Zukunft. „Immer werden Hähne tropfen, werden Waschbecken verstopfen, immer gibt es was zu schweißen, abzubau'n und einzureißen", trällerte der Barde Mey. Aber „Gas, Wasser, Scheiße" will dann heute doch keiner mehr machen. Lieber Doppel-Studium als Doppel-Flansch, lieber Handys verticken als Rohre knicken.

Was tun? Wie wird das Handwerk endlich wieder so sexy wie das berühmte Bauarbeiter-Dekolleté? Einfach die Löhne erhöhen? Wäre wohl zu naheliegend. Darauf verweisen, dass Frauenschwarm Heiner Lauterbach vor seiner Schauspielkarriere mal Installateur gelernt hat? Plakatieren, dass Rock-Legende Joe Cocker seine Reibeisenstimme früher gepflegt hat, in dem er als Gas-Installateur auf Baustellen unterwegs war, bevor er den Staub mit viel Bier und noch mehr Drinks runterspülte? Oder soll man alle Werner-Filme verpflichtend in Schulklassen vorführen? Anyway, sagt der Franzose. Eine Lösung muss her. Kinder, werdet Klempner! Damit es wirklich heißt: Krise? Welche Krise?

27. Februar 2019

Veterinär, Veteran, Veganer

Als Friedrich Nietzsche sagte, über das Wetter, über Krankheiten und über Gut und Böse glaubt jeder Mensch mitreden zu können, da hat er natürlich den Fußball vergessen. Nun mag man ihm zugutehalten, dass in seiner Zeit die Fußlümmelei noch gar nicht richtig den Weg von England über den Kanal in unsere Gefilde gefunden hatte.

Nietzsche, das nur nebenbei gesagt, ist nämlich kein Berliner Jungschauspieler aus einer neuen Netflix-Serie, sondern ein Philosoph des 19. Jahrhunderts. Er hat mal Gott für tot erklärt, also den echten, nicht den Fußballgott. Tot ist er aber nun selbst, der Nietzsche, der einen Bart trug, bei dem der Ex-Handball-Bundestrainer Heiner Brand vor Neid ebenso erblasst wie das NDR-Walross Antje. Wobei: Antje lebt ja auch nicht mehr. Nur Heiner Brand ist zum Glück noch ganz fidel.

Doch zurück zum Eigentlichen: Mitreden, das geht beim Wetter, bei Krankheiten, bei Gut und Böse und beim Fußball leicht von der Zunge. Beim Handball geht das immer nur, wenn grad WM ist. Geredet wird aber ständig – und oft aneinander vorbei, wie folgendes Gespräch belegt: „Haben Sie schon gehört, die Frau Müller von gegenüber ist jetzt mit einem Veterinär zusammen!" „Das ist ja schrecklich! Mit so einem alten Knacker!?" „Nee. Was Sie meinen, das ist doch jemand, der kein Fleisch ist."

Nun ja, Veterinär, Veteran, Veganer. Soll noch einer durchsteigen. Wichtig ist: Lieber im Gespräch bleiben als ins Gerede kommen.

13. März 2019

Im Wein liegt Wahrheit

Weinkenner weinen: Sie mussten im vergangenen Jahr tiefer in die Geldbörse greifen, wenn sie tief ins Glas schauen wollten. Ein Liter Wein hat, das vermeldet das Deutsche Weininstitut, in Supermärkten und Discountern im Schnitt 3,09 Euro und damit 17 Cent mehr als ein Jahr zuvor gekostet. Wer ein ehrliches Bier bevorzugt, der muss in diesem Fall nicht in sein Glas tränen. Schon gar nicht jetzt, in der Fastenzeit, wo der Verzicht gepredigt wird. Wein raus, pardon: fein raus ist, wer wie ich Bier trinkt und in diesem Jahr konsequent gleich ganz auf den Verzicht verzichtet. Verzicht ist natürlich wichtig – und stört doch oft. Komiker Bernd „Ich hab' drei Haare auf der Brust, ich bin ein Bär" Stelter zum Beispiel, der verzichtet seit vielen Jahren bei seinen Karnevalsauftritten auf eine besondere Gag-Dichte. Er liefert quasi nur alkoholfreien Wein ab.

Das wiederum hat in Köln während einer Sitzung eine Frau mit Doppelnamen und in einem grob angedeuteten Seemannskostüm dazu veranlasst, dem Bernie-Bärchen direkt auf der Bühne mal reinen Wein einzuschenken. Sein Scherz über Annegret Kramp-Karrenbauer aka AKK sei gar keiner, einfach nicht witzig, frauenfeindlich zudem. So weit, so richtig. Aber ist das nicht – nüchtern betrachtet – alter Wein in neuen Schläuchen? Wer beim kölschen Sitzungskarneval Humor der Spitzenklasse erwartet, im Abgang obendrein feministisch, der erwartet auch, dass Wein aus dem Tetra Pak am Morgen danach keine Kopfschmerzen macht.

Stelter übrigens antwortete wenig schlagfertig, er mache doch nur Witze. Wenn es doch nur so wäre, Bernie-Bärchen! Aber hier hilft einem nicht einmal der teuerste Wein auf ein entsprechendes Humorniveau.

20. März 2019

Geld allein macht auch nicht glücklich, aber...

Gute Nachricht für alle Geschäftsführer, die es leid sind, sich Klagen ihrer Mitarbeiter anzuhören, sie müssten dringend mehr Geld verdienen. Eine Studie der Universitäten Yale und Oxford belegt: Sport macht glücklicher als Geld. Demnach fühlen sich Menschen, die regelmäßig Sport treiben, nur an 35 Tagen im Jahr psychisch eher schlecht. Wer nicht aktiv ist, hat an satten 18 Tagen mehr schlechte Laune. Die Forscher stellten fest, dass körperlich aktive Menschen sich genauso gut fühlen wie Sportmuffel, wenn die dafür rund 22000 Euro im Jahr mehr verdienen. Wer viel Geld mit Sport verdient, der ist fein raus. Und wer zu wenig Geld verdient, der soll halt mehr Sport machen. Zur Not auch Betriebssport.

Nun darf man bekanntlich nur den Statistiken Glauben schenken, die man selbst gefälscht hat. Und manch einer, der sich vom Unglück verfolgt fühlt, meint, wenn das alles so stimmt, müsse er täglich mindestens die Distanz Delmenhorst-Dnepropetrovsk im Dauerlauf hinter sich bringen, um mal wieder so richtig glücklich zu sein. Wie soll man das aber bei allem guten Willen zeitlich schaffen, wenn man für wenig Geld seiner Arbeit nachgeht? Die Studie der Universitäten zeigt aber auch: Auf das richtige Maß kommt es an. Zuviel Sport schadet am Ende der Psyche und dem eigenen Glücksgefühl.

Ob der tägliche Lauf im Hamsterrad des Jobs als Bewegung ausreicht, um glücklich zu werden, das lässt die Studie selbstredend offen. „Träumen ist das Glück, warten ist das Leben", sagt Victor Hugo. Ob er die Gehaltserhöhung meinte? Geld allein macht sicher nicht glücklich. Doch es gestattet immerhin auch dem Unsportlichen, auf etwas angenehmere Weise unglücklich zu sein.

27. März 2019

Flieger richtig, Ziel falsch

In Schottland sagt man, dass es eigentlich nur zwei Sorten von Menschen gibt. Die Schotten natürlich – und die, die wünschten, sie wären Schotten. Das kleine Völkchen mag für seinen Geiz berühmt sein, selbstbewusst ist es allemal. Und die Schotten haben auch allen Grund dazu, denn mit Reizen geizt das Land nicht. Die Hauptstadt Edinburgh zum Beispiel, reich an Geschichte, bietet Sehenswürdigkeiten noch und nöcher. Wer mag da glauben, was jetzt die Agenturen melden: Ein British-Airways-Flieger hat seine Passagiere am Montag von London in die schottische Stadt gebracht. Allerdings nur aus Versehen. Die Passagiere jedenfalls, die waren in dem sicheren Glauben in die Maschine gestiegen, der Flug habe nur ein Ziel: Düsseldorf. So hatten sie es gebucht. Nun fragte schon Grönemeyer einst singend: „Wer wohnt schon in – Düsseldorf?" Da mag es die längste Theke der Welt geben. Aber sonst?

Noch kurz vor dem Start hatte der Pilot, kaum verständlich, wie Piloten es, weil es die Berufsehre verlangt, über Lautsprecher tun, geknödelt, man werde gleich nach Edinburgh starten. Ein Scherz, vermutete eine Fluggästin, fragte aber sicherheitshalber bei einer Stewardess nach. Die wiederum informierte den Piloten. Der frug geistesgegenwärtig über Lautsprecher, wer denn hier nun nach Düsseldorf fliegen wolle. Alle

Hände flogen hoch. Das wiederum hielt der Pilot für einen gelungenen Scherz. Düsseldorf. Das kann man auf Englisch ja gar nicht richtig aussprechen: Dusseldorf! Also machte der Pilot die Schotten dicht und flog den Vogel gen Edinburgh. Dass der Mann im Cockpit ein enger Verwandter des Lokführers ist, der mit dem ICE regelmäßig an Wolfsburg vorbeirauscht, ist übrigens nur ein Gerücht.

3. April 2019

Heimat im Möbelhaus

Ohne Heimat sein heißt leiden, sagte schon Fjodor Michailowitsch Dostojewski. Er hat es allerdings auf Russisch gesagt. Aber das tut hier grad nichts zur Sache. Heimat, dieser Begriff hat längst wieder Konjunktur. Nicht erst, seitdem Horst Seehofer das, wie sagte er, „Heimatmuseum ... ähm ... das Heimatministerium" gegründet hat. My Home is my Castle, sagt der Brite. Mein Heim ist in Kassel, sagt das indonesische Künstlerkollektiv, das die Documenta leitet.

Heimat, das ist für viele dort, wo jetzt bunte Ostereier an winterkargen Ästen baumeln. Oder an der See. Oder in den Bergen. Andere wiederum sagen, Freundschaft, das sei wie Heimat. Die eine sucht in der Liebe ewige Heimat, der andere sucht dort das ewige Reisen. Und wer eine Heimat hat, der macht sie sich heutzutage schön muckelig. Heimelig eben. Behaglich und gemütlich. Hyggelig heißt es dann neudeutsch, entlehnt aus dem schönen Skandinavien, wo die Dänen und Norweger, von denen kommt das Wort, ihre Heimat haben. Sie beherrschen die Kunst, Intimität zu schaffen, ein Gefühl von Heiterkeit und Zufriedenheit. Wer unrasiert und fern der Heimat ist, der vermisst dann dieses Gefühl. So wie Linus Wahlqvist. Der 22-jährige Schwede verdient sein Smørrebrød als Fußballprofi bei Dynamo Dresden. Und er hat Heimweh. Immer wieder überfällt es ihn. Und da nur Durst schlimmer als Heimweh ist, können wir uns vorstellen, was er durchmacht im Florenz des Nordens.

Und was macht der junge Schwede dann? Er besucht die sächsische Ikea-Filiale. Einmal die Woche überkommt es ihn. Dann sei es schön, ein paar schwedische Namen zu lesen und schwedische Kekse zu essen. Das fühle sich wie Heimat an. So liebevoll hat wohl noch kein deutscher Mann von Ikea gesprochen.

10. April 2019

Holt Kartoffel-Kalle und Potato-Fritz in die Stadt!

Es kann kein Zufall sein. 28 nationale Meisterschaften hat der FC Bayern im Fußball bislang errungen. Und das Delmenhorster Kartoffelfest feiert im kommenden Oktober seine wievielte Auflage? Genau. Die tolle Knolle steht dann nicht zum 27. oder zum 29., sondern genau zum 28. Mal im Mittelpunkt. Und jetzt bewirbt sich mit Karl-Heinz Rummenigge auch noch der Vorstandsvorsitzende des FC Bayern um die Rolle des Botschafters des hiesigen Kartoffelfestes.

Mit Blick auf die entscheidende Phase der laufenden Meisterschaft betont Rummenigge: „Ich sag' immer: Jetzt muss der Bauer die Kartoffeln einfahren – und jetzt ist die Kartoffel heiß. Und die müssen wir dann eben hoffentlich am letzten Spieltag in Form der Schale gemeinsam essen."

Die Schale, auch bekannt als Salatschüssel, sie ist das Ziel der Träume. Welche Kartoffel wäre nicht froh, in genau dieser Schüssel in Mayonnaise zu baden?

Auch wenn bei Rummenigge einige Bilder durcheinandergeraten – jetzt heißt es: Rin in die Kartoffeln. Jetzt ist die Delmenhorster Wirtschaftsförderungsgesellschaft gefragt. Holt die Kartoffeln aus dem Feuer! Macht die Nummer mit Kartoffel-Kalle fest! Holt den Bayern-Boss in die Stadt, zu Ehren des Erdapfels! Er kann mit Paul Breitner auch eine andere Legende, die mit ihm auf dem Platz einst als Duo Breitnigge die Liga schwindelig spielte, mitbringen. Der hat schließlich schon in dem legendären Western „Potato Fritz" als Sergeant Stark eine reitende Rolle gespielt und für die Kartoffel geworben.

17. April 2019

„Schönheit! – Gesund bist Du ja!"

Zugegeben, der Autor dieser Zeilen hat lange nicht an Theo Waigel gedacht. Jenen Mr. Augenbraue, der aus einer Zeit stammt, als außerehelichen Affären nicht nur in der CSU noch verpflichtend waren, um als waschechtes Mannsbild zu gelten. Der Waigel Theo nun, von 1989 bis 1998 Bundesminister der Finanzen, der wird bald 80. Ein Buch hat er deshalb geschrieben. Das will natürlich vermarktet werden, wer wüsste das besser als ein Ex-Finanzminister. Deshalb ist die Augenbraue Waigels gerade wieder häufiger zu sehen.

Und so denkt man an früher. War da nicht alles besser? Selbst die außerehelichen Affären? „Komme mir niemand mit der guten alten Zeit", sagt aber Waigel selbst. Früher, da hätten eine Theologie der Angst und eine Pädagogik der Schläge geherrscht. Oder waren es eine Theologie der Schläge und eine Pädagogik der Angst? Sei es drum. Früher, da war eben tatsächlich nicht alles besser.

Nehmen wir das Niesen. Nieste einer früher im Großraumbüro, so fand sich immer ein anderer, der sogleich „Aufwischen!" rief oder „Schönheit! – Gesund bist Du ja!". Oder gar „Verreck dran!". Auch ein „Zerreißen soll es Dich – und Deine Brieftasche soll mich treffen!" war hin und wieder als Reaktion auf einen kräftigen Nieser zu vernehmen. Heute, so sagt es ein Nachfahre Knigges, sind solche oft nur halb im Scherze formulierten Aufforderungen natürlich längst nicht mehr statthaft. Selbst ein lautstarkes „Gesundheit!", gebrüllt von einem Ende des Büros ans andere, so betont es der Knigge, hat zu unterbleiben. Stattdessen möge sich der Niesende mit einem „Entschuldigung!" an seine Bürogemeinschaft wenden, sobald er nach der Niesattacke wieder Luft zum Atmen hat. Schließlich beeinträchtigt das orkanartige Niesen das Gehör, und zwar stets das der anderen. Und das jetzt, in der Heuschnupfenzeit, an einem beliebigen Bürotag etwa 2753 mal am Tag.

Ob Waigel, wie es in Bayern Brauch ist, einem Niesenden erwidert „Häif' da Gott!" (sinngemäß: „Gott möge dir helfen!"), ist nicht bekannt. Zum

Geburtstag aber, da sei ihm ein herzhaftes „Gesundheit!" zugerufen. Ganz egal, was früher war.

24. April 2019

Der absolute Hammer

Es gibt Statistiken, die hauen einen um, sie sind, wie man so sagt, der Hammer. Die hier zum Beispiel: In 94 Prozent der deutschen Haushalte gibt es einen. Also einen Hammer. Nun heißt es zwar, dass die Axt im Haus den Zimmermann erspare, über den Hammer aber weiß man lediglich, was schon Mark Twain bemerkte: „Wenn Dein einziges Werkzeug ein Hammer ist, wirst Du jedes Problem als Nagel betrachten." Wenn man dann noch weiß, dass laut Statistik 92 Prozent der Haushalte einen Vorrat an Schrauben und Muttern haben, wird einem Twains Rat klarer. Eine gute Mutter zu haben, ist ja das Beste, was einem passieren kann – lieben Gruß an dieser Stelle, Mama! – wer aber Schrauben und Muttern hortet, der kommt allein mit dem Hammer nicht weit. Sicher aber ist: Im Leben ist es immer besser, Hammer statt Amboss zu sein.

Doch wir kommen vom Thema ab. Wenn also rein rechnerisch fast jeder Haushalt einen Hammer besitzt, was hat das zu bedeuten? Dass es nur in der Stadt Hamm noch mehr Hammer gibt, weil jeder einer ist und fast alle einen haben? Dass wir doch noch wissen, wo der Hammer hängt? Dass bald alles unter den Hammer kommt? Dass wir immer noch daran glauben, dass jeder seines eigenen Glückes Schmied ist? Das sagt doch nur noch der Lindner von der FDP. Und selbst der will andere zu ihrem Glück zwingen.

Doch wo bleibt das Positive? Denken wir an einen, der gar keinen Hammer hatte. An die Folk-Legende Pete Seeger zum Beispiel, der vor 70 Jahren das schöne Lied „If I had a hammer" schrieb. Wenn er nur einen Hammer hätte, sang er, so schlüge er damit die Glocke der Freiheit. Viel Schöneres lässt sich mit einem Hammer nicht machen.

8. Mai 2019

Wenn der Mai gekommen ist

Der Mai ist gekommen, die Bäume schlagen aus – und auch wenn der Frühling derzeit pausiert, die Gefühle sind noch immer in der Luft. Und ich spreche jetzt nicht vom pollenbedingten Kribbeln in der Nase. Frühlingsgefühle! Hach! Es ist aber an der Zeit, an die Psychologen zu erinnern, die den Zustand des Verliebtseins als eine Einengung des Bewusstseins beschreiben, die zur fatalen Fehleinschätzung der Wirklichkeit führen kann. Fehler und Macken des Geliebten werden dann schlicht übersehen. Und schwupps – ist man verheiratet. Die Ehe, so heißt es ja, ist eine wunderbare Einrichtung. Aber wer will schon langfristig in einer Einrichtung leben?

Aber eine Beziehung wird eben vorwärts gelebt und erst rückwärts verstanden. Hat Kenneth Branagh, britischer Shakespeare-Mime, mal gesagt. Shakespeare wiederum zählte zu den größten Dichtern, die je den Frühling besungen haben. So wie, meine Meinung, der im Dezember 2018 verstorbene F. W. Bernstein auch. Der hat mal gedichtet: „Horch, ein Schrank geht durch die Nacht/voll mit nassen Hemden/den hab ich mir ausgedacht/um euch zu befremden." Das hat jetzt nur bedingt mit der Ehe, dem Verliebtsein oder gar dem Frühling zu tun. Schön ist es dennoch. Und wer nun daran zweifelt, dass ausgerechnet der Autor dieser Zeilen ein sachkundiges Urteil über gelungene Gedichte zu fällen vermag, dem sei gesagt: Man muss nicht in der Bratpfanne gelegen haben, um über ein leckeres Filet zu schreiben. Und überdies ist der Autor dieser Zeilen schlicht noch immer verliebt. Auf jeden Fall in den Lyriker Bernstein, dessen Stimme fehlt. Nicht nur im Frühling.

15. Mai 2019

Das Kind beim rechten Namen nennen

Dass man mit Namen keine Witze machen sollte, ist an dieser Stelle bereits ausführlich behandelt worden. Wer Markus Platz heißt oder Anne Theke, der hat es wohl auch so nicht immer leicht im Leben. Doch nun drängt uns das Leben wieder eine besondere Geschichte auf. Ein Fußball-Profi des englischen Vereins FC Chelsea muss für 20 Monate auf seinen Führerschein verzichten. Er hat, unter dem Einfluss von Alkohol, einen Autounfall verursacht, bei dem es Verletzte gegeben hat. Und wie heißt nun der gute Mann? Drinkwater! Danny Drinkwater! Der Name sollte von nun an Programm sein. Besser wäre wohl nur gewesen, er hieße Claus Thaler.

Und wo wir schon in England sind: Das noch frische royale Baby ist benamst, es soll, sobald es dazu in der Lage ist, auf den Namen Archie Harrison Mountbatten-Windsor hören. Why not? Wobei wir älteren Semester, groß geworden vor dem Fernseher, noch ganz ohne Netflix und Co., bei Archie direkt an eine TV-Serie aus dem Land der Briten denken müssen. „Die Zwei" hieß die. Tony Curtis in der Rolle des Danny Wilde sprach in der Kult gewordenen deutschen Version Namen wie Archie oder Archiebald immer so aus, als handele es sich um einen etwas vulgären Ausdruck für das menschliche Hinterteil. Von wegen: No jokes with names. Edgar Allen Popo taucht übrigens auch kurz auf in der Serie. Aber das führt hier zu weit. Näher dran an dem trinkfreudigen Mr. Drinkwater ist da schon ein Spruch, den sich Danny Wilde („Der immer zu den Partys eilt") und Lord Brett („Lord Brettschaft" oder „Euer Durchleucht") Sinclair um die Ohren hauen: „Ab heute wird nicht mehr getrunken, aber auch nicht weniger."

22. Mai 2019

Wähle 3-3-3 auf dem Telefon!

Es ist ein sicheres Zeichen, dass man alt wird, wenn die Kerzen teurer sind als die Geburtstagtorte. Oder wenn man lebhafte Erinnerungen daran hat, dass das Telefon einst ein sich ständig verheddernges Kabel, einen festen Platz im Hausflur und eine Wählscheibe hatte. Wer Worte wie Fernsprechapparat, Ferngespräch oder fernmündlich noch kennt, der ist der Wiege wohl ferner als der Bahre – und der kennt auch noch die gelben Telefonzellen, in die man einst Groschen – für die Jüngeren: so etwas ähnliches wie Cent – werfen musste. Die letzte gelbe Zelle, die auch Schutz vor Regen und Platz für küssende Paare bot, ist bereits im vergangenen Jahr abgebaut worden.

Heute hat ja jeder mindestens ein Smartphone. Und telefonieren gilt sowieso als aus der Zeit gefallen. Kurz- und Sprachnachrichten sind angesagt. Mit dem Handy kann man so ziemlich alles machen. Sich lustige Videos von der Insel Ibiza anschauen, seine am Tag zurückgelegten Schritte zählen, Selfies machen. Aber telefonieren? Ruf! Mich! Nicht! An! Wer doch anruft, stört. Und stellt gleich zu Beginn des Gesprächs die rein rhetorische Frage: Störe ich?

Und deshalb überrascht jetzt eine Auswertung der Bundesnetzagentur. Im Jahr 2018 hat das Handy das Festnetztelefon abgehängt. Erstmals haben die Deutschen mehr vom Mobiltelefon (119 Milliarden Minuten) aus angerufen als vom stationären Apparat zu Hause (107 Milliarden Minuten), der allerdings auch längst ohne Kabel, Wählscheibe und festen Platz im Flur auskommt.

Wie konnte es dazu kommen? Telefonmuffel haben da eine Idee: Vom Smartphone aus gibt es so herrliche Ausreden, wenn man keine Lust mehr auf Palaver hat. „Oh, ich fahre gleich in einen Tunnel." – „Ich verstehe Dich ganz schlecht. Hallo?" – „Mein Akku ist gleich alle." – „Bin gerade in einem Funkloch."

29. Mai 2019

Unter falscher Flagge auf dem falschen Dampfer

Im Leben werden ja immer wieder Dinge verwechselt. Mein und Dein zum Beispiel. Sex und Liebe. Stalagmiten und Stalaktiten. Schaumwein und Champagner. Oder Saibling und Seitling. Aber Butter bei die Pilze: So ist das nun einmal. Und Königin der Verwechslungen ist noch immer das Privatfernseh-Geschöpf Verona Pooth. Sie hat, daran sei an dieser Stelle erinnert, einmal festgestellt: „Wenn ich dem und den verwechsle, wem stört's?" Nun hat es die Pooth, die auch den Werbespruch „Da werden Sie geholfen!" ein für alle Mal im deutschen Sprachschatz verankert hat, wieder getan. Sie hat etwas verwechselt. Und das auf dem weiten Feld der Vexillologie, der Lehre vom Fahnen- und Flaggenwesen. „Ich freue mich auf die wunderschöne Schweiz", schrieb also die Werbe-Ikone auf Instagram und postete dazu ein Bildchen mit Rollkoffer – und der rot-weißen Flagge Dänemarks. Kann ja mal vorpommern. Oft wird auch die deutsche Fahne mit der belgischen verwechselt, manchmal sogar bei offiziellen Anlässen. Hätte die Pooth zur Flagge Uruguays gegriffen: kein Problem. Das Land wird wegen seiner hohen Berge die Schweiz Südamerikas genannt. Nun wollen wir nicht gleich mit fliegenden Fahnen zu denen überlaufen, die ob der Pooth'schen Fehlleistungen von Dummheit sprechen. Vielleicht ist die Werbe-Frau einfach clever genug, sich immer wieder selbst zu promoten. Wem stört's? Möchte man da „Mir!" rufen? Nee. Unsereiner arbeitet jetzt eh an der eigenen Fahne. Vater- und Brückentag machen es möglich. Wohl bekomm's!

5. Juni 2019

Und ab die Post!

Sie sind einem lieb und teuer: handgeschriebene Postkarten und Briefe. Weil es so selten geworden ist, dass man sie in den Händen hält. Schreibt ja kaum noch jemand. Und wenn doch, dann hapert es an der Zustellung. Den Briefträger sieht man heute so häufig wie sonst nur die blaue Mauritius. Und weil sie einem so lieb und teuer sind, die Zeilen auf Papier, da ist es nur konsequent, dass die Post einem sicher vielfach geäußerten Wunsch ihrer Kunden Rechnung trägt und endlich das Porto wieder erhöht, bei gleichbleibendem Service – versteht sich. Die Post tut schließlich alles dafür, dass das Briefeschreiben immer exklusiver wird. Briefkästen werden mehr und mehr eingespart, Postämter geschlossen. So hat jeder das Gefühl, etwas wirklich Wertvolles zu tun, wenn er doch noch einmal zu Stift und Papier greift. Briefeschreiben, das ist was für Manufactum-Kunden. Wer Exklusivität nicht zu schätzen weiß, der soll halt schnöde E-Mails schreiben.

Unser einer kommt derweil in ein Alter, in dem er immer mehr an früher denkt. Früher, da kam der Briefträger noch an jedem Tag. Sogar, man glaubt es kaum noch, montags. Postbüdel, so hieß er bei uns. Man hat ihn schon erwartet, auf seiner Tour. Unser Postbüdel trug den schönen Namen Wunder. Sein Fahrrad war immer gelb, Herr Wunder manchmal blau. Denn er brachte nicht nur die Briefe, die die Familie aus dem Urlaub schickte. Und auf denen auch schon eine Marke mit der 80 klebte – Pfennig, versteht sich. Er blieb auch oft zum Klönen stehen. Und wenn es die Zeit erlaubte, dann ließ er sich durchs Fenster ein Schnäpschen reichen. Und Zeit, die hatte Herr Wunder oft. Dabei hat er doch viel mehr Briefe ausgetragen als seine Kollegen heute.

12. Juni 2019

Jung, gesund und voller Energie

Ist es nicht wunderschön, jung, gesund und voller Energie zu sein? Wenn man sich nur an diese Zeit erinnern könnte. Steht ein Geburtstag ins Haus, dann kommt man ins Grübeln. Wer in die Jahre kommt, der denkt über das eigene Ablaufdatum nach. Sicher: Wer lange leben möchte, der muss alt werden. Das ist der einzige Weg. Unsereiner hat derzeit nur einen echten Wunsch: Man möchte einfach nie so alt werden, wie der CDU-Jüngling Philipp Amthor gedanklich schon jetzt ist. Raus aus der Schule und schon komplett vergreist hinter dem glatten Kindergesicht.

Kürzlich ist übrigens der immergrüne Hans-Christian Ströbele 80 geworden. Seine Partei, die Grünen, feiert mit Umfragerekorden kräftig mit. Ströbele twitterte an seinem Geburtstag: „Heute bin ich schon 80. Schon ganz schön alt, sagt man. Ich steh daneben und wundere mich."

Die Gräfin des weißen Sports, Steffi Graf, wird in wenigen Tagen 50. Boris Becker hat schon mal vorab gratuliert: „Glückwunsch von meiner Seite, es tut ein bisschen weh, 50 zu werden, aber man kommt darüber weg." Immerhin spendet da einer Trost, für den es zuletzt abseits des Platzes selten Vorteil Becker hieß.

Wie alt man gerade geworden ist, sieht man an den Gesichtern derer, die man jung gekannt hat. Hat Heinrich Böll mal gesagt. Der wäre mittlerweile über 100. Und ist bei Jüngeren leider längst vergessen. Aale-Dieter hingegen, die Legende vom Hamburger Fischmaakt, ist noch munter wie ein Fisch im Wasser. Er ist 80 Jahre „aalt". Sein Ziel: „Ich verkaufe weiter Aal, solange ich das noch kann." Das hält ihn jung. Butter bei die Fische: Vielleicht wäre eine Umschulung für mich sinnvoll. Makrelen-Marco, das klingt nach einem Job, mit dem ich so richtig alt werden könnte.

19. Juni 2019

Die Sandalen kommen!

Die Vandalen, diese liebreizende germanische Volksgruppe, die im fünften Jahrhundert nach Christi Geburt zu Hochform auflief, haben keinen guten Ruf. Der Begriff Vandalismus ist schließlich auf sie zurückzuführen. Historisch wenig begründet, sagen die Experten. Einen schlechten Ruf haben auch, man muss es so sagen, die Sandalen. Diese sind zwar keine Volksgruppe, sondern nur der sommerliche Versuch, etwas Luft an die Mauken zu lassen, doch der „Sandalismus" bei Männern ist gefürchtet, besonders natürlich die germanische Form, das Tragen von Sandalen unter zeitgleicher Verwendung von Frotteesocken.

Deshalb soll hier eine Lanze gebrochen werden. Für Vandalen und Sandalen. Und Lanze ist sogleich ein Stichwort. Tauchen in vernünftigen Sandalenfilmen doch Schwerter und – tata! – Lanzen auf. Und während in Büros noch diskutiert wird, ob der Männerfuß in Sandalen stecken darf, denken wir an Monumentalfilme wie Ben Hur und Spartacus. Und an die zahlreichen Filme in der Nachfolge, die in Italien gedreht wurden, ehe dort der Spaghetti-Western Einzug hielt und Django Herkules verdrängte. Gut, Django hat nie Sandalen getragen. Aber der schweigende Mann, Typ einsamer Wolf, der ist ja auch nicht mehr das, was Frauen sich so wünschen. Frauen lieben heute, so steht zu hoffen, auch Männer mit zwei linken Füßen, die im Sommer Flip Flips tragen.

Der Mann von heute ist mutig, auch ohne Zigarillo im Mundwinkel und Revolver im Holster. Er trägt mannhaft Sandalen. Vielleicht denkt er, sollte jemand die Sandale als Modesünde verunglimpfen, an Vivienne Westwood. Die hat gesagt: „Die Leute sollten sich mehr anstrengen, weniger dumm zu sein. Das kleidet sie immer noch am besten."

26. Juni 2019

Ein Sommer im Klischee

Wir wollen es einmal so formulieren: Diejenigen, die die geschmeidige Gerte des Spottes nicht zu handhaben wissen, deren Wahl der Waffe fällt meist auf die Unverschämtheit. Das gilt nicht nur in der Politik. Unverschämt sind, das muss jetzt vor dem Beginn der heiß ersehnten großen Ferien gesagt werden, oft Touristen. Unverschämt laut zum Beispiel.

Aber auch das Urteil über Touristen zeugt oft nicht von einer feinen Klinge. „Fleißig, geschäftstüchtig, nicht fähig zu wahrem Genuss, viel zu gut organisiert, um sympathisch zu sein", heißt es etwa in Italien über deutsche Touristen. In Frankreich sagt man über Deutsche im Urlaub: „Grüblerische Biertrinker, die mit ihrem ökologischen Bewusstsein nerven."

Die Mallorquiner hingegen sagen den Deutschen nicht nur einen ausgesprochen schlechten Musikgeschmack nach. Sie schimpfen auch: „Zu viel Müll und zu wenig gesunder Menschenverstand". Geschäftstüchtige Touristen oder gar grüblerische Biertrinker jedenfalls sieht man im „Oberbayern" eher selten. Der Deutsche badeschlappt bauchfrei durch seine Urlaubsparadiese und ist beleidigt, wenn der Kellner kein Deutsch spricht. In Klischees steckt wie im Wein manchmal unverschämt viel Wahrheit.

Wer sich also in den kommenden Wochen auf den Weg ins nahe oder ferne Ausland macht, der sollte sich früh das Klischee aussuchen, das er dort bedienen möchte. Wie man es macht, am Ende ist es doch verkehrt. Wichtig bleibt aber ein Spruch von Alfred Polgar, ein Österreicher übrigens: „Lebenskünstler ist, wer seinen Sommer so erlebt, dass er ihm noch den Winter wärmt." In diesem Sinne.

3. Juli 2019

Diesen Text können Sie getrost vergessen

Eine richtig gute Idee für den heutigen Text ist mir in den Sinn gekommen. Ist schon ein paar Tage her. Pures Gold für den geneigten Leser, ganz sicher. Nur ein bisschen daran feilen, noch ein paar Girlanden drehen – und schon stünde er da, der Text, der Preise einheimst. Wie wunderbar leicht das Leben sein kann. Doch dann, dann ist mir die Idee irgendwie abhandengekommen. Weg. Perdu. Eben noch präsent, nun nicht mehr greifbar. Vergessen.

Mag sein, dass das daran liegt, dass Anfang der Woche in den Vereinigten Staaten von Amerika der „Habe-ich-vergessen-Tag (National I forgot Day)" gefeiert wurde. Oder war das in Kanada? Habe ich vergessen. Nee, es muss doch in den USA gewesen sein. Die Eselsbrücke war: in Amerika haben sie noch immer diesen Präsidenten, den du echt vergessen kannst.

So wie den Urlaubsort, über den es werbend heißt: „Hier können Sie drei Meere sehen: gleich vorn das Häusermeer, da das Nebelmeer und da weiter hinten gar nichts mehr." Der Witz ist zu flach? Wie wäre es dann mit dem hier? Warum summen Bienen? Weil sie ihren Text vergessen haben.

Vergesslichkeit kann durchaus eine Qual sein. Wo ist die Brille? Wo das Handy? Wo war ich in der Nacht von Freitag auf Montag? Vergesslichkeit kann aber auch ein Geschenk sein. Ein berühmter Franzose, ein honorabler Mann, der Name ist mir grad entfallen, hat einmal etwas gesagt, an das wir uns immer entsinnen sollten: „Die Erinnerungen verschönern das Leben, aber das Vergessen allein macht es erträglich."

10. Juli 2019

Wir sind Völkerball!

Wenn sich Völker heute nicht mehr gegenseitig die Rübe einschlagen, dann ist man schon froh. Sollen sie sich gegenseitig vors Schienbein treten, beim Fußball etwa. Das ist immer noch besser als jede Völkerschlacht, als jede blutige Stammesfehde. Friede sei mit euch, der Ball natürlich auch. Unsereiner hat eh Probleme mit dem Begriff Volk. Nicht erst, seit Pegida-Pöbler den 89er-Spruch „Wir sind ein Volk" für sich umdeuteten. Jaja, ihr seid das Volk, meinetwegen. Und ich bin Volker.

Unfrieden bringt jetzt die Studie einer kanadischen Forschergruppe unters – nun ja – Volk. Die Experten wollen Völkerball verbieten. Ein Mittel der Unterdrückung sei das Spiel. Entmenschlichend. Legalisiertes Mobbing gegen Schwächere. Und ist es nicht so, fragen viele in Erinnerung an ihren muffigen Sportunterricht, dass der dicke Dieter und die pummelige Pamela den Softball immer gleich mitten ins Gesicht geworfen bekamen, weil sie schlicht zu langsam waren für das „Spiel"? Der Ball ist eine Waffe. Die Botschaft des Spiels lautet, es ist okay, andere zu verletzen. Sagen die Kanadier.

Gut, schließlich symbolisiert der ursprüngliche Spielgedanke des Völkerballs die Schlacht zwischen zwei Völkern, die sich in einem Krieg der Vernichtung gegenüberstehen. Wird ein Spieler abgeworfen, so ist er ein Gefallener. Anders als noch in Vietnam gibt es beim Völkerball, frei nach Walter Sobchak, dem besten Freund des Dudes, aber Regeln. Und nun wollen uns die Kanadier dieses schöne Spiel wegnehmen? Nur weil sie nicht gut fangen können? Wenn Turnvater Jahn das wüsste. Wir sollten alle zu Softbällen greifen und zur Attacke übergehen. Wir sind das Volk! Wir sind Volker! Wir sind Völkerball!

17. Juli 2019

Gott schmeißt 'ne Party

Gott ist in diesen Tagen 80 Jahre alt geworden. Was?, fragen da manche. Gott? 80? Ist der nicht schon lange ziemlich tot, wie bereits Friedrich Nietzsche für sich feststellte? Nee, sagen andere, Gott ist die Liebe. Und ziemlich lebendig. Aber hat der Allmächtige überhaupt Geburtstag? Und wenn ja, müsste er dann nicht schon viel älter sein? Schließlich wäre sein Sohn bereits über 2000 Jahre alt. Nein, Gott ist tatsächlich 80 geworden. Allerdings handelt es sich um Karel Gott, den Sänger, den sie die goldene Stimme aus Prag nennen. Eine Kirche hat man ihm noch nicht gebaut, dabei steht auch dieser Gott durchaus für die Liebe, etwa der zur Großmutter, die er in „Babicka" mit seinem herrlichen Akzent besungen hat. Pferde stehlen, Apfel schälen und erzählen, das war Babicka. Und hat Gott nicht mit der Biene Maja früh gegen das Bienensterben angesungen? Was es mit Bienchen und Blümchen so auf sich hat, weiß Gottvater Karel. Er hat schließlich vier Kinder. 69 war er, als es hieß: Gott wird wieder Vater. Musik hält eben jung.

Musik, um einmal auf Umwegen eine von Gottes schönsten Gaben, also jetzt nichts Karels, sondern eine Gabe des Schöpfers, die Tomate, zu kommen, hilft auch beim Wachstum. Die Österreicher sagen nicht ohne Grund Paradeiser, Paradiesapfel, wenn sie Tomate meinen. Wissenschaftler wiederum sagen seit Langem, das Nachtschattengewächs gedeihe besser, wenn man es mit akustischem Dünger, also Musik, bespielt. Naheliegend, dass die Biologen mit der Schmuse-Band „Simply Red" besonders viel Erfolg hatten. Ob der „Ketchup-Song" von Las Ketchup auch funktioniert? Aserejé! Das wissen wohl nur die Götter.

24. Juli 2019

Einfach zum Mond schießen

Früher war sogar die Zukunft besser, sagen Nostalgiker. Das erklärt, warum gerade das Jubiläum der ersten bemannten Mondlandung ein so großes Echo findet. 50 Jahre ist es bereits her, dass der erste Mensch den Trabanten betrat. Vielleicht ist das Jubiläum aber auch nur deshalb in aller Munde, weil jeder mindestens einen kennt, den er gern zum Mond schießen möchte. Aber wenn das ginge, dann könnte es da oben eng werden. Vor allem bei Halbmond. Sei es drum. Mister Armstrong und Co. haben Geschichte geschrieben. Und wer Geschichte schreibt, bleibt im Gedächtnis. Als Kind dachte man, dass der erste Mann auf dem Mond Glück gehabt hat, dass er Amerikaner war. Hätte ihn die Welt auch so gefeiert, wenn er Niels Armstark benamst gewesen wäre?

Als Kind dachte man so einiges, meist Unfug. Namen fand man ulkig. Wer in den frühen 80ern mit der Sportschau groß geworden ist, der erinnert sich an Eishockey-Legende Erich Kühnhackl, der im Nationalteam von Xaver Unsinn trainiert wurde. Was für sprechende Namen! War es nicht herrlicher Unsinn, wie der Xaver Eishockey ausgesprochen hat? So als reime es sich auf Spiegelei?

Schön war es auch, dass baumstarke Typen, die mit dem Ball durchs Wasser pflügten, in den 80ern Hagen Stamm hießen. Gut, der Wasserballer heißt heut noch so. Als Kind fand man das aber witziger. Wahrscheinlich weil früher alles besser war. Zur gleichen Zeit smashte sich auch ein Tennis-Doppel durch die Sportschau. Peter, Paul und Mary. Also ohne Mary. Peter McNamara und Paul McNamee, Namen wie ein Abzählreim! Wie geschaffen füreinander. Leider ist McNamara jetzt zu früh verstorben. Und das betrübt nicht nur Nostalgiker.

31. Juli 2019

Verliebt durch den Sommer

Ich gestehe: In diesem Sommer habe ich mich neu verliebt. Und wirklich treu bin ich auch nicht. Denn ich habe gleich zwei neue Lieben. Eine für daheim, eine fürs Büro. Ohne die beiden möchte ich diesen Sommer nicht mehr sein. Ich liebe es, wie die beiden schnurren und brummen, wie sie mir ihren Odem durchs lichter werdende Haar fahren lassen, mir manchmal eine Gänsehaut verursachen oder mir gar Tränen in die Augen treiben. Ja, ich sage es frei heraus: ich liebe meine Ventilatoren!

Das Büro, das in diesen Tagen einem Backofen gleicht, ist mit meinem Ventilator ein Backofen mit Umluft. Meine Liebe des Sommers arbeitet fleißig und produziert mittags allein mehr heiße Luft als die gesamte Delmenhorster Facebook-Gemeinde. Und sie übertüncht auch surrend den Büro-Smalltalk. Herrlich! Hot town, summer in the city! Wer verliebt ist, der hält es auch im Glutofen aus. Daheim, wo meine zweite Liebe bläst und windet, kann ich mit ihr – es klingt paradox – in einer glühenden Affäre mein Mütchen kühlen. So trotze ich verliebt allen Hitzerekorden unterm Dach juchhe!

Wenn da nicht diese beiden Männer aus der großen weiten Welt der Politik wären, die Frisuren tragen, als föhnten sie sich jeden Morgen mit einem meiner Ventilatoren: Donald Trump in den Staaten, Boris Johnson im United Kingdom. Die trüben Gedanken, die mir kommen, wenn ich an diese Staatsmänner denke, könnten nicht einmal alle Ventilatoren dieser Welt im Winde verwehen. Da lobe ich mir die beiden Lieben meines Sommers. Die haben einen Knopf – und lassen sich bei Bedarf einfach ausschalten.

7. August 2019

Bambusbjörn und der BER

Bambusbjörn – so nennt man in Island nicht etwa einen Blumenverkäufer auf dem Fischmarkt, nein: Bambusbjörn ist das isländische Wort für einen Pandabären. Überhaupt liefern skandinavische Sprachen viele wunderbare Wörter. Erinnert sei nur an das dänische „hyggelig", das für schön und gemütlich steht. Dass Kullen, jener schwedische Name eines Nachtschranks von Ikea, übersetzt in etwa „Wenn man alle drei Schubladen gleichzeitig öffnet, dann fällt die Kommode um" heißt, ist allerdings eine pure Erfindung zum Nachteil des Möbelriesen. Wahr wiederum ist es, dass die Finnen mit dem nützlichen Wort „Kalsarikännit" einen Begriff haben, der aussagt, dass man sich in seinem Heim, bekleidet nur in Unterhosen, betrinkt, ganz ohne die Absicht, anschließend noch auf die Piste zu gehen. Alter Schwede! Respektive Finne! Eine feine Idee.

Ein noch ganz junges Wort aus Schweden macht nun auch hierzulande Karriere: Flygskam. Zu Deutsch: Flugscham. Wer auf Kosten des Klimas jegliche Gewalt über seinen ökologischen Fußabdruck verloren hat, der schämt sich heutzutage, in ein Flugzeug zu steigen. Es ist ihm schlichtweg peinlich, dass er mit seinem Flug den Klimawandel verstärkt. Früher, als es das Wort Flugscham noch nicht gab, hat man sich beim Fliegen auch schon geschämt. Meist für die Fluggäste, die das schöne Wort „Kalsarikännit" nicht kannten und die sich einfach in aller Öffentlichkeit dem Alkohol hingegeben haben, um dann betrunken, schlecht gekleidet und lärmend in den Ferienflieger zu steigen.

Nun findet sich also die ökologische Flugscham in den Wörterbüchern, in guter Nachbarschaft zum Flugrost und zur Flugangst. Womit man fast beim BER gelandet wäre, jenem Großflughafen Berlin-Brandenburg, für dessen Nichtfertigstellung sich so mancher schämen sollte. Der BER setzt längst Flugrost an. An Flugangst muss dort allerdings noch niemand leiden. Und dem Klima schadet er auch noch nicht.

14. August 2019

Fußball-Fans kennen sich aus

Fußball ist eine Schule des Lebens. Hat Joseph Blatter mal gesagt. Den wiederum, also den Blatter, nicht den Fußball, hielt man einst für einen Totengräber des Ballsports. Aber da kannte man Blatters Nachfolger Giovanni Vincenzo („Der Siegende") Infantino noch nicht. Doch schweifen wir nicht ab. Fußball also ist eine Schule des Lebens. Auf dem Rasen, wo man nur in Gemeinschaft zum Siegenden wird. Und auf den Tribünen.

Nicht für die Schule lernen wir, sondern für das Leben. Und beim Fußball lernt man, hört man auf die Gesänge und Zwischenrufe der treuesten Fans, zum Beispiel viel über Berufe im Handwerk und im Gewerbe. Ist ja gerade jetzt zum Ausbildungsstart wichtig, wo viele junge Menschen in Lohn und Brot wollen. Und so lernte man unlängst beim „Jahrhundertspiel" zwischen zwei Nachbarstädten, dass so mancher Fußball-

Profi nebenbei noch die eine oder andere Mark als Schuhputzer hinzu-verdient. Der Schiedsrichter übrigens auch. Hätte man jetzt nicht unbedingt gedacht, dass Profis das nötig haben. Die Fans wussten aber mehr. Sie wussten, dass einige der Spieler mit Schuhwichse umgehen können. Echte Wichser! Dass es die heute noch gibt!

Ein noch älterer Beruf als der des Schuhwichsers ist beim Spiel ebenfalls noch das ein oder andere Mal in den Mittelpunkt gerückt. So wussten die Fans tatsächlich von dem Schiedsrichter, steht wahrscheinlich in diesem verrückten Internet, dass dessen werte Frau Mama einst einem Gewerbe nachging, das sehr, sehr lange um gesellschaftliche Anerkennung kämpfen musste, obwohl es wirklich sehr, sehr traditionsreich ist. Und die Rede ist hier nicht vom Gewerbe der Hebamme. Sachen gibt es.

28. August 2019

Reif für Schmusedom

Dass diese Welt vor die Hunde geht, wer will es verneinen: In Brasilien steht der Regenwald entflammen, in Island schmelzen Gletscher und dann noch Promi-Big-Brother Im Fernsehen. Die Zeichen sind mehr als deutlich. Der Gottseibeiuns ist nah. Wohl dem, der seinen Urlaub jetzt noch vor sich hat. Und zumindest kurz mal fliehen kann. Nachts hellwach und tagsüber todmüde – Kopf und Körper sagen: Mach mal halblang. Urlaub, das ist die Zeit, in der man sich eine Welt erschaffen kann, die wirklich bewohnbar ist. Urlaubsforscher, ja die gibt es, sagen, dass der Erholungseffekt nach ein bis zwei Wochen bereits wieder verflogen ist, völlig unabhängig davon, wie lange man zuvor Urlaub gemacht hat. Macht ja auch Mut, jetzt wo es bald losgehen soll. Könnte man ja gleich zu Hause bleiben, den Arbeitgeber würd's freuen. Aber gebucht ist gebucht.

Urlaubsforscher sagen auch, war zuletzt in einer großen Wochenzeitung zu lesen, dass viel Körperkontakt für den Menschen den größten Erholungsschatz darstellt. Stichwort Kuschelfaktor auf Schmusedom. Im Urlaub sollte ja Zeit sein.

Nichtstun jedenfalls, auch das sagen die Forscher, ist nicht der Weisheit letzter Schluss. Ein Mythos geradezu. Dabei habe ich mir für meinen Urlaub so etwas ähnliches vorgenommen. In der ersten Woche, so der Plan, werde ich nur im Schaukelstuhl sitzen. In der zweiten Woche werde ich – ganz eventuell – sogar ein wenig schaukeln.

11. September 2019

Wer hat die Hotelsaftgläser so klein gemacht?

Es gibt Fragen zum aktuellen Weltgeschehen, deren Antworten einem wohl für immer verborgen bleiben. Beispiele gefällig? Wie soll endlich Frieden werden im Nahen Osten? Wer rettet nun die deutsche Sozialdemokratie? Wie stellen sich die Brexit-Befürworter die Zukunft vor? Was macht der Frisör von Boris Johnson denn so beruflich? Und, die Frage aller Fragen, wer zur Hölle hat eigentlich ein für allemal entschieden, dass die Saftgläser am Hotelbüffet derart klein sind, dass sich gewiefte Hotelgäste noch direkt am Spender die ersten vier Gläser hinter die Binde kippen, bevor sie mit dem fünftem an ihren Platz gehen können?

Maßeinheiten für Flüssigkeiten lauten in absteigender Folge Liter, Milliliter und Hotelglas. Und das selbst in Bayern, einem Laptop-und-Lederhosen-Land, in dem schon am Morgen Bier aus wuchtigen Gläsern gsuffa wird, in denen man sich durchaus auch die Füße waschen könnte – und zwar beide gleichzeitig. Die Saftgläser der Hotels reichen nicht einmal zum Zähneputzen, sie haben für einen gestandenen Norddeutschen gerade einmal die richtige Größe für einen Kurzen.

Wer öfter in Hotels zu Gast ist, der schaut deshalb, ob die dargebotenen Teegläser mehr Fassungsvermögen haben und zweckentfremdet sie kurzerhand. Ein kurzes Glück am Morgen. Aber wie sagte schon der zu früh abberufene Schriftsteller Wolfgang Herrndorf mit all seiner Lebensweisheit: „Das Glück macht nie so glücklich wie das Unglück unglücklich macht. Und das liegt nicht daran, dass es länger dauert, das

Unglück. Das ist einfach so." Recht hat er. Das Unglück Boris Johnson jedenfalls dauert schon viel zu lang.

18. September 2019

Dem Bürgermeister seine Frau

Die Zeit ist relativ. Das ist bekannt. Nicht nur weil Oktoberfeste, ein weltweiter Exportschlager aus Bayern, grundsätzlich, der Name legt es nahe, im September gefeiert werden. Nehmen wir mal Büroangestellte. 16,5 Stunden im Monat verbringen sie in Besprechungen. Das hat jetzt eine Studie aufgedeckt. Mehr als die Hälfte der Befragten hat zudem angegeben, dass sie eben jene Besprechungen sterbenslangweilig finden, selbst dann, wenn sie nicht Besprechungen, sondern Konferenz, Come Together und Jour Fixe heißen. Die Zeit dehnt sich dann.

Wie viel Zeit ein Mann im Monat damit verbringt, ein passendes Geschenk für seine Liebste zu finden, ist noch nicht untersucht worden. Wer es nicht bei Blumen oder einem Gutschein belassen will, der ist schnell überfragt. Zeit zu schenken fällt den meisten dann auch nicht gleich ein.

Einen besonderen Einfall hatte jetzt Erich Leichner, Bürgermeister der Ruhrpott-Stadt Herne. Dort kann man als Sponsor für ein Jahr die Namensrechte der Spielstätte der Sportfreunde Wanne-Eickel erwerben. Der Bürgermeister erinnerte sich an SPD-Urgestein Johannes Rau, der auf die Frage, ob ein Fußballstadion nicht auch mal nach einer Frau benannt werden könnte, gesagt hat: „Und wie sollen wir das dann nennen? Dem Ernst Kuzorra seine Frau ihr Stadion?" Geschenkt. Jetzt trägt der beschauliche Platz in Wanne-Eickel eben für ein Jahr den Namen „Livia Leichner – Dem Bürgermeister seine Frau ihr Stadion". Das Schild ist bereits enthüllt. Die erste Reaktion der so reich Beschenkten: „Ach du Scheiße." Dann habe sie sich aber doch gefreut. Zurecht. Klingt doch auch viel besser als Wohninvest Weserstadion.

25. September 2019

Melancholie, Mama-Taxis und der Mangel an Chauffeuren

Wir leben in Zeiten, in denen der Ausgang von eher harmlosen Diskussionen nicht leicht vorhersagbar ist. Geht es im Freundeskreis etwa um den Klimawandel und „Fridays for Future", um Europa oder gar das Thema Flüchtlinge, kann es heikel werden. Eben noch beim Du, dann schon beim „Du Arsch!" – und dann nur noch einen Wimpernschlag entfernt von einer zünftigen Rauferei. Wir links-versifften Gutmenschen verlieren dann leicht die letzte Freude an gesellschaftlichen Aktivitäten. Und so hofft man, bei Einladungen und auch in Whatsapp-Chats, allzu kontroverse Themen umschiffen zu können. Die Lage im Mittelmeer zum Beispiel. Sich mal wieder eine halbe Stunde mit jemanden unterhalten, dem man sich verbunden fühlt, etwas Spaß haben, das wäre was. Auch als Melancholiker muss man doch kein Kind von Traurigkeit sein. Aber Spaß in der Gemeinschaft? Kein gutes Klima! Alle wollen sagen, was sie denken. Und das, ohne vorher etwas gedacht zu haben. Das wird man ja wohl noch sagen dürfen! Man will doch nicht so eine schlechtgelaunte Übelkrähe sein, die glaubt, sie hätte eine Alternative für Deutschland.

Und wo wir schon beim Klima sind: Gottlieb Daimler, der mit dem Stern, hat im Jahr 1901 gesagt, die weltweite Nachfrage nach Kraftfahrzeugen wird eine Million nicht überschreiten – allein schon aus Mangel an verfügbaren Chauffeuren. Es ist, wie wir wissen, anders gekommen. Als Hellseher hatte der Ingenieur keine Zukunft, Mama-Taxis konnte selbst der findige Daimler nicht vorhersehen. Ihm und seinen Erben wird die Fehleinschätzung recht gewesen sein. Dem Klima eher nicht. Aber wir wollen nicht gleich wieder eine Diskussion anzetteln. Für heute bleibt der Wunsch nach Friede, Freude, Eierkuchen.

2. Oktober 2019

Als Dilettant eine Bank

Wenn ich an das Geldinstitut denke, das mein sauer Erspartes hortet, dann denke ich an Bertolt Brecht. Oder besser an Bert Brecht, wie wir Eingeweihten ihn nennen. Der hat nämlich einen Satz von Bestand gesagt: „Was ist ein Einbruch in eine Bank gegen die Gründung einer Bank?" Bankraub, das sei doch eher was für Dilettanten. Wahre Profis, die gründen selbst eine. Und dabei hat Brecht noch gar nichts gewusst von dem, was mich umtreibt. Nämlich von den Öffnungszeiten meines Geldinstituts. Also nicht „meines" im Wortsinn, ich bin ja kein Profi. Aber einen Zeitpunkt zu finden, an dem ich Zutritt zu meiner Bankfiliale habe, ist in etwa so schwierig, wie eine Audienz beim Papst zu bekommen. Und dabei entstamme ich den Generation Knax. Nicht nur, dass ich einen gewaltigen Knacks habe. Ich bin auch nur ein Jahr älter als das erste Knax-Heft. Erinnert sich wer? Steuerbert und Backbert? Schlapf, der verschlafene Wächter? Pomm-Fritz und Pomm-Friedel? Fetz Braun? Klingelt es? Mit den Knax-Heften und dem Weltspartag bin ich erzogen worden. Habe mein Kleingeld im Schwein zur Bank getragen, Zins und Zinseszins freudig addiert. Nicht mehr lang, und meine Bank will Geld von mir. Nur dafür, dass sie meine Taler aufbewahrt. Die Banken, so scheint es, wären heute froh, käme ein Profi, um sie auszurauben. Dann müsste sie das teure Geld nicht länger horten.

9. Oktober 2019

Keiner ist mehr wie Jesus

Ein Hellseher, der nicht schwarz sieht, der hat in diesen Tagen seinen Beruf weit verfehlt. Es ist, man kann das nur wiederholen, Hopfen und Malz längst verloren auf dieser einst so schönen Welt. Beispiel gefällig? Die Weltmeisterschaft in Katar, so stimmungsvoll wie ein Nachmittag bei Beerdigungskuchen und so heiß wie ein Mittagsschlaf im Backofen! Man möchte fluchen wie der zum Sprichwort gewordene Bierkutscher.

Früher, da gab es zumindest noch Jesus. Der konnte von einem Augenblick auf den anderen Wasser in Wein verwandeln. Eine prima Sache zu einer Zeit, als man noch nicht an 24-Stunden-Tankstellen zu jeder Zeit leicht an Alkoholika kam.

Doch die Kunst des Verwandelns, die beherrscht heute kaum noch jemand. Und wenn irgendwer irgendwas verwandelt, dann geht es meist nach hinten los. Anders lassen sich die neuesten Nachrichten aus Bayern nicht deuten. Beim Oktoberfest ist in diesem Jahr nämlich eine Mischung zum Trend geworden, die als „saures Radler" über den Tresen ging. Ein Bier gemischt nicht etwa mit Limonade, wie es ja gerade noch angehen mag, sondern mit, jetzt kommt es: Wasser! Und das verkauft sich! Hieß es nicht immer, wenn etwas keinen Absatz fand, das verkaufe sich wie Sauerbier? Jetzt also saures Radler als Verkaufsschlager. Das Ende ist nah. Ich will hier wirklich kein Wasser in den Wein gießen und die Feststimmung vermiesen. Aber Wasser ins Bier? Eine Bierschorle? Was soll jetzt noch kommen? Bananensaft im Weizen? Ach, das gibt es ja auch schon längst.

Man möchte auf der Stelle dicke Tränen in sein Glas weinen, wenn einem das Bier dafür nicht viel zu schade wäre.

16. Oktober 2019

Einfach drauf pfeifen

Selbsterkenntnis ist der erste Schritt zur Besserung, sagt der Volksmund. Nun ist nicht alles, was aus dem Munde des Volkes kommt, per se gut. Aber in diesem Fall wollen wir mal das Positive sehen. Klaus Meine, Sänger der Gruppe Scorpions aus der Welthauptstadt des Rock ‚n' Roll Hannover, hat just 30 Jahre nach dem Mauerfall folgende Erkenntnis gewonnen: Er habe, so spricht er in seinem typischen Singsang, das Lied „Wind of Change" 1989 am offenen Fenster geschrieben. Erst sei das berühmte Pfeifen da gewesen, dann der Text. Und mit seinem sich immer wiederholenden Pfeifen habe er damals seine Nachbarn doch sehr genervt. So weit, so gut. Eine treffende Selbsterkenntnis.

Aber warum beschränkt sich Meines Klaus in seiner nachgereichten Entschuldigung auf die Nachbarn? Mit seinem Gepfeife hat er doch per Ohrwurm einen deutlich größeren Kreis genervt. Noch heute fräst er sich damit in unsere Gehörgänge.

Nicht genug, dass wir den Mauerfall stets mit David Hasselhoffs „Looking for Freedom", einem musikalischen Verbrechen gegen die Menschlichkeit, verbinden, obwohl der singende Schauspieler heute vortäuscht, gar nicht für den Fall der Mauer verantwortlich gewesen zu sein? Der Meine und „The Hoff" – anderseits muss man aber wohl froh sein, dass nicht die neue Generation um Marc Forster oder – schlimmer gar – Tim Bendzko den eisernen Vorhang kaputt gesungen hat. Das pfeife ich, Donald Trump zitierend, in meiner großen und unvergleichlichen Weisheit von den Dächern.

6. November 2019

Neues vom Suppenkasper

Nachts, wenn alles schläft, kommt man auf seltsame Gedanken. Zum Beispiel den, dass man ein Mann mit einer Gabel ist in einer Welt voller Suppe. Irgendwie am falschen Ort. Das Leben erscheint mal wieder wie dünne Suppe, weil aus der Consommé weniger Augen heraus- als hineinschauen. Und dann soll man sogar die Brühe, die einem andere eingebrockt haben, auslöffeln. Fällt schwer mit der fieseligen Forke. Und jetzt steht auch noch der Hühnersuppe-für-die-Seele-Tag an, ein Feiertag in Amerika. Gut, dort hat sich der Wähler ganze Bottiche voller Suppe selbst aufgebrüht. Doch das soll nicht das Thema sein.

Die Suppenreferenz ist wohl vor allem bildhaft zu verstehen. Der Feiertag nämlich, der soll auch dafür stehen, dass man dankbar dafür sein möge, wer man ist, woher man kommt. Und dafür, was man hat. Zum Beispiel dafür, dass man noch alle Gabeln im Besteckkasten hat. Und wird nicht das Loblied auf die Hühnersuppe, besonders die von Muttern, vollkommen zurecht gesungen? Es ist noch Suppe da. Wer hat noch nicht, wer will nochmal? Die wohltuende, ja stärkende Wirkung der Suppe als bewährtes Hausmittel für nahezu alle körperlichen Weh-wehchen und für manche seelische Pein ist hinlänglich bekannt. Sie hilft bei herzzerreißendem Schnupfen und bei eitrigem Liebeskummer. Besonders im oft trüben November wirkt klare Brühe wahre Wunder. Von Cola zum Beispiel wird das nicht behauptet. Aber auch dieses uramerikanische Gebräu hat metaphorisches Potential. Heißt es doch, Cola sei wie das eigene Sexleben. Erst normal, dann ein wenig Cherry Coke. Danach aber eher light und zum Ende sogar Zero. Darauf erstmal eine Gabel Hühnersuppe.

13. November 2019

Am Allerwertesten vorbei

Am Arsch vorbei geht bekanntlich auch ein Weg, sagt man. Dinge, die nerven, nicht mal ignorieren, lautet deshalb ein Tipp aus dem goldenen Handbuch für ein stressfreies Leben. Sich ein dickes Fell zuzulegen, ein anderer. Von Trump lernen könnte da siegen lernen bedeuten. Dem Mann ist einfach nix peinlich. Kritik? Lässt er an sich abperlen. Kürzlich hat er sein unsägliches Versprechen, an der Grenze zu Mexiko eine Mauer zu bauen, konkretisiert. In Colorado soll demnach die Mauer stehen, die Sicherheit für die USA bringen soll. In Deutschland weiß man, dass Mauern keine Lösung sind. Aber das ist nicht Trumps Problem. Sein Problem ist die Geographie. Denn Mexiko und Colorado haben gar keine gemeinsame Grenze. Also folgte ein Shitstorm für den größten Präsidenten aller Zeiten.

Doch was erwidert der? Wisse er doch alles, er habe nur einen Scherz machen wollen. Sagt der Mann, der mal, kein Witz, Belgien als wunderschöne Stadt bezeichnet hat.

Über Humor lässt sich bekanntlich streiten. Und wer die Aufnahme von Trumps Colorado-Rede sieht, der muss wirklich lachen. Auch wenn in keinster Weise zu erkennen ist, dass Trump scherzt. Dem Donald kann das egal sein. Seine Wiederwahl ist gar nicht unwahrscheinlich. Kommunikation kann er. Wenn auch auf seltsame Weise. Humor ist, wenn man trotzdem lacht. So wie über diesen feinen Witz: Sitzt eine Frau auf der Leiter und häkelt Grünkohl. Kommt ein Mann vom Ordnungsamt des Weges und sagt: „Moment mal, Angeln ist hier strengstens untersagt." Erwidert die Frau: „Ist mir doch schnuppe, was die Kartoffeln kosten. Ich bin eh mit dem Rad da."

20. November 2019

Land der Langfinger

Deutschland, Land der Dichter und Denker? Das war einmal. Einig Land der Langfinger! So müsste es heute heißen. Jeder vierte Deutsche gibt in Umfragen nämlich zu, schon mal etwas direkt an seinem Arbeitsplatz geklaut zu haben. Kugelschreiber, Papier, Heftklammern – nichts ist sicher vor uns kleinen Angestellten. Wir, die im Hamsterrad geknechteten Kreaturen, schlagen zurück und machen uns kurz vor Feierabend schnell noch die Taschen voll. Selbst um Klopapier wird der Arbeitgeber erleichtert. Das ist, mit Verlaub, wirklich beschissen.

Erinnert sei an den alten Witz, der allerdings auch nur geklaut ist: Sagt der Chef zum Angestellten: „Sie sind seit fast zwanzig Jahren bei uns, machen haufenweise Überstunden, sind nie befördert worden, haben nie eine Prämie bekommen und schon gar nicht um eine Gehaltserhöhung gebeten. Welche krummen Dinger drehen Sie hier eigentlich?" Doch es sind nicht nur Mitarbeiter am unteren Ende der Nahrungskette, die Kleinganoven gleich das Büro plündern. Auch in den höheren Ebenen findet sich so manche Elster.

Psychologen haben für die Diebstähle sogar eine Erklärung. Stichwort Gratifikationskrise. Stimmt die Balance zwischen Anstrengung und Anerkennung nicht, fühlen sich Mitarbeiter nicht genügend gewürdigt, dann sinkt nicht nur die Arbeitsleistung, nein, dann steigt auch die Wahrscheinlichkeit, dass es mit mein und dein nicht so genau genommen wird. Erlittenes Unrecht, und sei es nur ein gefühltes, wird dann schnell einmal ausgeglichen. Je größer die Kränkung, desto länger die Finger. Wer sich beraubt fühlt, der raubt zurück.

Dabei sagt der Volksmund: Betteln ist besser als stehlen, In diesem Sinne ein Gruß in die Chefetage: Wann gibt es mehr Geld?

27. November 2019

Wer schlau ist, baut Brücken

Über sieben Brücken muss man gehen, so heißt es, will man irgendwie ans Licht. Und wer manchmal ohne Rast und Ruh ist, der denkt ohne Umschweife an Urlaub. Und in der dunklen Jahreszeit, in der wir uns nun, ein Blick aus dem Fenster genügt, befinden, da wird der Urlaub des kommenden Jahres bereits besonders wichtig. Denn der alte Urlaub ist nur noch Erinnerung, der neue schon Verheißung. Und so bricht nun die Zeit der Meister an, der Meister des Brückenbaues. Stichwort Brückentage. Wer jetzt umsichtig plant, so säuselt der Frühstücksfernseh-Moderator, der kann seinen Jahresurlaub ordentlich verlängern. Es gibt Experten, deren Arbeitsjahr besteht nur noch aus Wochenenden, Brückentagen und blauen Montagen. Wer nicht so geschickt ist, geht leer aus. Unsereiner sitzt eher rudernd in der Galeere, als dass er über Brücken geht. Das Glas ist halb leer: Der Tag der Deutschen Einheit, der Reformationstag: 2020 jeweils ein Samstag. Da jubiliert nur der Arbeitgeber.

Aber vielleicht ist Urlaub auch überschätzt. „Er sah wirklich keinen Grund, warum irgendjemand in den Dschungel, nach Thailand oder ins Death Valley reisen musste, wenn man zu Hause zur selben Zeit nicht von Skorpionen gebissen oder von Tsunamis und Hitzschlägen dahingerafft werden konnte", schreibt Ingrid Kaltenegger in ihrem Roman „Das Glück ist ein Vogerl". Wobei das mit dem Glück ja auch so eine Sache ist. Für den einen ist Urlaub das pure Glück. Für andere, Stichwort Brücke, ist es schon das größte Glück, wenn der Zahnarzt sagt: „So, das war es für heute. Wir sehen uns dann erst in einem halben Jahr wieder."

11. Dezember 2019

Noch alle Nadeln an der Tanne?

Im Leben ist es nie genug, niemals stellt sich das gerüttelt Maß an Gelassenheit ein, das es bräuchte, sich einfach mal zurückzulehnen und den Stand der Dinge ganz bedingungslos supidupi zu finden. Irgendwas ist schließlich immer. Wer noch alle Nadeln an der Tanne hat, der weiß das. Womit wir schon beim nächsten Übel wären. Ein Christbaum muss her. Ein Tannenbaum soll es sein, kein Pannenbaum. Einer ohne Löcher im Nadelkleid, eine Spitze soll er haben, die Blätter grün und treu und fein gewachsen. Denn sind die Äste geknickt, ist es auch der Betrachter.

Doch eines ist sicher, so sicher wie der Fakt, dass das einzige Wort der deutschen Sprache mit drei tz Atzventzkrantz ist: Am Ende hat der Baum doch 'ne Macke. Geht es gerade noch so gut, ist nur eine Seite schäbig, die lässt sich dann so an die Wohnzimmerwand drehen, dass sie fast nicht auffällt. Oder es fehlen, Modell Waldsterben oder Brandrodung, ganze Äste, dann werden flugs kleine Löcher in den Stamm gebohrt, damit sich „Fremdzweige" in den selbigen stecken lassen. Ein bisschen Schummelei ist um des lieben Friedens Willen erlaubt. Den Rest muss man sich schön saufen. Geht an Weihnachten ganz gut, ich habe es für Sie ausprobiert. Ja, das Kleid des Tannenbaums, es will uns was lehren. Es muss nicht immer alles perfekt sein, nicht monumental, weltbewegend, life changing. Jagen wir also auch beim Baum nicht stöhnend dem hehren Anspruch hinterher, dass am Ende des Tages alles total geil sein muss. Die Latte muss nicht so hoch liegen. Das gilt fürs Fest der Liebe genauso wie für den immergrünen Welt-Orgasmus-Tag, der bereits drei Tage vor Heiligabend – nun ja – kommt.

18. Dezember 2o19

Erinnerungen an Big Bird

Wenn man, wie ich, zu den Menschen gehört, die zwei linke Hände haben, dann hört man den einen oder anderen Spruch. „Ne lass mal, wenn Du anpackst, ist es so, als würden zwei loslassen", heißt es etwa, wenn man seine Hilfe anbietet. So ist es halt, wenn einem nichts gelingen mag und man in seiner Laufbahn als Blödmannsgehilfenanwärter nur in sehr, sehr kleinen Schritten vorankommt.

Wer nix ist und wer nix kann, der geht zu Post und Eisenbahn, sagte man früher. Unsereiner sucht lieber Trost. Und die Rede ist mal nicht vom Alkohol. Der Trost der Welt liegt in der Kunst. Daran erinnerte zuletzt paradoxerweise ein trauriger Anlass. Der Tod des Puppenspielers Caroll Spinney. Der Name sagt Ihnen nichts? Spinney, geboren 1933, steckte jahrzehntelang in dem Kostüm des großen gelben Vogels, der an der Sesamstraße direkt neben Oscars Mülleimer lebt. Big Bird, so heißt der Vogel, in Deutschland als Bibo bekannt. Spinney hat aus dem riesenhaften Plüschvogel ein echtes Lebewesen gemacht. Seine rechte Hand bewegte den Kopf. Bibo war wie ein Kind. Neugierig, Mitfühlend. Unbedarft. Er half den kindlichen Zuschauern, damit klarzukommen, dass sie selbst nicht alles wissen und können. Fragen zu stellen, das war Bibos Credo, sei ein guter Weg, Dinge herauszufinden. Bye bye, Big Bird!

27. Dezember 2019

„Für mich dann noch ein großes Bier!"

Konfuzius sagt: Am Baum der guten Vorsätze gibt es viele Blüten, aber wenig Früchte. Der chinesische Philosoph muss es wissen. Harmonie und Mitte, Gleichmut und Gleichgewicht hatte er als Ziele ausgegeben. Aber er hatte auch leicht reden. Er musste nicht im Kreise der buckligen Verwandtschaft Weihnachten feiern, die Gnade der frühen Geburt. Statt Gleichgewicht findet unsereiner nach dem Fest der Liebe nur sein Übergewicht auf der Waage. Und wo alle Harmonie suchten, fanden viele aus der Familie wieder nur das Haar in der Suppe.

Nun also ist Silvester, Zeit für eine letzte Party und gute Vorsätze. Einmal noch hoch vom Sofa. Mit der Lust hält es sich in Grenzen. Schon wieder unter Leute? Muss das sein? Wer zu einer Feier eingeladen ist, dem steht meist langweiliger Small Talk bevor. Da ist es ganz gut, wenn man vorbereitet ist. Die Frage nach den Vorsätzen lässt sich leicht beantworten. „Die von diesem Jahr sind noch gut, fast wie neu. Die nehme ich wieder." Ansonsten reichen für eine Party eigentlich immer fünf kurze Sätze: „Und sonst so?" als Einstieg. „Wie meinen?" – passt als Erwiderung immer. Und „Für mich dann noch ein großes Bier!" ist auch ein Satz, der aus der Lamäng sitzen muss. „Hört, hört" ist stets eine gute Antwort. Und wenn der Small Talk zu sehr nervt, dann hilft immer noch ein „Ich muss mal!"

Also: Feiern wir das Ende des Jahres. Auch Melancholiker müssen schließlich keine Kinder von Traurigkeit sein. Und für das neue Jahr gilt nicht nur am Tag nach der Feier: Das Schlimmste ist, wenn man bereut, dass man nichts zu bereuen hat.

8. Januar 2020

Arbeiten an der Work-Deich-Balance

Das neue Jahr ist da. Weniger ist mehr, glauben jetzt viele. Für den Fachkräftemangel gilt das irgendwie nicht. Beim Krippenspiel in der Kirche meiner Heimatstadt hat sich dieser Mangel bereits an Weihnachten deutlich gezeigt. Waren vor ein zwei Jahren noch vier (!) Heilige Drei Könige auf dem Weg zum Jesukind, so war es jetzt nur noch ein einsamer Würdenträger, der dem Stern folgte. Der hatte mit Gold, Weihrauch und Myrrhe dann allein natürlich viel zu viel zu tun.

Viel zu tun haben nun auch diejenigen, die sich um schlechte Vorsätze und gute Gewohnheiten kümmern wollen. Mehr Süßes, weniger Sport, ständig aufs Handy schauen – einige haben sich ganz schön was vorgenommen. Da bellt der innere Schweinehund. Sollen alle mal machen, sagt man sich als gelassenes Kind von der Küste. Alter vor Schönheit! Ladies first, James Last! Perlen vor Säue! Selbstdisziplin ist eh ein Mythos. Konzentrieren wir uns auf das Wesentliche. Wie sang schon der deutsche Bruce Springsteen, das Küstenkind Thees Uhlmann: „Das Leben ist hart, man sollte Geld dafür bekommen, dass man es schafft."

Gut: Sollte, hätte, wäre. Das sind keine Kategorien in dieser Welt. Ist nicht wegen geht nicht. Das Leben will gelebt werden. Und es gibt sie ja mitunter, diese sonnigen Nächte, von denen Thees so inbrünstig singt. Deshalb haben wir Küstenkinder auch nur einen guten Vorsatz für das neue Jahr, erstens, weil wir Gewohnheiten, ob gute oder schlechte, schätzen. Zweitens, weil wir genügsam sind. Also lautet das Ziel für 2020: Die Work-Deich-Balance besser in den Griff zu bekommen. Einfach öfter mal auf den Deich klettern. Aufs Wasser schauen. Oder aufs platte Watt. Wat wär'n wir ohne Watt? Wer braucht dann Gold, Weihrauch, Myrrhe?

15. Januar 2020

Willkommen im Dschungel

Die Australier haben es in diesen Tagen nicht leicht. Als sei es nicht schon hart genug, dass vor ihren Augen ihre Heimat einem Inferno gleich in Flammen steht, sind nun auch wieder Prominente aus Deutschland zu Gast in ihrem Land. Deren Prominenz muss sich allerdings nicht nur der Australier zumeist mühsam ergoogeln. Sie dürfen also als Plage gelten. Welcome to the Jungle.

Wir aber, die für das Dschungelcamp nicht Feuer und Flamme sind, wir widmen uns wieder dem „Urban Jungle", dem Dschungel im Büro und im trauten Heim. Es gibt diesen legendären Film, in dem es von einem Teppich heißt, er habe das Zimmer erst richtig gemütlich gemacht. Und was für einen Teppich gilt, das gilt natürlich erst recht für Zimmer- oder Topfpflanzen. Rund 200 Jahre sind sie nun, einem Haushund gleich, treue Begleiter von Menschen. Die blühende Begonie, die grüne Glücksfeder, die olfaktorische Orchidee, die astreine Amaryllis und natürlich der fidele Ficus. Sie schmeicheln unserem Auge und erzeugen in unserer oft so naturfernen Wohn- und Arbeitswelt ein wohliges Gefühl. Und so blüht im Büro der Flachs, wenn es um die Friedenslilie geht, die seit Dezember die Stimmung im Großraum hebt. Ganz allein steht sie da, lässt sich von der üblichen Schwarzmalerei der Angestellten das Licht nicht nehmen, trotzt dem mitunter abgekühlten sozialen Klima, sie blüht, wo wir Angestellten schon müde das Köpfchen hängen lassen, ist robuster als mancher, den die Grippewelle ans Bett fesselt. Kein Mensch denkt an fiese moderne Mythen wie die Spinne in der Yucca-Palme, alle freuen sich, dass die Natur es ermöglicht, dass auch an mitunter unwirtlichen Orten das Leben noch sprießt und gedeiht. Ob das eine Hoffnung für Australien ist? Derzeit wohl kaum. Aber eine gute Nachricht gibt es: Das Dschungelcamp geht vorüber.

22. Januar 2020

Das Allerletzte zur Bonpflicht

Dass die Zeiten schlechter werden, der Gürtel enger geschnallt werden muss, das lässt sich so leicht belegen wie eine Scheibe Brot: Als Kind bekam ich in der Bäckerei immer ein Bonbon, heute, da ist es nur noch ein Bon. Dabei kann ich als Bonvivant das Brot selbst mit dem Beleg nicht umtauschen. Gut, jeder Witz, jedes Bonmot zum Thema Bonpflicht ist gemacht. „Bongpflicht?", schrien die einen und fragten empört: „Müssen wir jetzt alle einen durchziehen?" Alles halb so wild. Nichts muss, alles kann.

Man darf aber auch einmal vom Bonus sprechen, den die Bonpflicht mit sich bringt. Beim Bäcker reden die Kunden, die sonst morgens müde und mürrisch gerade mal die Bestellung zwischen schmalen Lippen hervorpressen konnten, wieder mehr miteinander. Sie haben ein Thema. Und das ist gut.

C'est bon, sagt der Frankophile, wenn er sein Croissant bestellt. Ob Bonze oder Bonsai: Zum Bon hat jeder seine Meinung. Und da, in heutigen Zeiten allemal eine Ausnahme, alle der gleichen, ja derselben Meinung sind, gibt es beim Brötchenkauf auch keinen Ärger. Also natürlich den, dass es die Bonpflicht gibt. Klar. Aber sonst?

Egal, ob man selbst eher kleine Brötchen backen muss oder eine Bäckerei besitzt: Gemeinsam gegen etwas zu sein, das bringt uns wieder zusammen. Denn wer nie sein Brot im Bette aß, weiß nicht wie Krümel piken.

29. Januar 2020

Kutscher, zur Tränke!

Über Kaiser Wilhelm II. lässt sich so manches sagen, Gutes ist nicht viel darunter. Über die SPD hat er mal gesagt: „Die Socialdemokratie (sic!) betrachte ich als vorübergehende Erscheinung. Die wird sich austoben." Es kam anders, mag aber sein, dass er damit posthum angesichts der aktuellen Entwicklungen doch noch einen Treffer landet. Gesagt haben soll er auch folgenden Satz, obwohl der historisch nicht wirklich belegt ist: „Ich glaube an das Pferd. Das Automobil ist eine vorübergehende Erscheinung." Womit wir mitten in der Diskussion ums Tempolimit wären.

Freie Fahrt für freie Bürger! Das war lange Zeit das Motto des ADAC, gegründet noch zu Kaisers Zeiten. Aber auf nichts ist mehr Verlass. Europas größter Verkehrsclub macht den U-Turn und rückt der Umwelt zuliebe von seinem Mantra ab. Ein Tempolimit auf Autobahnen, das sei nun durchaus denkbar. Die AfD ist naturgemäß dagegen. Autobahnen gehören mit Blick auf die Historie offensichtlich zur Kernkompetenz der Partei.

In unserer Stadt bleibt man ganz gelassen. Tempolimit auf der Autobahn? Warum nicht? Wir rasen eh lieber innerstädtisch, getrieben vom Getriebe. Wer bremst, hat Angst. Wer bremst, verliert. Wer bremst, verschwendet Energie. Rechts ist frei und links zahlt die Versicherung. Kutscher, zur Tränke! Und geben Sie den Pferden die Peitsche! Vielleicht sollte man bei der Geschwindigkeitsbegrenzung aber über eine Kompromisslösung nachdenken, um den Deutschen ihre letzte Freiheit, die Raserei, nicht gänzlich zu nehmen. Tempolimit 130, aber ergänzt durch eine Ausnahmegenehmigung: Alle, die einen Organspenderausweis bei sich führen, dürfen weiterhin Gummi geben. Freie Fahrt für eine neue Leber!

5. Februar 2020

Da Da Da Daaa!

Lehrer, die nach drei berühmten Persönlichkeiten mit B fragen, die bekommen Antworten wie: „Beckenbauer, Boateng und Bargfrede". Fragen sie dann ihre Schüler: „Kennt ihr denn nicht Bach, Brahms und Beethoven?", dann lautet die Antwort: „Für Amateurfußball interessiere ich mich nicht." Bildungsnotstand Deutschland. Sicher, von Bach, Brahms und Beethoven ist kein Traumtor überliefert, nicht einmal eine gelungene Grätsche. Und doch ist gerade Beethoven derzeit in aller Munde. Er ist quasi wieder Da Da Da Daaa. Denn der geniale Komponist ist schon so alt, dass er das Tote Meer noch kannte, als es nicht einmal krank war. 1770 geboren, wäre der Ludwig van in diesem Jahr 250 Jahre alt geworden. Und das wird gefeiert, weil Menschen Jubiläen lieben. Die geben einem Jahr Bedeutung. Feiern können wir in diesem Jahr auch 50 Jahre Frauenfußball. Aber dazu kommen wir vielleicht bei anderer Gelegenheit.

Bleiben wir bei Beethoven: Am Ende seines Lebens, das war an dieser Stelle schon einmal Thema, war der Komponist so taub, dass er von sich dachte, er sei Maler. Aber wer weiß das heute schon noch? Neueste Statistiken förderten unlängst zu Tage, dass jeder fünfte Deutsche genauso blöde ist, wie die anderen vier. Tendenz steigend.

Was das weite Feld der Liebe angeht, war Beethoven by the way ähnlich engagiert wie der Kaiser Franz Beckenbauer, der einst sagte, der liebe Gott freue sich über jedes Kind, auch über außereheliche. Beethoven hatte sieben Kinder. Nicht genug für eine Fußballmannschaft. Ob die Champions-League-Hymne deshalb auf Händel basiert?

12. Februar 2020

Alles Liebe zum Valentinstag

Dass Hollywood-Legende Kirk Douglas jetzt im biblischen Alter von 103 Jahren ausgerechnet kurz vor dem Valentinstag den letzten aller möglichen irdischen Wege gegangen ist, könnte eine schöne Eselsbrücke bauen für alle die, die um den Begriff Romantik einen großen Bogen machen. Von Kirk Douglas zu Douglas mit langem U ist es schließlich nur ein kurzer Weg. Und Romantik, das bedeutet heute ja nur noch, der Liebsten auf den letzten Drücker noch schnell einen Gutschein aus der gleichnamigen Parfümerie zu besorgen, sie zu einem Happen im Kerzenschein einzuladen oder noch besser zu einem Wellness-Wochenende. Das Klischee ist nah, der Freitag ist nicht mehr weit. Romantik? Wer sagt, er liebe es, am Morgen neben seinem Schwarm aufzuwachen, der ist aller Wahrscheinlichkeit nach Imker, sagt der Zyniker in uns. Der Valentinstag: am Ende doch nur eine Erfindung von Fleurop? Ist doch so: Wenn am Valentinstag noch einer kommt, dann ist es der Bote. Liebe? Nö. Konsum: Ja. Frei nach Kai Pflaume heißt es „Nur die Liebe fehlt".

Und wer bei Romantik gleich an Rosamunde Pilcher denkt, der zieht allein bei diesem Gedanken ein Gesicht, als müsse er zur Zahnwurzelbehandlung ganz ohne Narkotikum. „Romantik? Was ist das überhaupt?", fragt die Tochter ihre Mutter. Und die sagt: „Frag Deinen Vater, dann haben wir hier alle etwas zu lachen." Kirk Douglas hat übrigens mal gesagt: „Du hast nicht gelernt zu leben, ehe Du gelernt hast zu geben." Das ist dann irgendwie doch romantisch.

19. Februar 2020

An Fasching scheiden sich die Geister

Narren sind in Deutschland nur eine Minderheit. Diesen Schluss hat zumindest das Meinungsforschungsinstitut YouGov nach einer Umfrage gezogen. Damit ist glasklar, dass es nicht um Thüringen geht, denn da waren die bürgerlichen Narren unlängst doch arg in der Überzahl. Man möchte sich auf der Stelle mit ihnen geistig duellieren, muss aber leider feststellen, dass sie auf diesem Felde meist unbewaffnet sind. Herr, wirf Hirn vom Himmel! Und wirf es bitte nach rechts!

Doch zurück zur Umfrage von YouGov: Da wollten die Forscher wissen, wie die Deutschen es mit dem Faschismus halten. Stopp! Natürlich mit dem Fasching! Und siehe da: Die Zahl der Faschingsfreunde und der Faschingshasser hält sich die Waage. Jeweils 28 Prozent der Befragten vereinen die Lager hinter sich, ein Umfragewert, an den Liberale nicht mal im Traum zu denken wagen. Falls sie überhaupt noch denken.

Dem großen Rest geht der ganze Zinnober mit Verkleidung und Kamelle übrigens am Allerwertesten vorbei. Die Faschingsgegner stört übrigens vor allem, dass es dabei nur noch ums Trinken geht. Und dass sich die Leute beim Fasching so merkwürdig albern verhalten. Das wiederum sind exakt die Gründe, die naturgemäß auch für den Fasching sprechen. So in sich widersprüchlich ist das Ganze. Humor ist, wenn man trotzdem lacht. Nebenbei bemerkt: Was sagt der Faschings-Jeck, wenn er etwas beim Schlachter bestellt? Tatar! Aber by the way: Wer Büttenreden atemberaubend findet, der hat es, frei nach Marcel Reif, an den Bronchien.

26. Februar 2020

Geh'n wie ein Ägypter

Haltungsschäden sind derzeit vor allem in der Politik zu beobachten. Der Laie staunt, der Orthopäde wundert sich, wie mancher so ganz rückgratlos dem ganzen Laden einen braunen Anstrich zu verpassen vermag. Es kann dann ein Kreuz sein, sein Kreuzchen zu machen. Ein Kreuz mit dem Kreuz ist es aber auch, wenn es um den Rücken geht. Eine wahre Volkskrankheit. Rumpf, Nacken, Hüfte, Schulter. Schmerz lass nach. Bewegung hilft, sagen die Bewegungs-Docs.

Warum dann nicht mal wieder ins Museum? Bildung kann in der heutigen Zeit nicht schaden. Und zu Fuß durch die Ausstellungsräume, das ist doch sicher besser als sitzen. Sitzen ist ja das neue Rauchen. Sagen auch die Bewegungs-Docs. Aber jetzt schlagen Haltungstrainer aus Amerika Alarm. Der Gang vorbei an van Gogh, der Lauf von Liebermann zu Liebermann, das Schlendern von Mondrian zu Mondrian: Gift für den Rücken! Der „Museums Walk", so nennen die Trainer das Mäandern durchs Museum, dieses ständige Stop-and-go, der Walk also führe zu Verspannungen – und am Ende zu Schmerzen im unteren Rücken. Die Hände auf selbigem verschränkt, den Kopf gesenkt, um die meist viel zu kleinen Beschriftungen zu lesen, das minutenlange unbequeme Stehen, all das ist schlecht, sagen die Trainer und raten dazu, sich der visuellen Stimulation und dem Appetit auf Bilder im Museum nicht komplett hinzugeben. Ein Teil der Hirnaktivität sollte stets für das Körpergefühl reserviert werden.

Und so wird man wohl schon bald Gymnastik vor Guernica, den Moon Walk vor der Mona Lisa und Dehnübungen vor dem David sehen. Und wer sich die Nofretete anschaut, der geht halt mal wie ein Ägypter, den Song der Bangles im Ohr. Sieht seltsam aus im Museum, ist aber gut für den Rücken. Und für rückgratlose Politiker ist ein Besuch in einer Bildungseinrichtung sowieso immer anzuraten. Der Kopf ist rund, damit das Denken die Richtung wechseln kann. Walk on!

4. März 2020

Wohin mit dem Dosenfraß?

Wir leben in unruhigen Zeiten. Eine Hiobsbotschaft jagt die nächste. Nie war die alte Zeitungsweisheit „Heute ist morgen schon gestern" nachvollziehbarer als in diesen Tagen. Und wer weiß schon, was morgen ist? Ist COVID-19 wirklich so gefährlich wie sonst nur CR7 im Strafraum? Kommt Thüringen irgendwann zur Vernunft? Ist der Protest gegen Hopp und den DFB der Untergang des Abendlandes? Oder sind die Szenen an der türkisch-griechischen Grenze am Ende doch ein kleines bisschen beschämender? Und was ist mit der RTL-Sendung „Pocher gegen Wendler"? Muss man da nicht endgültig das Spiel abbrechen und flugs eine Mahnwache abhalten?

Eine Verflachung der Urteilskraft, eine Verblödung von Meinungen konstatierten die Brüder Goncourt schon im Gestern, also im 19. Jahrhundert. Ganz so, als blickten sie auf unsere Zeit und meinten das Heute. Die Goncourts, das waren Franzosen. In diesen Zeiten wollen wir aber lieber Rat bei den Briten suchen, auch wenn es angesichts des Brexits absurd klingen mag. Die Briten jedenfalls, die wissen, dass eine Tasse Tee hilft, wenn einem die Welt wieder einmal zu viel wird. Und die Briten sind nie um einen Spruch verlegen. Einer lautet: Keep calm and wash your hands! Gut gesprochen, Ladies and Gentlemen! Diese Empfehlung darf bei Corona gern als Befehl verstanden werden. Sie galt gestern, gilt heute und gilt auch noch morgen, wenn die Hamsterkäufer mit ihren Hamstern nicht wissen, wohin mit dem Dosenfraß, den sie jetzt bunkern, als stünde der sprichwörtliche Russe schon in Mitteldeutschland.

Ruhig bleiben, Hände waschen. Mal an etwas Nettes und Hübsches denken. Es geht auch wieder aufwärts. Nur Fledermäuse lassen den Kopf hängen.

11. März 2020

Im Angesicht der Apokalypse

Jetzt, wo uns die Apokalypse mit Haut und Haaren zum Frühstück fressen wird, stellen sich natürlich viele letzte Fragen. Ob man vorher noch schnell katholisch werden sollte – zum Beispiel. Ob man sich, wenn alle Stricke reißen, eigentlich noch erhängen kann? Und da wäre auch noch die Frage, ob Zebras eigentlich weiße oder schwarze Streifen haben? Und heißen Teigwaren Teigwaren, weil sie vorher Teig waren? Würden Katzen beim Hamstern wirklich Whiskas kaufen? Wäre doch blöd, wenn das nicht geklärt wäre, bevor der Sensenmann jetzt fragt, wann man zuletzt in China oder Italien war.

Viele Fragen kann man natürlich gar nicht selbst beantworten. Deshalb hat der liebe Gott ja bereits vor geraumer Zeit die Experten erschaffen.

Fußballtrainer Jürgen Klopp ist so einer. Er weiß, welches Bier am besten schmeckt, welches Auto einem gut zu Gesicht stünde und welche Geldanlage die sicherste ist. Davon berichtet er ganz freiwillig in unzähligen Werbespots. Von Fußball versteht er natürlich auch etwas. Zum Thema Coronavirus möchte er aber lieber schweigen. „Menschen wie ich, ohne das nötige Wissen, sollten nichts sagen", sagt er nur. Und das ist natürlich löblich. Ein Trainer ist eben kein Virologe. Und hatte nicht schon der Mister aus Italien, Giovanni Trapattoni, einst radebrechend erwähnt: „Ein Trainer ist nicht ein Idiot"? Idioten gibt es natürlich dennoch viele. Kann ja nicht jeder Trainer sein. Und die Zahl der Hobby-Virologen steigt derzeit rasant an. Stichwort Apokalypse. Uns allen sei angesichts des Untergangs gesagt: Wer zuletzt lacht, stirbt wenigstens fröhlich.

18. März 2020

Der Spargel wächst

In diesen Zeiten, in denen die Wirtschaft vor dem Kollaps steht, muss jeder sehen, wo er bleibt. Ein kleiner Nebenverdienst ist daher auch für einen mittelmäßigen Kolumnisten nicht zu verachten. Da kam die Wette gerade recht, die mir ein alter Freund hüstelnd anbot. 50 Euro, wenn ich in dieser Folge Quergedacht weder vom Coronavirus noch von CO-VID-19 schreibe. Andernfalls muss ich zahlen. Wenn Sie, verehrter Leser, in heimischer Quarantäne bis zu dieser Zeile durchgehalten haben, dann lesen Sie jetzt bereits zum zweiten Mal Coronavirus und COVID-19. Und Sie sind um die Erkenntnis reicher, dass mittelmäßige Kolumnisten nicht wetten sollten, denn sie denken einfach nicht schnell genug.

Andererseits: Zahle ich eben die 50 Euro. Viel Geld lässt sich in diesen Tagen sowieso nicht ausgeben. Und 50 Euro für eine zumindest halbgare Pointe, das ist dann für einen, der sogar seine Oma für einen guten Gag verkaufen würde, gar nicht so hoch bezahlt. Kommen wir aber noch fix vom Wetten zum Wetter. Das passt nun gerade gar nicht zum bevorstehenden Weltuntergang. Anfang der Woche, da schien es, als wolle uns der Frühling verhöhnen. Sonne, Blütenpracht, blaue Himmelsfetzen. Alles grünt, der Spargel wächst, alles schien zu rufen: Kommt raus in die Natur, ein neuer Anfang, während Berlin ruft: Bleibt in Euren Löchern, bis der Spuk vorüber ist. Paradox das Ganze. So paradox wie der Fakt, dass wir jetzt, wo wir auf Distanz gehen sollen, enger zusammenrücken müssen.

25. März 2020

Dann heirat' doch Dein Büro!

Männer, so vermuten Wissenschaftler, können durch die Erwerbsarbeit in den heimischen vier Wänden die Beziehung zu ihren Kindern verbessern. Ein Hoch also auf das Homeoffice. Wer keine Kinder hat, der kann vielleicht jetzt daheim welche zeugen. Darüber aber schweigen noch die Experten. Dennoch ist es Zeit für eine erste Homeoffice-Zwischenbilanz in der Corona-Krise: Das Klopapier ist weicher, die Kantine nicht besser, aber wohl mitunter gesünder. Ein Spruch jedenfalls, der jetzt die Runde macht, stimmt nicht für jeden. Der Witz geht in etwa so: Drei Tage nicht duschen, Ravioli essen, gute Musik hören und immer leicht einen sitzen: Andere gehen dafür auf Festivals, ich mache einfach Homeoffice.

Ist natürlich nicht so. Ich mag nämlich keine Ravioli. Und dass ich meine Arbeit im Homeoffice schneller, weil konzentrierter erledige, damit ich früher nach Hause gehen kann, beruht auch auf einem Denkfehler. "Heimathaben ist gut, süß der Schlummer unter dem eigenen Dach" dichtete bereits im Jahr 1911 Hermann Hesse, als Schriftsteller war für ihn das Homeoffice schon bekannt, als es den Begriff noch gar nicht gab. My home is in Kassel, sagt der Volksmund. Mein Büro ist meine Burg. My home is my office, heißt es jetzt. Sicher, schon früher waren Home und Office oft verbunden. Aber da war es so, dass man so lang im Büro war, dass es einem wie das Home vorkam. Erinnert sei nur an den Protestsong "Dann heirat' doch dein Büro " von Brecht-Bardin Katja Ebstein. Da hieß es vorwurfsvoll Richtung Göttergatte: "Dann heirat' doch dein Büro. Du liebst es doch sowieso. Stell dir ein Bett dort hinein und schlaf mit Akten und Computern ein." Heute stehen Akten und Computer eben im Schlafzimmer. Mal sehen, was das für die Geburtenrate bedeutet.

1. April 2020

Hast Du keinen Friseur?

Wenn einem jemand, wie man so schön sagt, ein Ohr abkaut oder gar eine Frikadelle an den Lauschlappen labert, dann antwortet man gern mit folgendem Satz: "Hast Du keinen Friseur, dem Du das erzählen kannst?" Und genau das ist die Krux. Es ist derzeit eine Frage der Schere, bei der einem der Kamm schwillt. Denn einen Friseur, den hat in diesen Tagen der Corona-Krise im Prinzip nur noch der, der vorausschauend einen Friseur oder eine Friseurin geehelicht hat. Es war der US-amerikanische Nachwuchs-Philosoph Bart Simpson aus Springfield, der den Satz prägte: "Die Frisur eines Mannes sollte nicht höher sein als ein Tennisball." Lange Haare, kurzer Verstand? Und nun? Alle, die sich nicht mit dem Waschlappen frisieren können - Stichwort: Nachts sind alle Glatzen kahl - die müssen wachsen lassen noch und nöcher. Als Kind 'n' Pony gewünscht? Aber so war das doch nicht gemeint?

Wer das Handwerk des Coiffeurs schätzt, der kann jetzt das wachsende Ungemach während der Krise nicht mal eben so kostengünstig verbal beim Friseur loswerden. Das Gespräch, das sonst einen Therapeuten zu ersetzen vermag, kann man sich jetzt in die Haare schmieren. Wo es sonst hieß: Kamm in, hair-einspaziert, da bleiben jetzt die Türen zu. Es ist keineswegs an den Haaren herbeigezogen, dass das ein Problem ist. Für den Friseur, die Frisur und den Frieden der Seele. Richtig gut hat es jetzt nur Präsident Donald Trump. Er kann schließlich immer zum Friseur. Er hat ja die Hair Force One. Warum er dennoch jedem täglich in allen vier Haareszeiten einen Knopf an die Backe labert und sich mit jedem, der noch einigermaßen bei Verstand ist, in den Haaren liegt? Keine Ahnung. Aber ihm gehört gehörig der Kopf gewaschen, sobald die Krise vorbei ist.

8. April 2020

Es spritzt, sprotzt und dröhnt

Für Strafverteidiger, das sagt der Berufsraucher Ferdinand von Schirach, für Strafverteidiger also ist Weihnachten das, was Silvester für Handchirurgen ist. Eine schlimme Zeit eben. Viel zu tun, weil die Leute, wenn sie mal zwei drei Tage aufeinander hocken, sich und anderen oft böse Dinge antun. Klingt fast so, als hätte von Schirach bereits das Homeoffice im Blick gehabt, als er diese weisen Worte sprach. Keine Sorge, hier sind noch alle unversehrt. Wobei die Betonung auf noch liegt.

Zum Homeoffice gesellt sich nämlich jetzt das gute Wetter und die Wiedereröffnung der absolut systemrelevanten Baumärkte nach der Corona-Zwangspause. Die Nachbarschaft strömt ins Freie, denn jetzt wo an kahlen Sträuchern über Nacht bunte Eier wachsen, ist der Deutsche wieder ganz bei sich - und kärchert. Er kärchert sein Haus, seine Mülltonnen, seinen Zaun, seine Auffahrt, sein Auto. Nee, das Auto nun nicht, nicht das da ein Kratzer rankommt. Aber er kärchert seine Gartenmöbel, seine Regenrinne, seine Kinder. Er kärchert, dass es nur so spritzt, sprotzt und dröhnt, er kärchert, als gebe es kein Morgen. Als ließe sich der ganze Corona-Bockmist mit Hochdruck ins Nirvana befördern, ja als ließen sich auch dunkle Flecken in der eigenen Biografie, jetzt, wo in der Endzeitstimmung Zeit zum Nachdenken bleibt, einfach mit viel Wasser aus der Düse in den Gully spülen. Als ließe sich die deutsche Weste weißer noch als weiß zaubern, wenn man nur lang genug mit dem Krachmacher draufhält. Unsereiner, der sein Leben lang ohne Kärcher geblieben ist, der versucht den Frühling trotzdem zu genießen. Wenn schon Corona-Krise, dann wenigstens mit Sonnenschein. Und doch fühlen wir uns an den Schriftsteller Samuel Beckett erinnert. Der parierte an einem schönen Frühlingstag, in einer Zeit, als der Kärcher noch Zukunftsmusik war, die Frage eines Freundes recht treffend. Der Freund nämlich wollte wissen, ob man sich an so einem schönen Tag nicht freue, dass man am Leben ist, mit den Worten: So weit würde ich nicht gehen.

15. April 2020

Die Einsamkeit des Kurzstreckenläufers

Dass todernste Zeiten oft sehr lustige Dinge hervorbringen, das weiß man nicht erst seit der Corona-Krise. Aber die zeigt es doch wieder einmal sehr deutlich. Da wäre der Patient beim Kardiologen, eine Maske vor Mund und Nase, darüber die Brille, längst beschlagen von seinem Odem, der aufgrund der Maske nicht mehr nach vorn entweichen kann und heiß hinter die Gläser flüchtet. So steht er vor der Trennscheibe, der Patient, fast blind, und spricht mit der Arzthelferin, die ihrerseits eine Maske trägt. Es entwickelt sich ein Dialog loriotschen Ausmaßes. Zwei Menschen ringen miteinander um Verständnis. Es geht zu diesem Zeitpunkt lediglich um den Namen des Patienten, den die Arzthelferin nun flugs bräuchte, Formalitäten und so. Kuchenbuch heißt der Mann, das ist aber mit Maske und hinter der Scheibe kaum zu verstehen. „Buchenfluch?", fragt die Arzthelferin also ungläubig. Der Patient, er hat es leicht am Herzen, schwitzt unter der Maske und versucht es nochmal. Jetzt klingt es wie Suppenkrug oder Fluchentuch, was die Sache nicht wesentlich besser macht. „Buchstabieren Sie doch mal", wird der Mann nun aufgefordert. „Ka", sagt er laut und undeutlich. „A?", lautet die Antwort, die eine Frage ist. Wir blenden uns an dieser Stelle aus und kommen zu einem Mann, der schneller ist als das Coronavirus.

Sprint-Star Usain Bolt wirbt für Social Distancing, also für das Abstandhalten zum Nächsten in Zeiten der Pandemie. Und das macht er augenzwinkernd. Er hat einfach das Zielfoto seines Olympia-Sieges 2008 gepostet. Die Konkurrenz hat damals, ganz wie es heute empfohlen wird, zwei Meter Sicherheitsabstand zu Bolt gehalten. Der genoss die Einsamkeit des Kurzstreckenläufers.

22. April 2020

Jetzt wird wieder in die Hände gespuckt

Man mag von dieser unsäglichen Corona-Krise halten, was man will. Sie spült uns aber immer neue schöne Wörter in unseren Sprachschatz.

Wer hätte vor wenigen Wochen geglaubt, dass wir uns das Wort Öffnungsdiskussionsorgien auf der Zunge zergehen lassen können? Oder Herdenimmunität? Reproduktionsziffer? Triage? Team Drosten? Schöne neue Welt, schöne neue Wörter.

Man muss sich aber auch eingestehen, dass uns die Corona-Krise ärmer macht, weil sie uns viele Sätze raubt, die nun nicht mehr gesprochen werden können und vielleicht bald verschwunden sein werden. Wir hatten einen Tisch reserviert. Oder: Er wirft sich ins Getümmel. Gib mir Fünf! Ach, leck mich doch! Geht jetzt alles nicht mehr.

Ein Bad in der Menge nehmen? Keine Chance. Waschen, schneiden, legen, bitte! Nö. Ist hier noch frei? Oder: Wünschen die Herrschaften noch ein Dessert? Auch das geht in Corona-Zeiten nicht. Auf Tuchfühlung gehen? Bitte nicht. Da haben wir Berührungspunkte? Nee. Wir arbeiten da Hand in Hand.

Mehr Beispiele gefällig? Das ist einen feuchten Händedruck wert. Du deckst den Spielmacher – und wenn er auf Toilette geht, dann gehst du eben mit auf Toilette! Genieß das Leben in vollen Zügen. Das wäre mal ein Kanzler zum Anfassen – aber bitte nicht überall! Küss die Hand, schöne Frau! Darf ich Sie mal an die Bheke titten? Da lecke ich mir alle zehn Finger nach! Draußen nur Kännchen!

Und es nimmt kein Ende: Herr Ober, zahlen bitte! Oder: Hömma, machst Du uns noch zwei? Ja, jetzt wird wieder in die Hände gespuckt, wir steigern das Bruttosozialprodukt! Seid umschlungen Millionen! Zahlen Sie zusammen oder getrennt? Dir huste ich was! Es nimmt und nimmt kein Ende. Hand drauf!

29. April 2020

Mit dem Snutenpulli durch die Kri(e)se

Die Sorge, etwas zu verpassen, "the fear of missing out", wie es in der Fachsprache der Seelenklempner heißt, die kann einen zuweilen in den Wahnsinn treiben. Das Gras auf der anderen Seite des Zaunes ist für viele eben immer grüner. Statt sich über das zu freuen, was wir haben, denken wir immer nur an das, was wir eben gerade nicht haben. Und so sitzen wir jetzt da, wo wir bleiben sollen, um das Coronavirus einzudämmen. #StayTheFuckHome. Da gerade aber überhaupt niemand Urlaub an traumhaft schönen Orten machen kann, während wir auf dem schmucklosen Balkon sitzen, müssen wir auch gar nicht neidisch sein und grün vor Neid auf Facebook-Posts von Bilderbuchstränden blicken. Sagt die Psychologie - und fügt an: Die negativen Glücksgefühle gehen dadurch zurück.

Und ist es nicht ein Trost, dass wir jetzt, wenn wir an einem Samstagabend allein zu Haus sitzen, weil uns schon wieder niemand eingeladen hat, nicht an die denken müssen, die lustig Party machen? Sitzen ja jetzt alle zuhause, das Zuhausebleiben ist nicht nur gesellschaftlich akzeptabel geworden, es ist sogar von ganz oben so gewollt. Und so wird jetzt ein Glücksgefühl daraus. Andere sitzen aber schöner allein zuhause, mag jetzt jemand einwenden. Doch wir wollen nicht gleich wieder anfangen zu grübeln. Wir wollen uns freuen darüber, dass im Plattdeutschen vom Snutenpulli gesprochen wird, wenn man den Mundschutz meint, der jetzt für lange Zeit selbst das hübscheste Lächeln verbirgt. Sagt man Snutenpulli, ist die Krise, die viele jetzt Kriese scheiben, weil sie so lang dauert, dass ein Dehnungs-E angemessen erscheint, ist die Welt gleich wieder ein bisschen grüner. Und wer glaubt, es gäbe derzeit gar nichts mehr zu lachen, der denke mal wieder an Trump. Der größte anzunehmende Präsident hat ja erst kürzlich empfohlen, gegen das Coronavirus könne die Injektion von Desinfektionsmittel hilfreich sein. Das sei so, machten kluge Köpfe im Internet klar, als versuche man mit Sahnesteif Erektionsprobleme zu behandeln oder als wolle man Grundschülern das Lesen beibringen, in dem man ihnen Buchstabensuppe einflößt. Der Quergedacht-Tipp: Finger weg! Sie verpassen nichts.

6. Mai 2020

Den Blues aus den Socken schütteln

Corona also. Zählt noch jemand die Wochen? Wo Trost finden? Vielleicht bei den alten Haudegen der Rolling Stones. Die Hochrisiko-Blues-Gruppe hat soeben einen Lockdown-Song veröffentlicht: Living In A Ghost Town. Die Rolle der Kunst ist es, so heißt es ja, eine Welt zu erschaffen, die bewohnbar ist. Keith Richards (76), der Mann, dem führende Mediziner bescheinigen, er werde nicht nur das Coronavirus, den Klimawandel und den atomaren Erstschlag Nordkoreas ohne Zweifel überleben, Keef also, wie ihn Freunde nennen, der wird gerade irgendwo sitzen und sich denken: Corona? In 20 Jahren lache ich über den ganzen Quatsch.

Nun sind wir nicht alle unsterblich. Und wir Realisten haben mitunter einen eher fatalen Hang zum Pessimismus. Deshalb ist es in diesen Tagen wichtig, sich kleine Freuden zu schaffen. Keith' Gitarre zu hören, kann so eine Freude sein. Altmeister Bob Dylan hat sich auch wieder zu Wort gemeldet und mal so eben zwei Songs veröffentlicht, die sich direkt in Klassiker verwandelt haben. Wer jetzt über die alten Socken schimpft, die einfach immer weiter machen, dem sei gesagt: Vorsicht! Gegen Socken ist erstmal gar nichts einzuwenden. Eine Socke ist ein in seiner Erscheinungsform geniales Kleidungsstück für den Fuß: ein in der Regel textiler, zum Bein hin offener Schlauch, welcher der Form des Fußes wunderbar angepasst ist. Socken wärmen und schützen und können bunt sein und so Farbe in die Welt tragen. Dass am 8. Mai weltweit der Ohne-Socken-Tag gefeiert wird, spricht also erstmal nicht gegen die Stones und auch nicht gegen die Socke an sich, deren vergleichsweise kurzer Beinling normalerweise kurz über dem Knöchel endet. Der Tag soll lediglich die Chance bieten, mit den Füßen den Socken zu entschlüpfen und die Zehen mal an die frische Luft zu lassen. Dem alten Kneipp gefällt das. Und sich befreien und mal kurz an eben jene frische Luft zu gehen, das ist für uns alte Socken in Corona-Zeiten so wichtig wie große Kunst fürs Leben.

13. Mai 2020

Platz für uns Profis

In Krisenzeiten suchen Intelligente nach Lösungen, Idioten suchen nach Schuldigen. Hat Loriot mal gesagt, wenn man diesem Internet trauen kann. Die Corona-Pandemie zeigt das gerade auf beeindruckende Weise. Schon jetzt gibt es Wissenschaftler, die sagen, es sind mehr Menschen an Covid-19 verblödet als verstorben. Aluhutträger, Verschwörungstheoretiker, Schild- und Wutburger, neue und alte Nazis und Fake-News-Heinis feiern fröhliche Urständ und demonstrieren für ihre Grundrechte. Durchgeknallter noch als sonst, dabei ist der Himmel doch blank, wir werden nicht via Chemtrails vergiftet. Ein veganer Koch faselt vom Gang in den Untergrund beim Kampf gegen Corona-Regeln und summt dabei die Melodien eines schlechten Songwriters aus Mannheim. Die Pandemie? Nur vorgetäuscht. Von Bill Gates und den Illuminaten, die die Weltherrschaft per Zwangsimpfung ergreifen wollen. – Ja, geht's noch? Wer die Meinungsfreiheit liebt, der muss im Moment starke Nerven haben – und auf Abstand gehen zu Demos, auf denen sich ein demaskiertes Sammelsurium auf engstem Raum trifft, das besser in den asozialen Medien geblieben wäre.

Wirklich jede Wissenschaftlerin, die sich seit Jahren mit einem Thema beschäftigt, die sich akademische Titel erarbeitet hat und über ein weltweites Netzwerk verfügt, die also einfach gut Bescheid weiß, kann sich heute sicher sein, dass es in diesem Internet irgendeinen Joachim aus Bad Salzdetfurth gibt, der sich mal eben kurz durch Facebook klickt und sogleich alles besser weiß. Man möchte schon wieder in sein Bier weinen. Apropos: Eine Bitte noch in eigener Sache. Wenn jetzt die Biergärten wieder öffnen – allerdings nur mit der Hälfte der sonstigen Tische und Stühle – können wir uns dann darauf einigen, dass die Leute, die stilles Wasser oder gar alkoholfreies Bier trinken, zu Hause bleiben und uns Profis den Platz überlassen? Danke im Voraus.

20. Mai 2020

Kanzler, Gottschalk und Corona

Corona. Immer Corona. Der Auftrag für diese Kolumne lautet: Mach doch mal was ohne Corona. Der Auftrag kam dabei nicht von Bill Gates. Er kam morgens am Küchentisch. Und wer will in Corona-Zeiten schon widersprechen, wenn es um den richtigen horizontalen Sitz des Haussegens geht? Warum also nicht über das Ende von Menthol-Zigaretten schreiben? Wer jetzt glaubt, die Produktion werde eingestellt, weil Altkanzler Helmut Schmidt, der bekanntlich nur zu Mittag gegessen hat, um danach rauchen zu können, nicht mehr als Kunde unter uns weilt, der liegt um mehr als einen Zug daneben. Die Menthol-Zigarette wird in der EU auch nicht verboten, weil endlich anerkannt wird, dass es sich um eine veritable Geschmacksverirrung gehandelt hat. Nein, sie wird verboten, weil Rauchen schädlich ist und junge Menschen glauben könnten, mit Menthol sei es am Ende doch gesund, weil man dem Nikotin direkt ein Hustenbonbon beigibt.

Was Thomas Gottschalk dazu sagt, dass er jetzt auch noch die Menthol-Zigarette überlebt, ist nicht überliefert. Der Gelegenheitsraucher und ewige Sonnyboy jedenfalls ist just 70 geworden. Verbieten wird ihn die EU deswegen nicht gleich. Der Thommy wird gebraucht, weil niemand die Nostalgie so schön beschwört wie er, der immer Kind geblieben ist. Vor allem auch Kind seiner Zeit. Ihm macht selbst Corona nichts aus. Mit 15 seien in seiner Heimatstadt Kulmbach die Pocken ausgebrochen. Er habe sowohl den sauren Regen und Tschernobyl als auch die Volkszählung überlebt. Außerdem ein Dutzend Intendanten der ARD und des ZDF, fünf Päpste und gefühlte 100 SPD-Vorsitzende. „Nichts davon hat mir meinen Humor und den Glauben an das Gute im Menschen genommen", sagt das Geburtstagskind. Wenn das kein Trost ist – auch für den Haussegen.

27. Mai 2020

In Venedig ist Maskenball

Sie bestehen aus Stahldraht und Metallrohren, haben Rädchen und wiegen Pi mal Daumen 15 Kilogramm. Durch die Corona-Pandemie stehen sie jetzt besonders im Blickpunkt. Die Rede ist von Einkaufswagen. Die wurden entwickelt, um Kunden Transport und Einsammlung der Waren zu erleichtern und sind somit als konsequente Weiterentwicklung des Einkaufskorbes zu betrachten. In diesen Tagen aber, da ist der Einkaufswagen so etwas wie ein Abstandshalter. Er muss selbst dann durch den Markt geschoben werden, wenn man nur ein Tütchen Trockenhefe erhaschen will. Und weil die Zahl der Einkaufswagen begrenzt wird, bleibt es auch die Zahl der Kunden. Was wiederum mehr Abstand bedeutet. Die Amerikaner feiern übrigens stets am 4. Juni den "Tag des Einkaufswagens" (Shopping Cart Day). Am 4. Juni 1937 kam nämlich der erste Schubwagen in einem Supermarkt zum Einsatz. Corona war noch weit. Aber vermutlich war schon damals das eine oder andere Rad am Wagen blockiert - oder ab, wie heute bei maßgeblichen Leuten in der US-Regierung.

Corona hat aber nicht nur Einkaufswagen in den Fokus gerückt. In aller, ja vor aller Munde ist derzeit auch die Maske. Es waren die Flippers, die mit "In Venedig ist Maskenball" der Maske ein Denkmal setzten. Doch da das Trio in dem Titel reimend weiterträllerte: "Komm, ich zeig dir den Karneval", ist der Song nicht geeignet, um als Loblied auf den Mund-Nasen-Schutz zu reüssieren. Karneval und Corona, das wird keine Liebe mehr. Wobei: Mit der Liebe zur Maske ist es ja auch so eine Sache. Viele tragen sie eher auf halb Acht windschief unter der Nase. Andere reißen sie sich schon ab, noch ehe der Einkaufwagen komplett den Supermarkt verlassen hat. Vic Dorn, oder Victor Dornberger, wie er bürgerlich hieß, dem gelang das nicht. Der Mann aus dem Loriot-Sketch, ein gefeierter Darsteller des internationalen Horrorfilms, konnte seine unverwechselbare Maske ja gar nicht abnehmen.

3. Juni 2020

Hart wie Marmelade

Mit der Vorstellungskraft ist es so eine Sache. Der Schriftsteller Walter Kempowski hatte als Kind zum Beispiel eine, wie er mal anmerkte, sonderbare Idealvorstellung vom Leben. Er wolle, so dachte er als kleiner Bub, sein Leben lang einfach immer im Bett liegen, Dick-und-Doof-Filme sehen und dazu Marmeladenbrote essen. Er hat das Programm dann nicht durchgezogen, obwohl er als erfolgreicher Autor später befand: "Heute könnte ich mir das leisten." Gott schütze, wenn er in diesen Tagen noch Zeit dafür findet, die Erdbeermarmelade.

Meine Partnerin möchte mit mir übrigens auch oft über mein kindisches Verhalten reden. Tja, da hat sie aber Pech. Denn ohne das Geheimwort kommt sie nie im Leben in meine Kissenburg.

Doch zurück zur Vorstellungskraft: Unsereiner, der hatte noch Anfang des Jahres die Vorstellung, in diesem Jahr die Fußball-Europameisterschaft zu verfolgen. Aber in diesem Jahr, da werden keine Deutschlandfähnchen vom Winde von den Autos gezerrt. Sie liegen dann auch nicht zerfleddert auf der Straße. Dort liegen jetzt Masken und Einmalhandschuhe, die neuen Symbole unserer Nation. Hätte sich auch niemand ausmalen können.

Und manchmal, das wird in diesen Tagen auch besonders deutlich, da spielt uns die Vorstellungskraft Streiche. Betrachtet man die Erde vom All, so sehen wir die Einheit und nicht das Trennende. Ein Planet, eine Menschheit eben, wie es der Physiker Stephan Hawking einst formulierte. Der friedliche blaue Erdball. Man darf halt nur nicht näherkommen. Vielleicht hülfe es, wenn wir alle die, die diesem friedlichen Bild entgegenstehen, einfach zum Mond schießen könnten. Dürfte aber eng werden da oben, besonders bei Halbmond.

10. Juni 2020

Wo bleibt das Positive?

Der Schriftsteller Erich Kästner ist, so hat er einst berichtet, oft gefragt worden, wo denn nun das Positive bleibe. Immer alles wolkengrau, kein Silberstreif am Horizont, immer nur Schmerz, immer nur schlechte Nachrichten, immer ist das Glas halbleer. Kästner wusste natürlich nichts von Corona, nichts vom Abschied der USA von den Werten der Demokratie. Aber er wusste, wie er die an ihn gerichtete Frage schon damals zu beantworten hatte: Das Positive? "Ja, weiß der Teufel, wo das bleibt", setze er gekonnt in Versform. Die Gegenwart sah eben schon damals düster aus, von der Zukunft ganz zu schweigen. Unsereiner fragt heutzutage nicht mehr nach dem Positiven. Wo bleibt eigentlich der Kaffee? Das ist es, was noch zu fragen ist. Doch wir dürfen jetzt nicht den Sand in den Kopf stecken, wie es Matthäus der Jüngere treffend formulierte. Denn eines ist klar: Solange wir noch Witze reißen, machen wir uns über andere lustig, schlagen uns aber nicht wechselseitig die Köpfe ein. Das wäre, für sich genommen, durchaus ein zivilisatorischer Fortschritt. Humor ist, wenn man dreckig lacht. Aber Obacht! Was passiert, wenn man sich zweimal halb totgelacht hat, will man dann lieber doch noch nicht wissen.

17. Juni 2020

Was auch nach Corona sicher bleibt

Corona verändert alles. Nichts bleibt, wie es ist. Alle sind verunsichert und schauen bang in die Zukunft. Das liest man in diesen Tagen allerorten. Aber stimmt das denn überhaupt? Zeit für eine Check-Kolumne. Denn ganz so schlimm ist es nicht. Es gibt Dinge, die werden bleiben.

Wer Vater und Mutter erschlagen hat, der darf vor Gericht auch künftig nicht auf mildernde Umstände hoffen, nur weil er jetzt Vollwaise ist. Amseln dürfen auch nach Corona nicht erdrosselt werden. Der Apfel wird in Zukunft ebenfalls nicht weit vom Birnbaum fallen. Und man kann vor und nach einer Pandemie Pleite gehen, obwohl man gerade sein großes Geschäft erledigt. Weiterhin gilt zudem: Nichts hält so lange wie ein Provisorium.

Auch bei Steuererklärungen und in der Außenwirkung bleibt eines verbrieft: Wer weniger angibt, hat mehr vom Leben. Spaß muss sein, sprach Wallenstein - das hat natürlich nach der Krise ebenfalls Bestand. Zudem ohne Wenn und Aber sicher: Wer schnarcht, sündigt nicht. Ist das Virus einmal besiegt, gilt eines noch immer: Ausgerechnet Menschen, die dauernd ihre Brille suchen, haben zusätzlich noch schlechte Augen. Komisch wird bleiben, dass man auf alten Fotos irgendwie jünger aussieht. Das Runde muss weiter ins Eckige. Und eine solide Basis ist auch nach Corona die sicherste Basis für ein tragendes Fundament. Sicher bleibt, dass nichts sicher ist. Und nicht mal das ist sicher. Allerdings bleibt gewiss: Nach fest kommt lose. Und auch dann, wenn der Impfstoff gefunden ist, wird es noch heißen: Wer nämlich mit h schreibt, der ist dämlich. Verlässlich weiterhin: Im Osten geht die Sonne auf, im Süden ist ihr Mittagslauf, im Westen wird sie untergehen, im Norden ist sie nie zu sehen. Bleibt so, versprochen. So wie Lärchen Bäume und Lerchen Vögel bleiben - und rechts da, wo der Daumen links ist.

24. Juni 2020

Strawberry Fields forever

Und plötzlich ist Sommer. War nicht eben noch Ostern? Corona scheint auch hier einiges durcheinander zu bringen. Immerhin: Es ist Sommer – und das nicht nur kalendarisch. Auf der nach oben offenen Richterskala schlägt unsere Liebe zur Erdbeere jetzt besonders heftig aus. In unserem erdbeerensicheren Zuhause erfreuen wir uns an ihrer Süße. Zweifellos, so hat ein kluger Mann bereits vor langer langer Zeit gesagt, zweifellos also hätte Gott eine bessere Beere erschaffen können, aber ebenso zweifellos hat er es am Ende nicht getan. Recht hatte der Mann. Übertrumpft wird die Erdbeere nur vom Erdbeerkuchen. Wer den hat, der vergisst für eine Weile jede Pandemie. Und der vergisst, was der Mensch anderen Menschen alles so antut. Eine besonders ertragreiche

Erdbeersorte trägt übrigens den Namen Korona. Sie ist für schwere Böden geeignet, ist jedoch krankheitsanfälliger, sagen Experten. Doch wir bleiben positiv. Es ist ja Sommer. Da soll bitteschön alles irgendwie leicht sein.

Die Erdbeeren sind botanisch gesehen wohlgemerkt gar keine Beeren, sondern Sammelnussfrüchte. Aber das führt uns jetzt ab vom Weg ins Erdbeerfeld. Wahre Disziplin beweist, wer Erdbeeren pflücken kann, ohne sich dabei welche in den Mund zu schieben. Aber auch diese offensichtliche Erkenntnis führt zu nichts. Zurück zum Thema Sommer und zu wichtigen Fragen. Etwa dieser hier: Ist es eigentlich sehr bedenklich, wenn im Wald ein Goethe-Denkmal durch die Baumwipfel schillert? Wohl nicht, wenn es ein dichter Wald ist. Mit den Worten „Darum schick ich Dir eilig die Frucht voll irdischer Süße" hat der Johann Wolfgang einst Erdbeeren an Frau von Stein geschickt. Dichten konnte er. Und mit Erdbeeren kann man eh nichts falsch machen.

1. Juli 2020

Balla Balla

Ein Gespenst geht um in Europa. Das Abstiegsgespenst. In Bremen soll es bereits gesichtet – und zu später Stunde so gut wie vertrieben worden sein. In einem Geisterspiel. Wie passend. Der HSV hat Werder eines voraus: Den Klassenerhalt ist in Hamburch schon zur Gänze gesichert.

Am Fußball scheiden sich stets die Geister, nicht nur dann, wenn die Fans nur im Geiste dabei sei können. Werder-Fans freuen sich, weil Pizarro, wenn man so will der gute Geist des Vereins, noch einmal zwei Spiele als Zugabe bekommt, bevor der Spuk aus ist und es ihn in seine Wahlheimat München zieht.

Dort wiederum hat der FC Bayern begeistert und erneut die Meisterschaft eingefahren. Ganz ohne Phantomtor. Die Schale bleibt also bei den Bajuwaren. Ebenjene Schale, die als hässlichste Salatschüssel der Welt bekannt ist.

Salatschüssel haben sich da die Schalker gedacht. Heißt das nicht auf Englisch Salary Cup? Nicht ganz, aber da Schalke schon lange keinen Cup gewonnen hat und die Pommes dort aus Scham auch nicht in der Schale, sondern in der Tüte serviert werden, wollen die Knappen, die stets knapp bei Kasse sind, den Salary Cup, also die Gehaltsobergrenze für Spieler, einführen. Zum Glück für die Gazprom-Kicker denkt bei den Verantwortlichen niemand an eine leistungsbezogene Bezahlung. Das ginge auch rein rechtlich nicht, denn der Mindestlohn gilt auch für Schalker.

8. Juli 2020

Alte weiße Männer

Alten weißen Männer geht es in diesen Tagen oft ganz zu Recht an den Kragen. Jenen überheblichen Typen, die stets die Welt beherrschen oder zumindest oberlehrerhaft erklären und dabei völlig blind sind für die eigenen Privilegien, hat die Stunde geschlagen. Nieder mit der patriarchalen Machtdominanz! Doch nicht jeder alte und weiße Mann ist gleich ein alter weißer Mann. An zwei fidele Senioren sei hier kurz von Herzen werbend erinnert. Der eine, ein zum Sir geschlagener Schlagzeuger aus Liverpool, hat jetzt seinen 80. Geburtstag gefeiert. Peace and love, Ringo! Jeder anständige Beatles-Fan hat eine Phase, in der er den Mann, der die Fab Four komplettiert hat, für den besten Pilzkopf hält. So wie er auch Phasen hat, in denen er eben John, Paul und George jeweils als Lieblingsbeatle bezeichnet, ja: bezeichnen muss. Jeder Beatle ist natürlich für sich Legende. Alle vier Lads zusammen ergeben dann für mehr als eine Weile viel mehr als die Summe der einzelnen Teile.

Ein anderer Mann, ebenfalls alt (79) und weiß, hat soeben mit „Rough and Rowdy Ways" ein neues Album vorgelegt, das derart inspiriert und inspirierend ist, dass man für einen Moment doch wieder ans große Ganze glauben mag. Danke dafür, Mr. Bob Dylan! Man könnte fast glauben, die beiden genannten Herren seien im Zenit ihres Lebens Dänen geworden. Vom Glück geküsst wie die stets glücklichen Nordlichter. Heißt es doch im Schlager: Das Leben meint es gut mit Dänen - und mit denen, denen Dänen nahestehen. Das denke ich. Wobei Vorsicht geboten ist. Denn es heißt ja auch: Wenn du denkst, du denkst, dann denkst du nur, du denkst! - Und diese Warnung war schon immer an alte weiße Männer gerichtet.

15. Juli 2020

Südlich der Gürtellinie

Wir müssen reden. Wieder einmal. Und schon wieder über das Thema Masken. Über MNS - den Mund-Nasen-Schutz. Eben jenen Schutz, den man auch als MKS antrifft, als Mund-Kinn-Schutz, Freiheit für das krumme Ding, das man Nase nennt. Jetzt, wo selbst US-Präsident Donald Trump hin und wieder eine Maske trägt, was uns, die sein unverhülltes und fortwährend maskenhaftes Gesicht kaum noch sehen mögen, guttut, gilt es, die Vorzüge der Maske zu preisen. Ja, der Snutenpulli schützt uns. Und das Snutdauk, wie auf dem platten Land auch gesagt wird, wärmt, was an herbstlichen Sommertagen eine Hilfe sein kann. Und es bietet ganz neue Möglichkeiten, wenn die Sonne jetzt doch mal scheint. Denn der Corona-Sommer bringt vollkommen neue Bikinistreifen hervor. Wer früher aus dem sonnigen Süden zurückkehrte, der zog kurz, gerade so, dass es noch schicklich war, den Hosenbund ein Stückchen herunter, um den Vorher-Nachher-Effekt zu zeigen. Strahlend weiß der Bereich südlich der Gürtellinie, dunkelbraun (oder wahlweise knallrot) der nördliche Bereich. Je größer der Kontrast, desto besser der Urlaub. Die Maske entwickelt nun einen ganz ähnlichen Effekt. Der Bikinistreifen wandert dabei allerdings mitten ist Gesicht. So wie es manchmal bei Skifahrern zu sehen ist, die in luftigen Berghöhen eine Skibrille tragen, sodass am Ende des Urlaubs nicht das ganze Gesicht sonnengebräunt daherkommt. Womit wir direkt in Ischgl wären, in den Bergen Tirols. Der urlaubsreife Gesundheitsminister Jens Jensemann Spahn sagt, wir alle müssen aufpassen, dass der Ballermann auf Mallorca kein zweites Ischgl wird. Hätten wir mal lieber aufgemerkt, als sich Ischgl in einen zweiten Ballermann verwandelt hat, dann wäre uns manches erspart geblieben. Adieu Après-Ski, Bye Bye Ballermann!

Keine schlechte Nachricht an und für sich. Eine richtig gute Nachricht aber haben führende Virologen derweil noch: Wer als Angestellter mit seinem Chef ganz ohne Maske spricht, muss sich nicht sorgen, sich anzustecken. Warum nicht? Na, man redet ja doch immer aneinander vorbei.

22. Juli 2020

Gruß und Kuss

Do hauts da den Beidl auf'd Seit'n. Das sagt der Österreicher, wenn er mal so richtig überrascht wird. Es handelt sich, da sind wir uns schnell einig, um eine nicht eben zartbesaitete Redewendung. Es geht, vorsichtig gesagt, darum, dass es einem Mann vor Freude oder Schreck den Beutel auf die Seite schlägt. Wobei Beidl im Österreichischen nicht nur für das doch eher unschöne deutsche Wort Hodensack steht, sondern auch als Synonym für das männliche Genital an sich herhalten kann. Sei es drum, Gelegenheiten, dass es einem den Beidl auf'd Seit'n haut, bietet das Leben ja immer wieder einmal. Womit wir bei einem besonderen Jubiläum sind. 150 Jahre alt ist vor knapp einem Jahr, die – man darf es in diesem Fall so sagen – gute alte Postkarte alt geworden. Darauf ist jetzt mit einiger Verspätung (die Post!) hinzuweisen.

Ich verrate an dieser Stelle ein kleines Geheimnis. Dass es die Postkarte in Zeiten von WhatsApp immer noch gibt, ist allein mir zu verdanken. Denn ich schreibe noch welche. Ja, ich bin das. Für jüngere Leser: Postkarten sind meist rechteckige Karten, in der Regel aus Karton, die als offen lesbare Mitteilungen per Post verschickt werden. Vor allem aus dem Urlaub schreibe ich. Auch wenn ich Urlaube mag, bei denen der Beidl nicht permanent in Schieflage gerät und ich einfach mal nichts erlebe. Ein wenig mehr als „Essen gut, Wetter super, Wasser warm. Gruß und Kuss, Dein Julius" darf es aber schon sein. Die Deutschen waren mal Weltmeister im Briefe- und Postkartenschreiben. Was vor allem daran lag, dass sie zweimal kollektiv für mehrere Jahre zu großen Reisen aufgebrochen sind, die eher nicht touristisch geprägt waren. Damals schrieben die Deutschen oft, dass das Wetter nicht so toll ist – und dass

Väterchen Frost grüßen lässt. Aber wie lautet der Titel eines tollen Buches von Knarf Rellöm? „Wir müssen die Vergangenheit endlich Hitler uns lassen." Müssen wir natürlich nicht. Das weiß auch der gute Knarf. Das Vergangene ist nicht tot, es ist ja nicht einmal vergangen. So wie die Postkarte. Sie ist immer noch da. Heute braucht sie zwar – sagen wir – von Bremen bis nach Hamburg länger als die Feldpost aus Stalingrad zur Braut des Landsers damals, aber wir wollen nicht immer an der Post herumkritteln.

29. Juli 2020

Wo die Kinder Hunde beißen

Böse Zungen behaupten, wer aus einer Stadt wie Delmenhorst kommt, der einzigen Stadt im Lande, in der die Kinder auf der Straße die Hunde beißen, der muss im Urlaub zwingend weg. So weit es irgend geht. Ich für meinen Teil bin als Mitarbeiter einer angesehenen Lokalzeitung natürlich qua Beruf frei von allen Vorurteilen und mag diese Stadt. Weg muss ich im Urlaub aber trotzdem. Doch wohin, wenn überall nur die gottverfluchte Seuche wartet?

Oft fiel die Wahl schon aufs Ausland. Ganz einfach, weil man sich dann die Dialoge am benachbarten Restauranttisch so hübsch schönreden konnte. Man verstand ja kein Wort. Wird schon irgendetwas aus dem Bereich Philosophie sein, dachte man so bei sich. Was Schöngeistiges! Was Kluges! Das geht in Deutschland nicht, weil man erstens jedes Wort versteht, wenn sich der Deutsche mal wieder mehr für die Herkunft von Straftätern als für die seines XXL-Schnitzels interessiert, und zweitens, weil man weiß, dass meist eh nur dummes Zeugs geredet wird.

Während ich in Deutschland für viele einfach nur ein Lauch bin, ruft man mir in Spanien „El Puerro" nach! Wie erhaben und schön das klingt. Doch jetzt mit dem Flieger ins Ausland? Mit Maske und Desinfektionsmittel statt Sonnenmilch? Trotz Greta Sonne und Corona entgegen? Dorthin, wo schon der Schnitter stöhnend seine Sense schwingt? Es ist am besten, wenn man gar nicht will, was man nicht kann. Also Urlaub zu Hause!

Deutschland ist schön, liest man doch jetzt allenthalben. Vielleicht nicht gerade in Delmenhorst, man will nicht immer sehen müssen, wie die Hunde leiden. Aber das Land ist groß genug. Und im schönen Deutschland, da stören ja nur die Deutschen. Wobei die einem sonst auch schon in den Süden nachgereist sind. Ohne Frage, Deutschland hat schöne Ecken. Auch für die, die es, wie ich, eigentlich immer lieber etwas runder mögen. Vielleicht sieht man sich an Nord- oder Ostsee.

5. August 2020

Nicht immer nur laminieren

Es gibt Tage, da will nix klappen. Mir ist kürzlich eine Liter-Packung Milch heruntergefallen. Sie war nicht mehr haltbar. Jedenfalls für mich nicht. Es ist halt so: Immer dann, wenn ich es mir im Leben einmal gemütlich machen möchte, so richtig selbstzufrieden und selbstgerecht, dann ist die Milch sauer, das W-LAN fällt aus, leuchtet irgendwo ein Lämpchen im Auto oder es tropft der Wasserhahn. Irgendetwas ist immer. Aber deswegen ständig jammern? Immer nur laminieren hilft ja nicht. Um das zu wissen, muss man keine Konifere sein.

Aber oft muss im Haushalt etwas repariert werden. Das zerrt an den Nerven und kostet. Und das reißt dann auch schon einmal ein großes Loch ins Bidet. Aber wer will immer nur des schnöden Mammuts gedenken? Man muss wissen, wie man sich im Leben geschickt aus der Atmosphäre zieht. Wenn der Alltag aufs Gemüt drückt, gilt es, dem eigenen Ich wieder mehr Gewicht zu verleihen. Das ist in der Corona-Krise vielen gelungen. Weil sie in der Phase, als es "Stay at home" hieß, zwar Spaziergänge machten, jedoch meist nur vom Sofa bis zum Kühlschrank.

Und wo wir gerade bei Corona sind: Nach den Sommerferien geht es in Schulen zurück in den Regelbetrieb. Endlich wieder ein Stück Normalität. Endlich können sich Schüler wieder mobben, können auf dem Pausenhof direkt heimtückische Gerüchte verbreiten, statt wie zuletzt nur in den Chats. Sie können wieder petzen, Mitschüler abziehen, den Klassendeppen nach Strich und Faden vermöbeln und sich dabei mit dem Handy filmen lassen, in der Pause heimlich eine durchziehen und die Lehrenden gezielt in den Burnout treiben. Und sie haben wieder direkten Kontakt zu ihrem Local Dealer. Die Rückkehr zur Normalität und ins Real Life kann so befreiend sein. Wenn einem da mal die Milch runterfällt, ist es am Ende gar nicht mehr so schlimm.

12. August 2020

Einfach atmen und liegen

Von Albert Einstein soll folgende Formel stammen: Arbeit plus Hitze gleich Scheiße zum Quadrat. Keine Ahnung, ob das mathematisch so hinhaut. Bei Einstein ist ja alles relativ. Und bei diesen Temperaturen fällt das Nachrechnen nicht leicht. Auf jeden Fall ist das Duo Arbeit und Hitze eines, auf das man gut und gern verzichten kann. Zufrieden ist, wer an diesen heißen Tagen „einfach rumliegen und atmen" als Hobby angeben kann, denn viel mehr geht jetzt eh nicht.

Es ist Sommer. Schönes Wetter, na gut. Aber der Sommer hat auch seine Schattenseiten. Und eben gerade nicht. Wir müssen jetzt mit dem Wasser sparsam sein, zum Glück gilt das noch nicht fürs Bier. Da kann man sich dann auch gleich das schweißtreibende Essen sparen. Der ehemalige saarländische Ministerpräsident Peter Müller soll oft gesagt haben: „Drei Bier sinn ach e Mahlzeit – awer do haschde noch nix debei getrunk." Recht hat er. Und über den seltsamen Dialekt soll an dieser Stelle kein Wort verloren werden.

Das Wetter hat nun den Vorteil, dass nicht jeder Small Talk mit Corona beginnen muss. Ein norddeutsches „Warm, wa?" reicht als Gesprächseinstieg. „Jau", lautet die Antwort. Und dann ist der norddeutsche Small Talk auch schon vorbei. Energiesparmodus bei 33 Grad Celsius im Schatten. Ja, im Schatten! Ja, dann geht halt raus aus dem Schatten, wenn es dort zu heiß ist! Und ab vor den Ventilator. Nicht dass der Quirl was bringt, der pustet einem nur saharaheiße Luft ins klebrige Antlitz. Aber wenn man alle paar Minuten den Zeigefinger in den Ventilator hält, lenkt einen wenigstens der Schmerz von der Hitze ab.

19. August 2020

Da sprach der alte Lehrer der Indianer

Die seltsamen Corona-Sommerferien neigen sich langsam dem Ende zu. Da fällt einem ein alter Witz ein, den man heute vermutlich nicht mehr machen darf, weil Vertreter eines indigenen Volkes eine gewichtige Rolle spielen, aber nicht so genannt werden. Früher aber, da stand das Wort Rothaut noch für Respekt, die Indianer waren die Guten. Erzählt sei der Witz trotzdem: Erster Schultag nach den Ferien in der Prärie, der Tag der Einschulung. Die Lehrerin fragt den Sohn des großen Indianer-häuptlings: „Na, mein Junge– wie heißt du denn?" „Ich heiße Schneller-Reiter-der-auf-seinem-Pferd-durch-die-Prärie-galoppiert-wie-der-Blitz." „Das ist aber ein sehr langer Name. Wie sagen denn Deine Eltern zu dir?" „Brrrr!"

Kann man so machen. Fips Asmussen, Gott hab ihn selig, hat deutlich schlimmere Possen gerissen, ehe er jetzt in die ewigen Jagdgründe ein-ging. Aber zurück zum nahen Schulanfang. Als unsereiner noch jung war, da war der Tag nach den Sommerferien stets wie ein Neuanfang, eine Verheißung. Alles, wirklich alles schien dann neu und möglich. Der Block, kariert oder liniert, war noch vollkommen blank, noch nicht ver-zweifelt vollgekritzelt während endloser Biologiestunden, in denen Gra-fiken der verwirrenden Wege der Desoxyribonukleinsäure einem das Hirn verdunkelten. Der erste Schultag nach den Sommerferien, alles konnte jetzt besser werden, jedem Anfang wohnte ein Zauber inne. Am Ende wurde es nach den Sommerferien natürlich nicht besser. Es wurde einfach Herbst. Und dann sogar Winter. So ist der Lauf des Lebens. Aber das sagt einem in Biologie natürlich niemand. Howgh – ich habe gespro-chen.

26. August 2020

Auf den Hund gekommen

Es ist schon ein dicker Hund. Bundeslandwirtschaftsministerin Julia Klöckner, von der Tierschützer ob ihrer Haltung etwa zur Schweinemast behaupten, von ihr nehme kein Hund auch nur ein Stückchen Brot, ist jetzt auf selbigen gekommen. Weil ein Hund mit all seinen Bedürfnissen am Ende ja auch nur ein Mensch ist, will Frau Klöckner von der CDU die Gassi-Pflicht einführen. Ab 2021, so lautet der Plan der Ministerin für Hühnerschreddern, Schweineeinpferchen und Gedöns, sollen Hundehalter verpflichtet sein, täglich mindestens zweimal mit ihrem Hund Gassi zu gehen. Eine Stunde ist der Vierbeiner, der zwar ein Haustier ist, aber eben nicht nur zu Haus Tier sein soll, so an die frische Luft zu führen. Damit er nicht vor die Hunde geht. Er soll dann sein Geschäft erledigen, bevor er sich wieder artgerecht hinter dem Ofen verkriechen darf. Auch an Tagen, an denen man keinen Hund vor die Tür jagt, soll diese Pflicht dann gelten.

Nun hat man, schaut man sich in seinem Viertel um, doch eher den Eindruck, der gemeine Hundehalter mit seinem bisschen Hund oder mit seiner Doppelzentner-Dogge gehe schon heute, ganz ohne Pflicht, eher sechs statt zwei Mal am Tag Gassi. Schon morgens früh, den Kopf noch auf dem warmen Kissen, hört man die interessanten Gespräche dieser Gassi-Geher durchs geöffnete Fenster. Ja, wo isser denn, der Hundi? Da isser ja! Ja, so ist fein! So ein Braver! Und des Nachts, man ist einfach nur hundemüde, hört man sie schon wieder oder noch immer. Noch einmal geht es ums Eck, es raschelt die Tüte fürs Geschäft. Was soll erst werden, wenn die Gassi-Geh-Pflicht kontrolliert wird? Von Nachbarn, scharf wie Wachhunde? Oder gar von der Polizei? Dann heißt es nicht mehr: Wo waren Sie gestern um halb zehn? Sondern: Wie oft waren sie heute schon mit dem Hund raus?

Ob es so kommt? Am Ende muss man wohl an Helmut Kohl erinnern, der immerhin zu Klöckners Partei gehörte. Er pflegte zu sagen: Die Hunde bellen, aber die Karawane zieht weiter.

2. September 2020

Morgen, morgen, nur nicht heute

Was du heute kannst entkorken, das verschiebe nicht auf morgen. Sagt der Volksmund. Und der sagt ja so einiges, was in der Form formidabel vollendet ist. Wenn sich der Volksmund nicht gerade vor dem Reichstagsgebäude öffnet. Ja, auch Covidioten, wie die große SPD-Bundesvorsitzende sie nennt, gehören natürlich zum Volk, wenn sie in Berlin aufmarschieren. Ich bitte Sie um Nachsicht, wenn ich die Öffentlichkeit dieser kleinen Kolumne dazu nutze, mich für einen Moment und heftig zu echauffieren. Dass die unsäglichen Demonstrationen in Berlin unter dem Titel Querdenken laufen, der ein wenig an den Namen dieser Kolumne erinnert, trifft den Autoren dieser Zeilen. Dass Leute doof sein können, ist als bekannt vorauszusetzen - und das lehrt auch die Geschichte. Wie sagt der größte Philosoph Ostfrieslands so trefflich: Zum Pessimismus gehört eine Grundvoraussetzung: Erfahrung. Recht hat Otto Waalkes. Doch es soll an dieser Stelle eigentlich gar nicht um die Corona-Leugner, um Avocadolfs und Hirse-Hitlers wie Attila Hildmann oder Maskenverweigerer gehen.

Kommen wir daher zurück zum Eingangssatz. Der ist natürlich eine Verballhornung des Satzes "Was Du heute kannst besorgen, das verschiebe nicht auf morgen." Arbeitsethos! Pflichterfüllung! Klingt doch gleich deutsch und anstrengend. Besser ist die alte Homeoffice-Weisheit: "Was Du heute kannst verschieben, das kann auch noch bis morgen liegen." Womit wir bei einem skurrilen Feiertag wären, dem Anti-Prokrastinations-Tag, der in jedem Jahr am 6. September in den USA begangen wird. Ein Tag ganz im Zeichen des Kampfes gegen das zeitliche Aufschieben von Aufgaben oder Verpflichtungen. Ja, geht es noch? Unsereiner verschiebt die Feierlichkeiten, die dieser Tag mit sich bringt. Wir wollen lieber diejenigen loben, die auch einmal Fünfe gerade sein lassen können. Komm' ich heut nicht, komm' ich morgen. Wichtig ist doch, dass man überhaupt kommt.

9. September 2020

Norden, Süden, Osten, Wespen

Jetzt, wo die Sonnenblumen erschöpft ihre Köpfe hängen lassen, wo die Luft morgens schon nach Herbst riecht, der Sommer aber noch frisch in Erinnerung ist, haben sie ihre große Zeit. Noch einmal wollen sie nun raus, noch einmal sich an den Gaben des Sommers laben. Grillfleisch, Kuchen, Marmelade, Limo. Der Appetit ist groß. "Ich hätte gern sieben Wespen mit Sahne", sagt der Gast im Café. "Gerne. Darf es ein Stück Kuchen dazu sein?", fragt die Bedienung zurück. Die Wespe ist jetzt überall. Und bringt den Menschen zum Tanzen. Wild fuchtelt er, schlägt Löcher in die Luft, stülpt Gläser über sie, zündet Kaffeepulver an, springt auf, wechselt den Platz, winkt ab. Und klatscht. Keinen Beifall. Er lässt die Fliegenklatsche ihre Arbeit tun. Wo Honigbiene und die dicke Hummel als süß gelten, hat die Wespe ein Imageproblem. Sie nervt, verleidet einem Kaffee und Obstkuchen, ertrinkt im frisch gezapften Bier, fliegt einem in den Mund - und sie sticht auch noch.

Kein Mensch mag Wespen. Ihr hilft nicht einmal, dass der Begriff der Wespentaille schöne Bilder heraufbeschwören kann. Die Wespe ist ein Quälgeist, sie nervt. Die Wespe ist der Donald Trump unter den Insekten. Wobei Trump orange, die Wespe, dieses kleine Monster, aber schwarz-gelb ist. Und wo wir gerade bei der Politik sind: Ernst Albrecht, einst Landesvater Niedersachsens, hat einmal gesagt: "Greife niemals in ein Wespennest, aber wenn du greifst, dann greife fest." Er musste es wissen. Wir summen nur leise Gorleben. Passt hier gerade nicht ganz her. Aber so ist es mit den Wespen ja auch. Sie tauchen dort auf, wo man sie gar nicht braucht. "Aggressive Arschlöcher mit Flügeln" nennt die BUND-Kreisgruppe Essen die Wespen. Doch die Umweltschützer versuchen sich zugleich an einer Ehrenrettung. Nützliche Schädlingsbekämpfer seien die Wespen, sie fressen Mücken, die ja fast genauso nervig sind. Und wichtig beim Bestäuben von Blüten seien sie auch. Nun denn. Üben wir uns in Geduld. Jetzt, wo es bereits Lebkuchen im Supermarkt gibt, wissen wir: die Tage der Wespe sind auch ohne Fliegenklatsche gezählt.

16. September 2020

Wenn Steine ins Rollen kommen

An manchen Tagen, wenn man sich bei der Hoffnung ertappt, dass es nicht so schlimm kommt, wie es bereits ist, da kriegt man den Blues. Passiert im Herbst natürlich öfter. Und wenn man den Blues hat, dann hilft es, den Blues zu hören. Die Wirklichkeit ist die Summe der Fluchten aus ihr. Sagt der Philosoph Peter Sloterdijk. Und der hat auch gesagt: "Hätte der Neoliberalismus Titten aus Zement, er sähe aus wie Heidi Klum." Verstehe einer die Philosophen. Was Sloterdijk, der viel sagt, über die Stones so spricht, ist gerade nicht zur Hand. Aber um die soll es jetzt gehen. Blues hören war ja das Thema. Zum Beispiel den der Stones. Sänger Mick Jagger ist mittlerweile 77, Gitarrist Keith Richards zieht im Dezember nach. Beide wollen offenbar beweisen, dass eine gesunde Lebensführung nicht der einzige Weg ist, um fidel alt zu werden. Just sind sie wieder Nummer 1 der Charts mit der Wiederauflage eines alten Albums. Totgesagte leben länger, heißt es ja. Und bei Keith, dem Meister der Riffs und Licks, heißt es, wenn eines fernen Tages seine Kinder einmal sterben, dann erbt er alles! Sloterdijk ist übrigens erst 73.

Kommen wir über diesen Umweg zum Schriftsteller Peter Handke, auch ein Mann des Blues und genauso alt wie Mick. Der, also der Handke Peter, hat kürzlich in einem Interview die Anekdote erzählt, dass Dichterfürst Goethe, als er seine Enkelkinder sah, gesagt haben soll: Ach ja. Und dieses Ach ja sei nun wiederum Handkes Lieblingsausruf geworden. Ach ja, das sei mehr ein Seufzer als ein Ruf. Es könnte auch ein Psalm sein, sagte Handke. Wenn wir uns also in diesen Tagen auch vom Blues der Stones den selbigen nicht vertreiben lassen können, vielleicht hilft dann ein geseufztes Ach ja.

23. September 2020

Keine halben Socken

Dass Waschmaschinen Socken auf magische Weise verschwinden lassen, das ist längst bekannt. Meistens frisst die Waschmaschine bekanntlich nur einzelne Socken, sodass die Paare für immer getrennt werden und eine Single-Socke traurig zurückbleibt. Eine halbe Socke verschwindet in der Trommel hingegen nie. Womit wir auf kleinen Umwegen bei der Tierarzt-Zeitschrift Veterinary Practice News wären, die in jedem Jahr bei ihrem Wettbewerb "They Ate WHAT? (Sie haben WAS gefressen?)" die wundersamsten Röntgenbilder von Mägen US-amerikanischer Haustiere prämiert. Einmal, da hat eine Dogge gewonnen, die naturgemäß wenig mit Waschmaschinen gemein hat. Diese Dogge verschlang sagenhafte 43,5 Socken, wie der behandelnde Tierarzt auf den Röntgenaufnahmen erstaunt nachzählen konnte. Nicht 43, nicht 44. Nein, 43,5 Socken. Der Verbleib des restlichen halben Strumpfs konnte bis heute nicht abschließend geklärt werden.

Stichwort Halbe! Da fällt einem, jetzt, wo in Deutschland der Bierkonsum gesunken ist, folgender Witz ein, für den man nur die Spar-Taste im Witzmenü drücken muss: Kommt ein Bayer in Norddeutschland in eine Kneipe und ruft: "Ich habe gehört, Ihr Norddeutschen könnt nicht so viel trinken? Ich wette, keiner von Euch schafft zehn Halbe in 20 Minuten. 500 Euro für den, der es doch schafft." Hein steht auf und sagt: "Warte kurz", geht raus und kommt 15 Minuten später zurück. "Ich möchte die Wette annehmen", sagt er dann. Weitere 18 Minuten später hat er zehn Halbe geleert. "Respekt", sagt der Bayer erstaunt. "Das hätte ich nicht erwartet. Aber sag mal, wo warst Du denn die Viertelstunde vorher?" Hein erwidert trocken: "Beim Nachbarn, musste doch erst einmal ausprobieren, ob es auch klappt!"

30. September 2020

Wie bei Hempels unterm Sofa

Früher, als ich noch in einem Kinderzimmer, in dem es aussah wie bei Hempels unterm Sofa und in dem Musik aus dem Kassettenrekorder krachte, von Bands, die so klangen, als kämen sie aus dem Land der Hottentotten, als ich also in diesem Kinderzimmer vom Leben träumte, da war die Welt noch in Ordnung. Nach der Pubertät war reichlich Zeit für Halligalli, Remmidemmi und Rambazamba. Die Welt stand offen. Zeit fürs Sofa, also fürs eigene, nicht das von Hempels, blieb auch. Schließlich ist Faulheit der sehr vernünftige Plan, sich auszuruhen, bevor man müde wird.

Doch dann kommt einem irgendwann das Leben dazwischen. Zipperlein statt Halligalli, Wehwehchen statt Remmidemmi, Aua statt Happy Hour. Und die Sorge, was da noch alles kommen mag, bevor man schließlich geht. Am Ende bekommt man vielleicht einen Reizdarm! Das kann keiner wollen. Durchfall, Blähungen und Bauchschmerzen! Wie schlimm das sein muss, vermittelt bereits die Werbung für das Produkt Kijimea, die einem jetzt oft vor der Tagesschau noch vor Trump und den rechten Einzelfällen in der Polizei die Laune verhagelt.

Fröhliche Menschen erklären einem, wie sie ruckzuck von ihrem Leiden befreit wurden. Auf der nach oben offenen Seitenbacher-Skala für nervige Werbungen erreichen diese Spots ungeahnte Höhen. Da wünscht man sich zurück ins Kinderzimmer. Da fand man vieles reizend, den Darm oder Müsli aber sicher nicht. Dass es bei mir zu Hause noch heute so aussieht wie bei Hempels unterm Sofa, hält mir die eigene Frau manchmal vor. Hören kann ich sie nicht. Die Hottentotten wissen halt, wie man herrlichen Krach macht.

7. Oktober 2020

Zieht hier wie Hechtsuppe

Die Corona-Pandemie ist, da sind sich die meisten Menschen einig, schon ein ausgemachter Fiesling. Und doch hat sie für einige von uns auch Vorteile. Zum Beispiel für die, die Frischluft mögen. „Erfroren sind schon viele, erstunken ist noch keiner", diesen Spruch musste ich mir schon in Schulzeiten immer wieder anhören, wenn ich mal den Muff aus 1000 Jahren aus der Bude bekommen wollte. Und früher, als man in Zügen der Deutschen Bahn noch Fenster öffnen konnte („Bitte während der Fahrt keine Blumen pflücken!"), da bellte man mir zu: „Fenster zu!", wenn ich es wagte, ein wenig Luft ins Abteil zu lassen. Im Zug im Zug sitzen, das wollte außer mir meist niemand. Dabei kann man doch denen, die sich darüber beschweren, dass es zieht, zurufen: „Dann dreh Dich doch um, dann drückt es!"

Jetzt aber, Corona sei Dank, soll das Lüften Leben retten. Die AHA-Formel – Abstand, Handhygiene, Atemmaske – ist um das L erweitert worden, das L für Lüften. Stoß- und Querlüften nach Herzenslust, das geht plötzlich auch im Redaktionsbüro. Fenster auf, zumindest „auf kipp", auch wenn draußen der erste Herbststurm tobt. Vorbei die Zeit, als es hier roch wie im sprichwörtlichen Pumakäfig. Wer jetzt darüber meckert, er bekäme einen steifen Nacken, der stellt sich gegen die Kanzlerin. Die hat das Lüften schließlich als vermutlich „billigste und effektivste Maßnahme" beschrieben, um sich gegen das vermaledeite Coronavirus zu schützen.

Doch kommen wir übergangslos zu einer ganz anderen Luftveränderung. Und zwar im Land der Brexit-Briten. In dem Land also, wo man nicht zu lüften braucht, weil es bereits durchs geschlossene Fenster zieht wie Hechtsuppe. Dort hat der Chef des Lincolnshire Wildlife Parks jetzt fünf Papageien vorerst aus dem Verkehr gezogen, weil die bunten Vögel, die erst kürzlich eingezogen waren, in einem fort fluchten und „klangen wie ein besoffener Herrenclub kurz vor der Sperrstunde". „Fuck off!" und „Du fetter Bastard" seien noch harmlosere Beschimpfungen gewesen, die sich die Besucher des Tierparks haben anhören müssen. Nicht eben die feine englische Art. An der rüpelhaften Sprache der Papageien soll jetzt gearbeitet werden. Wir, die gekippte Fenster mögen, hoffen jetzt, dass die Kollegen nicht fluchen wie die Kesselflicker.

14. Oktober 2020

Neues vom Herbergsvater

Der Corona-Pandemie kann man nur nachhaltig die Pest an den Hals wünschen. Sie bringt einfach zu viel Unbill mit sich. Nicht mal ein Jahr da - und schon hat man im Grunde keine Lust mehr auf diese Seuche. Man nehme nur die Worte, die sich in den Sprachgebrauch wie lästige Viren einnisten: Superspreader, Inzidenzwert, Öffnungsdiskussionsorgien. Kann niemand wollen. Und jetzt noch ein Wort, das ganz und gar schröckliche Erinnerungen hervorruft. Beherbergungsverbot. Ein Wort, das aus anderen Zeiten zu stammen scheint. Beherbergung, erinnert das nicht an Hagebuttentee aus Thermoskannen, an labbriges Graubrot, an ein Klo über den Hof, an Bohnerwachs und Spießigkeit? An Käsefüße im Etagenbett? An Fußpilz und Nachtwanderung? An Heimweh und Bettruhe?

Bevor jetzt alle Herbergsväter dieses Landes aufschreien: Jugendherbergen sehen heute natürlich ganz anders aus, mehr so wie ein Hostel. Nur die Tischtennisplatten sind geblieben. Und Herbergsväter heißen heute sicher auch anders. Aber das Beherbergungsverbot ist ganz aktuell. Und das, wo Weihnachten schon naht, die Zeit, die uns erinnert an Tage, als ein Paar so dringend auf der Suche nach einer Herberge war. Damals gab es zwar noch nicht so viele Risikogebiete, aber die Türen blieben dennoch verschlossen. Wer weiß jetzt Rat? Der Herberger Sepp vielleicht? Liegt doch nahe, bei dem Namen. Der Herberger also hat oft gesagt: "Der nächste Gegner ist immer der schwerste." Gemeint hat er dann meist Ungarn, nicht Covid-19. Wir beißen uns aber jetzt noch die Zähne aus an unserem Gegner Corona. Ein Wunder von Bern wäre jetzt schön. Damit bald jeder wieder eine Herberge bekommen kann.

21. Oktober 2020

Ich hab' Rücken

Der neue Roman von Marc-Uwe Kling, sie wissen schon, der Mann mit dem Känguru, wird aktuell mit dem Satz beworben: "Sollten Sie einmal das Gefühl haben, dass plötzlich alles einen Sinn ergibt, dann sind Sie sehr wahrscheinlich auf eine Verschwörungstheorie hereingefallen." Ein schöner Satz, der hier einmal ganz für sich stehen soll. Vergessen wir Corona für eine Weile! Was ist Corona, wenn es der Mann im Rücken hat? Beim Sport, genauer gesagt beim Kicken, ist es passiert. Eine falsche Bewegung! Zack! Da hat der Lendenwirbel einfach zugemacht. Also zum Arzt, in einer Haltung, in der sich der Mensch fortbewegt hat, ehe er entschied, dass der aufrechte Gang am Ende doch hübscher anzuschauen ist. Das heißt: vor dem Kriechgang zum Arzt ans Telefon. Ein Date mit dem Doc ausmachen. Nein, kein Husten, kein Fieber, keine anderen Erkältungssymptome. Also öffnet sich die Tür zur Praxis, der malade Patient darf kommen. Wer Rücken hat, der leidet, steckt aber für gewöhnlich niemanden an.

"Wie geht es uns?", fragt der Doktor und meint wohl mich. "Mit dem Stehen geht's gut, nur mit dem Gehen steht's schlecht. Vom Sitzen ganz zu schweigen." "Tut das weh?", lautet die nächste Frage - und noch bevor ich laut Kakao schreien kann, bohrt mir der Mediziner den Finger in die Hüfte. Ich erinnere mich, als der Schmerz kurz nachlässt, an den zu früh verstorbenen großartigen Graham Chapman, Mitglied der legendären Komiker-Gruppe Monty Python. Der hat mal gesagt: "Man darf Ärzte nicht respektieren. Das sind alles ehemalige Medizinstudenten." Besser dreimal lachen als einmal zum Arzt, heißt es ja auch. Doch vertrauen wir auf die Schulmedizin. Ich schweige und hoffe auf ärztlichen Rat. Will ja nicht, dass der Mann im weißen Kittel denkt: "Diagnose Morbus Bahlsen, der Patient geht mir auf den Keks." Zu meinem Erstaunen aber sind meine Tage noch nicht gezählt. Ich komme auch nicht für vier Wochen ins Sanatorium. Ich werde den Schmerz überleben, sagt der Doc. Lendenwirbel blockiert. Tabletten gegen die Schmerzen, viel Wärme, noch mehr Geduld. Dann kann ich bald wieder gegen den Ball treten, sagt der Arzt. Wenn Corona Sport noch zulässt. Was ich jetzt mache? Ich geh' jetzt in den Birkenwald, dann wirken meine Pillen bald.

28. Oktober 2020

Düvel nochmal

"Akopalüze nau", prophezeite schon Helge Schneider: Jetzt stehen die Zeichen final auf Weltuntergang. Ein in in Rom geplantes Exorzismus-Seminar für Priester und Laien an der Päpstlichen Hochschule Regina Apostolorum musste kurzfristig abgesagt werden. Die Corona-Lage mache es derzeit unmöglich, die rituelle Vertreibung böser Mächte und Geister aus Mensch, Tier oder Gegenständen zu lehren. Düvel nochmal! Infektionsgefahr! Da hat er gut lachen, der Gottseibeiuns, der Satan, der sich damit auskennt, Menschen zu infizieren. Keiner stellt sich nun dem Beelzebub, dem Pferdefuß, dem Diabolus in den Weg. Und wenn sich keiner dem Leibhaftigen stellt, wer soll dann dieses teuflische Virus vertreiben? Der Junker mit dem Pferdefuß kann also weiter sein unheiliges Unwesen treiben. Ja, Sakrament! Corona, diese unsägliche Plage nahezu biblischen Ausmaßes sollte nun wirklich auf allen Ebenen bekämpft werden. Schließlich ist aktuell wirklich der Teufel los, vor allem im Detail der Verordnungen, in dem der Sohn der Verdammnis gerne steckt. Da ist nun jeder gefragt, ob Laie oder Priester. Martin Luther by the way, jener Reformator, an den wir in diesen Tagen besonders denken, Luther also war der festen Überzeugung, er kämpfe auf der Toilette mit dem Teufel. So sehr litt er unter Verdauungsbeschwerden. In Corona-Zeiten wäre man gesegnet, wenn einem der Höllenfürst nur auf der Schüssel begegnete.

Wie es nun mit Corona weitergeht bis Weihnachten, das weiß niemand. Gesagt werden kann lediglich: Wer den Teufel an die Wand malt, spart Tapete. Und vielleicht hat Luzifer seine Finger auch gar nicht im Spiel, dann könnte man angesichts des abgesagten Exorzismusseminars sagen: Hol's der Teufel! Vielleicht haben am Ende wir Menschen doch selber schuld an dieser Pandemie. Dann hätte ganz eventuell Österreichs scharfe Zunge Karl Kraus Recht gehabt, als er vor 100 Jahren sagte: "Der

Teufel ist ein Optimist, wenn er glaubt, dass er die Menschen schlechter machen kann."

·

Zeitfracht Medien GmbH
Ferdinand-Jühlke-Straße 7
99095 Erfurt, Deutschland
produktsicherheit@kolibri360.de